Sigrid
et les mondes perdus

BRUSSOLO

Sigrid et les mondes perdus

2
La fiancée du crapaud

Éditions du Masque

DU MÊME AUTEUR

Œuvres à destination du jeune public

PLON

SÉRIE PEGGY SUE ET LES FANTÔMES

1) Le Jour du chien bleu
2) Le Sommeil du démon
3) Le Papillon des abîmes

LE MASQUE HACHETTE

SÉRIE SIGRID ET LES MONDES PERDUS

1) L'Œil de la pieuvre

LE LIVRE DE POCHE JEUNESSE

LE PIQUE-NIQUE DU CROCODILE

BAYARD

LES MAÎTRES DES NUAGES
PRISONNIERS DE L'ARC-EN-CIEL

© SERGE BRUSSOLO
ET EDITIONS DU MASQUE-HACHETTE LIVRE, 2002.
Tous droits de traduction, reproduction, adaptation, représentation
réservés pour tous pays

K.R.A.P.O.
Définition :
Kératine[1] *Régénérée Amplifiant les Pouvoirs Organiques.*
Nom scientifique de la gelée protoplasmique utilisée en laboratoire
pour créer les animaux de synthèse vulgairement recensés sous l'appel-
lation de « monstres ». L'usage courant a modifié cette abréviation en
« crapaud ». Terme sous lequel la population désigne désormais toute
créature dotée de pouvoirs extraordinaires, et dont l'aspect extérieur
présente des caractéristiques étranges.
(Le terme KRAPO est invariable et ne s'accorde pas au pluriel.)

Annuaire professionnel de l'Agence
pour l'Emploi des Monstres.

---

1. Substance assurant la solidité des cornes et des griffes.

1

Le guignol de la peur

— Les monstres apparaissent au sommet de ce mur, grinça Malvina Goodson en désignant la paroi de parpaings qui séparait son jardin de celui du voisin. Tous les matins, ils terrorisent mon fils, Kévin. La fenêtre de sa chambre donne de ce côté, et c'est la première chose qu'il voit en ouvrant les yeux : ces sales monstres se pavanant le long du mur. À 10 ans c'est un spectacle insupportable !

Sigrid examina la plaignante du coin de l'œil. Une femme sèche, à la bouche pincée, désagréable. Visiblement, décidée à en découdre.

— J'ai déjà déposé trois plaintes au service du contrôle des monstres, répéta la dénommée Malvina d'un ton grincheux. On ne peut pas dire que vous soyez prompts à réagir !

Gus, posté dans le dos de Mme Goodson, adressa à Sigrid une grimace que la mère du petit Kévin ne pouvait voir. La jeune fille se mordit la langue pour s'empêcher de rire et baissa les yeux sur le formulaire officiel qu'elle devait remplir.

— D'accord, fit-elle sans enthousiasme. Nous allons

enregistrer votre plainte. Premièrement : *ces monstres sont-ils d'une laideur insupportable ?* Vous savez, j'imagine, que seules les créatures véritablement hideuses peuvent être appréhendées pour avoir troublé l'ordre public en s'exhibant sans masque. Les critères d'appréciation de la laideur ont beaucoup évolué ces dernières années. La tolérance est plus grande qu'avant.

— Oui ! ricana Malvina. Et c'est un scandale, car nous sommes chez nous, tout de même ! Je ne vois pas au nom de quoi on m'obligerait à supporter la face ignoble de ces gargouilles...

— Tout est relatif, plaida Sigrid. Les monstres nous trouvent affreusement laids, eux aussi. Ils ont toutefois la politesse de ne jamais s'en plaindre.

— On aura tout vu ! hoqueta son interlocutrice. C'est le monde à l'envers ! Bientôt on nous forcera à porter des masques horribles pour ne plus effrayer ces pauvres créatures ! Excusez-moi de n'avoir que deux yeux, pas de cornes et aucun tentacule !

Sigrid n'avait nulle envie de discuter. Depuis que les monstres avaient envahi la Terre, les humains entretenaient avec eux des rapports tendus. Les incidents se multipliaient. Il avait fallu créer une brigade de contrôle, brigade dont Gus et elle-même faisaient partie.

— La loi autorise aujourd'hui la libre circulation des monstres, rappela la jeune fille. Nous ne pourrons intervenir que si leur laideur dépasse les normes autorisées.

— *Quoi ?* hoqueta Mme Goodson.

Sigrid s'efforça à la patience.

— Quand ces créatures se promèneront sur votre mur, expliqua-t-elle, je mesurerai leur laideur avec cet appareil. (Elle désigna une sorte de caméra vidéo équipée d'un

La Fiancée du crapaud

compteur.) Si l'aiguille ne pénètre pas dans la zone rouge du cadran, je ne pourrai rien faire.

— *Quoi ?* répéta la femme. Vous voulez dire que vous les laisserez libres de terroriser mon petit garçon ? C'est un scandale !

— Ne nous emballons pas, intervint Gus. Il est possible que ces créatures escaladent votre mur dans le seul but de vous dire bonjour.

— Vous vous moquez de moi, jeune homme ? siffla Malvina Goodson. Je vous affirme que ces monstres guettent le moment où ils pourront s'introduire dans la chambre de mon fils pour le dévorer, un point c'est tout ! Ils vont s'enhardir ; un jour, ils forceront la fenêtre... Quelle horreur ! Je n'ose pas imaginer ce qu'ils feront alors.

Elle se cacha le visage dans les mains et se mit à sangloter. Gus adressa une nouvelle grimace à Sigrid.

— Ne vous affolez pas, madame, fit celle-ci. Nous allons voir ça de plus près. Restez là. Je descends dans le jardin effectuer quelques analyses.

Gus lui emboîta aussitôt le pas. La femme les regarda s'éloigner d'un œil méfiant.

— N'hésitez pas à poser des pièges ! leur cria-t-elle. Des pièges *explosifs*, ça ne me gêne pas du tout.

Sigrid serra les dents. Ce travail l'épuisait.

Une fois dehors, elle jeta un coup d'œil aux alentours. Elle ne vit qu'un pavillon de banlieue des plus ordinaires planté au milieu d'un jardinet banal à pleurer.

— Qu'en penses-tu ? lui souffla Gus.

— Je ne sais pas, soupira-t-elle tandis que le vent ébouriffait ses cheveux bleus. Cette bonne femme a l'air plus méchante qu'une horde de rats affamés, mais il convient

Serge Brussolo

de rester prudent tant qu'on n'en sait pas davantage sur la nature réelle des bêtes qui la persécutent.

— Il y en a de mauvaises, admit le rouquin. Tu te rappelles cette espèce de mammouth dont le pelage ressemblait à de l'herbe verte, et que tout le monde prenait pour une colline ?

— Oui, la nuit venue, il dépliait ses pattes pour aller piétiner les maisons des alentours. Il nous a fallu trois mois pour comprendre que c'était un animal...

— Ouais, et entre-temps, nous avions déjà pique-niqué six fois sur son dos en nous extasiant sur le point de vue qu'on avait de là-haut !

Sigrid frissonna. Ce n'était pas à proprement parler un bon souvenir. Certains monstres, rebutés par l'accueil des humains, devenaient mauvais... et dangereux. D'autres éprouvaient une grande honte à l'idée de faire peur aux Terriens et se cachaient... ou sortaient en plein jour la tête dissimulée sous un sac en papier dans lequel ils avaient percé des trous pour les yeux (le nombre de trous variait sensiblement d'un monstre à l'autre...).

La jeune fille effleura le mur séparant les deux jardins.

— Deux mètres de haut, énonça-t-elle à l'intention du magnétophone enregistrant le procès-verbal d'intervention. Des parpaings ordinaires. Il ne s'agit pas d'un quelconque matériau d'origine extraterrestre. On connaît l'identité du voisin ?

— Oui, fit Gus. Il s'appelle Cornélius Starcom. Jeune prof de maths au collège du coin. Vit seul. 25 ans. Ne sort pas de chez lui lorsqu'il n'est pas en service. Pas d'amis, pas de fiancée. S'habille toujours pareil.

La Fiancée du crapaud

— Fais-moi la courte échelle, ordonna Sigrid, je veux voir s'il y a des traces de griffes au sommet du mur.

Gus s'exécuta. Aussitôt, la jeune fille repéra de longues éraflures sur le ciment, comme en laisseraient les serres d'un animal puissamment armé. Rien de très rigolo en perspective...

Elle sauta sur le sol.

— Quelque chose est bien passé par là, murmura-t-elle. Ça s'est promené le long du mur, comme les marionnettes d'un guignol. Le gosse les a forcément vues, puisque la fenêtre de sa chambre donne de ce côté.

— Ça ne signifie pas pour autant qu'il s'agisse de prédateurs friands de cervelle d'adolescents, objecta Gus.

— Entièrement d'accord avec toi, fit Sigrid.

Certaines créatures, physiquement disgraciées, tentaient de manière pathétique de se lier d'amitié avec les humains. Leurs efforts étaient rarement couronnés de succès.

— Tu te rappelles ce monstre qui faisait des grimaces pour amuser les enfants ? lança Gus. Il essayait de faire le clown, mais il était si horrible que les gens mouraient de crise cardiaque en l'apercevant. Même le poil des chiens et des chats devenait blanc sous l'effet de la peur.

— Oui, soupira Sigrid. C'est pour ça que le gouvernement a instauré une norme de terreur. Si une créature dépasse le seuil autorisé, elle n'a pas le droit de s'exhiber le visage découvert, ni de circuler en plein jour. Elle a l'obligation de porter un masque pour dissimuler sa physionomie aux passants.

— De toute façon, grommela le rouquin, ça ne sert pas à grand-chose, tout le monde les trouve affreux.

Sigrid ouvrait la bouche pour protester quand Mme Goodson apparut à l'angle de la maison.

— Alors, c'est décidé ? interrogea-t-elle. Vous allez poser des explosifs ? Je vous en donne l'autorisation. Tant pis si ça abîme le mur. L'important c'est qu'on me débarrasse de ces horreurs.

— Nous n'avons pas le droit de les tuer, expliqua Sigrid. Nous sommes juste là pour déterminer s'il s'agit de « bons » ou de « mauvais » monstres.

— *Il n'y a pas de bons monstres !* se mit à crier Mme Goodson. Ça n'existe pas, les bons monstres !

— Vous interprétez peut-être mal leur gesticulation, insista la jeune fille. Qui sait s'ils n'essayent pas, tout simplement, de vous dire bonjour ? Ce que vous prenez pour des gestes menaçants peut très bien, dans leur langage, se révéler un rituel de politesse.

— Vous vous fichez de moi ? gronda la femme. Vous en connaissez, vous, des formules de politesse où l'on montre les crocs ? Installez la dynamite et n'en parlons plus. Je vous donnerai un bon pourboire.

Elle tourna les talons. Alors qu'elle se préparait à rentrer dans la maison, elle se retourna pour ajouter :

— Et quand ils seront morts, emportez bien leurs cadavres, je ne voudrais pas que mon chien en mange et tombe malade.

— Sale bonne femme, marmonna Sigrid quand Malvina Goodson eut disparu.

— Que fait-on ? s'enquit Gus.

— On va camper dans le jardin, décida la jeune fille. Il faut guetter l'apparition des monstres pour mesurer leur laideur. Ensuite, je devrai leur faire une prise de sang pour estimer leur taux d'agressivité. Tu connais la procédure. Si les deux mesures dépassent le seuil de tolérance, nous

La Fiancée du crapaud

devrons prévenir le groupe d'intervention qui viendra s'en... *occuper.*

Sa gorge se serra en prononçant ces mots. Elle ne savait pas exactement ce que le groupe d'intervention faisait des créatures délinquantes.

— Ils les capturent, murmura Gus. Ils les enferment dans des tonneaux blindés. On dit qu'ensuite ils entreposent ces fûts avec les déchets nucléaires.

— Possible, chuchota Sigrid. Moi, on m'a raconté qu'on les jetait dans le cratère d'un volcan en activité, pour que la lave les réduise en cendres.

— On prétend tellement de choses... marmonna le rouquin.

*

On l'a bien compris, nos deux amis n'étaient pas follement emballés par le travail dont on les avait chargés à leur retour sur la Terre. Hélas, ils n'avaient guère eu le choix.

Quand le vaisseau spatial des Forces Armées s'était posé sur l'île de Kobania, pour une inspection éclair, le commandant, surpris de les trouver là, leur avait rappelé qu'ils étaient avant tout des soldats à la disposition du gouvernement fédéral.

— Vous ne faites pas partie des indigènes d'Almoha, décréta-t-il. Je suis forcé de vous considérer comme des naufragés, et de vous rapatrier sur la Terre afin que vous rédigiez un rapport sur la disparition du *Bluedeep*. Ces événements remontent à près de cent cinquante ans, je sais, mais vous connaissez l'Administration... En outre, le fait que vous ayez vécu tout ce temps sans prendre une ride intéressera forcément le département scientifique.

Sigrid et Gus avaient dû se plier à la volonté de leur supérieur.

Quand le navire cosmique prit son envol, les deux jeunes gens s'approchèrent d'un hublot pour regarder s'éloigner la petite île verdoyante qu'ils avaient contribué à créer.

— Tu es triste ? demanda Gus.

— Un peu, murmura Sigrid. Mais il était temps de partir.

— Tu t'ennuyais ?

— Non... Enfin, je ne sais pas. Il ne se passait plus grand-chose, pas vrai ? Les Almohans n'avaient plus besoin de nous. Ils se débrouillaient très bien entre eux. Je n'avais plus rien à leur apprendre.

— D'accord avec toi, conclut Gus. Je ne me voyais pas garder les moutons jusqu'à la fin de ma vie.

*

Une fois débarqués sur la Terre, on leur annonça qu'ils devraient se soumettre aux questions d'une commission d'enquête. Toutefois, cette rencontre n'eut jamais lieu.

— Votre cas est trop bizarre... et trop ancien, leur déclara un fonctionnaire débordé. Officiellement vous êtes l'un et l'autre âgés d'un siècle et demi. Vous devriez donc être morts depuis longtemps. Or vous êtes toujours vivants. *C'est contrariant.* Doit-on considérer que vous avez dépassé l'âge de la retraite et vous rendre à la vie civile... ou bien vous réintégrer dans une unité combattante ? Il fau-

La Fiancée du crapaud

dra statuer là-dessus, prendre une décision, mais ce sera très long car nous avons des affaires plus urgentes à régler. Qui se soucie encore d'un sous-marin ayant fait naufrage il y a cent cinquante ans, je vous le demande ? Le commandant qui vous a ramenés a fait une belle boulette, il aurait été plus malin de vous laisser là-haut avec vos copains extraterrestres. J'ai bien peur qu'on ne sache pas quoi faire de vous... et que vous soyez incapables de vous adapter à la vie moderne. Après tout, vous êtes tellement vieux que vous devriez déjà être morts !

Il ricana, satisfait de sa plaisanterie.

— Que va-t-il se passer ? demanda Sigrid.

Le fonctionnaire se gratta la tête.

— Je ne sais pas, avoua-t-il. En attendant que les juristes aient statué sur votre cas, on vous trouvera des boulots simples. Quoique ce ne soit pas si facile, les jobs idiots sont aujourd'hui confiés aux robots.

2

Sentinelles dans la nuit

Pendant que Sigrid scrutait le sommet du mur séparant les deux jardins, Gus monta la tente pneumatique sur la pelouse.

— Et ne piétinez pas mes fleurs ! lui cria Malvina Goodson depuis la fenêtre de sa cuisine. Essayez de faire votre travail proprement.

Il n'y avait plus qu'à attendre la nuit. Sigrid éprouva un pincement d'angoisse au creux de l'estomac. Elle n'avait aucune idée de la manière dont les choses allaient tourner. Certains monstres, pleins de bonnes intentions à leur arrivée sur la Terre, s'étaient aigris au fil des déceptions. À force d'être rabroués ou moqués par les humains, ils avaient fini par devenir méchants.

Comme s'il avait deviné ses pensées, Gus lui lança :

— Tu te souviens de cette tribu de créatures toutes plates qui s'enroulaient sur elles-mêmes comme des rouleaux de papier peint ?

— Oui, fit la jeune fille. Elles pouvaient changer de couleur à volonté, à la façon des caméléons.

— Leur grand truc c'était de se glisser dans les appartements à vendre pour retapisser les murs.

19

Serge Brussolo

— Exact, conclut Sigrid. Et quand les nouveaux propriétaires emménageaient, les monstres descendaient des cloisons pour les envelopper et les étrangler pendant leur
sommeil. Une histoire très moche.

Depuis qu'on leur avait trouvé ce travail à l'Office de
Contrôle des Monstres, Sigrid et Gus en avaient vu de
toutes les couleurs, car il ne se passait pas une journée
sans que les lettres de dénonciation n'envahissent leur
bureau par sacs postaux entiers. Toutes disaient la même
chose :

— Mon voisin est un monstre...

— Ma femme est un monstre...

— L'autobus que je prends tous les matins est un
monstre...

Le pire, c'est que c'était souvent vrai !

— J'assurerai le premier tour de garde, décida Gus. Vaut
mieux que tu te reposes maintenant, la nuit risque d'être
longue. J'ai chargé les armes. On ne sait jamais.

Il tendit à sa camarade un revolver tirant des cartouches
implosives. Ces curieuses munitions avaient pour effet d'aspirer la victime de l'intérieur dès qu'elles avaient pénétré
dans son corps. L'ennemi se trouvait ainsi réduit au tiers
de sa taille habituelle. Un tigre devenait à peine plus gros
qu'un chat de gouttière. La durée de ce tour de magie n'ex-
cédait pas une heure. La victime, passé ce délai, reprenait
son apparence normale, il convenait donc de l'immobiliser
pendant qu'elle était inoffensive.

— J'ai mis des super-cartouches, précisa Gus. Celles qui
divisent le volume par cinq. Avec les monstres, on n'est
jamais trop prudent.

La loi interdisait formellement de tuer les créatures « non

conformes aux normes terrestres ». Bien sûr, certains contrôleurs peu scrupuleux passaient outre. Il suffisait de leur glisser quelques poignées de billets pour les convaincre d'exécuter les bestioles qui troublaient la vie du plaignant.

— Je n'ai pas pu faire autrement, prétendaient-ils ensuite. C'était un cas de légitime défense, ce monstre était vraiment décidé à me mettre en pièces.

— Vise bien, lui chuchota Gus. On n'a pas tellement de munitions. Quand les créatures auront rapetissé, il faudra tout de suite les enfermer dans cette boîte métallique en attendant l'arrivée des exécuteurs.

— Je sais, fit la jeune fille.

La nuit tombait. Au-dessus des deux amis, la fenêtre de la chambre d'enfant s'illumina. Sigrid distingua deux ombres embusquées derrière les rideaux : Malvina Goodson et son fils chéri.

*

Assise à l'entrée de la tente, l'appareil à mesurer la laideur posé en travers des cuisses, Sigrid fixait la crête du mur sans la voir.

Elle songeait à l'étrange enchaînement de circonstances qui l'avait amenée ici.

Les « petits boulots » promis par le fonctionnaire de l'immigration s'étaient vite révélés sans intérêt. En outre, la jeune fille avait dû affronter un problème inattendu...

Parfois, au réveil, elle avait bien l'air d'avoir 20 ans. Hélas, il arrivait que son corps rapetisse tout au long de la semaine, si bien que le lundi suivant, elle avait de nouveau l'apparence d'une fille de 13 ans. C'était affreusement pénible.

Gus subissait les mêmes désagréments, mais, comme les deux amis n'étaient pas synchrones, ils n'avaient jamais le même âge en même temps, si bien qu'au hasard des métamorphoses, Sigrid passait pour la petite sœur de Gus, et vice versa.

Quand la jeune fille alla consulter un médecin spécialisé dans les maladies cosmiques, celui-ci haussa les épaules.

— Ma petite demoiselle, soupira-t-il, en vérité, je ne peux pas grand-chose pour vous. Votre cas est très compliqué. D'abord on vous a fait avaler pendant dix ans des pilules qui empêchaient de grandir, puis vous avez ensuite passé près de deux siècles dans la peau d'un poisson. Vous avouerez qu'il y a là de quoi perdre son latin ! Votre organisme n'est pas stable. Il y a fort à parier que les métamorphoses qui vous affectent se manifesteront pendant plusieurs années. Il est même possible qu'un jour vous vous transformiez pour toujours en poisson ! Tout cela dépasse mes compétences.

Sigrid quitta le cabinet médical de fort méchante humeur. Ces bouleversements physiques compliquaient ses rapports avec les gens de son entourage. Ses employeurs n'étaient pas les derniers à faire la grimace quand la fille de 20 ans qu'ils avaient engagée un mois auparavant venait prendre son service sous les traits d'une adolescente de 12 ans !

— On ne me prend pas au sérieux, tempêtait Sigrid. On refuse de me confier la moindre responsabilité.

— C'est pareil pour moi, grommelait Gus. Ils ont du mal

La Fiancée du crapaud

à se faire à l'idée qu'un gamin de 13 ans puisse piloter un vaisseau spatial.

Les deux amis commençaient à désespérer quand une convocation émanant de la direction des personnels cosmiques vint résoudre leur problème.

— En fait, marmonna l'orienteur avec lequel ils avaient rendez-vous, vous êtes tous les deux un peu... monstrueux, n'est-ce pas ? Votre apparence physique se modifie d'une semaine sur l'autre, vous avez été des poissons, vous avez vécu près de deux siècles au fond d'un océan empoisonné. À mon avis, vous avez toutes les qualités requises pour travailler avec des gens de votre espèce... *Je veux dire des monstres.*

Voilà comment ils étaient tous les deux entrés à l'O.S.C.G.A. (Office de Surveillance des Créatures Génétiquement Aliénées) en tant qu'observateurs de terrain.

*

À présent, l'obscurité régnait dans le jardin. Gus montait la garde au pied d'un pommier, enveloppé dans une couverture de camouflage en herbe synthétique qui lui tenait trop chaud. Sigrid feignait de dormir. Des démangeaisons parcouraient ses bras. Elle savait qu'il s'agissait d'écailles en formation. Elle n'en avait parlé à personne.

« Sûrement un vestige de la vie que tu as menée sous la forme d'un poisson, se répétait-elle pour se rassurer. Ça va passer. »

Quand elle prenait une douche, elle s'examinait sur toutes les coutures. Assez souvent, elle découvrait de jolies écailles bleues sur ses fesses, ses reins ou ses cuisses. Elle s'empressait de les frotter avec une brosse. Généralement les écailles tombaient sans difficulté.

Lorsqu'elle s'allongeait dans une baignoire et mettait la tête sous l'eau, elle pouvait rester plus d'une demi-heure sans respirer, et quand elle « buvait la tasse », le liquide circulait à l'intérieur de ses poumons sans même la faire tousser.

Elle espérait que ces étranges « pouvoirs » n'iraient pas en s'amplifiant et qu'elle ne se réveillerait pas un beau matin métamorphosée en dauphin.

Pour toutes ces raisons, elle se sentait assez proche des monstres qu'elle avait pour mission de traquer. Trop proche sans doute... au point qu'elle finissait par leur inventer mille excuses.

Depuis son retour sur la planète Terre, elle était déboussolée. Tout avait tellement changé ! Les villes, les objets, les vêtements, la nourriture... *Et puis il y avait les monstres.*

— Ça a commencé il y a dix ou quinze ans, lui avait expliqué l'officier orienteur. Ils ont débarqué d'un vaisseau spatial en perdition. Une sorte d'épave extraterrestre qui s'était égarée dans notre atmosphère. Les Aliens étaient tous morts dans l'accident, mais les monstres avaient survécu. Des dizaines et des dizaines de monstres. Il faut dire qu'ils sont increvables !

— Que faisaient-ils là-haut ? demanda Sigrid, éberluée.

— Ils travaillaient pour les Aliens, répondit le capitaine. On les a fabriqués pour ça. Ils sont plus intelligents que le plus intelligent de nos ordinateurs, plus puissants et plus rapides que la plus puissante et la plus rapide de nos machines. C'est là leur raison d'être : ils font tout mieux que les machines...

— Mais les robots... objecta la jeune fille.

La Fiancée du crapaud

— Les robots c'est dépassé ! ricana l'officier. Des marionnettes de ferraille, rien de plus ! Et toujours en panne. On se ruine en entretien avec ces pantins-là ! Toujours un circuit qui grille, une articulation qui se bloque... Non, les monstres sont dix fois mieux. Jamais malades, jamais fatigués, capables de travailler vingt heures d'affilée sans se plaindre. Costauds, une santé de fer... jamais un grognement plus haut que l'autre. On en viendrait presque à les aimer s'ils n'étaient pas si laids !

— Vous voulez dire que les Aliens les employaient comme esclaves ? s'enquit Sigrid.

— Oui, si on veut, grogna le capitaine. Esclave n'est pas tout à fait le mot qui convient. N'exagérons pas, ce ne sont pas de vrais animaux, tout de même ! Juste des créatures fabriquées avec de la gelée protoplasmique. Les Aliens les ont modelés, comme un enfant fabriquerait un bonhomme avec de la glaise.

— Ils n'éprouvent pas de sentiments ?

— Non ! *Surtout pas !* Ce sont des machines vivantes. Des robots de viande. Mais leur cerveau est hyper-performant. Rien à voir avec les circuits imprimés de nos vieilles boîtes de conserve articulées.

— Ils ne sont pas méchants ? insista la jeune fille.

— Non, assura l'officier. Pour être méchant, il faut avoir une sensibilité, éprouver des sentiments. Les monstres n'ont rien de tout ça. Rien ne les effraye, rien ne les ennuie, rien ne leur fait plaisir. C'est pour cette raison qu'ils sont inoffensifs. Ils ne savent que travailler, travailler... et travailler encore ! De sacrés bonshommes, oui... et qui nous rendent bien service.

Plus tard, Sigrid et Gus avaient réalisé que les choses

Serge Brussolo

étaient en réalité beaucoup plus compliquées qu'elles en avaient l'air.

*

— Hé ! souffla Gus. Réveille-toi. *Y'a un truc bizarre qui remue au sommet du mur.*

3

Grognements
dans les ténèbres

Sigrid se redressa, l'évaluateur de laideur au poing. Il n'y avait pas de lune, et l'on n'y voyait goutte. Malgré tout, elle discerna des formes étranges qui se dandinaient en haut du mur mitoyen. Cela dessinait une sarabande grotesque et distordue où brillait parfois l'éclat d'un œil reptilien. On entendait crisser les griffes des créatures sur les briques.

— Il fait trop noir, souffla la jeune fille. L'appareil ne pourra prendre aucune mesure. On dirait des ombres chinoises.

Elle se tut, la gorge serrée. Les bêtes allaient et venaient d'un bout à l'autre de la muraille. Leurs corps ondulaient tels ceux d'une nichée de serpents qui se seraient amusés à faire des nœuds avec leurs queues. Sigrid percevait des halètements rythmés qu'on aurait pu prendre pour une chanson guerrière. Dans la nuit, ce murmure caverneux et saccadé avait une sonorité menaçante. Néanmoins, il fallait se garder de tout jugement précipité.

Les monstres n'éprouvant pas de sentiments (aux dires des scientifiques !) ils essayaient souvent de singer les attitudes humaines pour établir un meilleur contact avec leurs interlocuteurs. Ces pantomimes censées exprimer la joie, la satisfaction, prenaient la plupart du temps un tour effrayant. *Comment, en effet, juger un sourire sympathique quand il est hérissé de crocs et laisse passer, entre les dents, une langue de serpent ?*

— Pourquoi les créatures fabriquées par les Aliens ont-elles cette apparence ? avait demandé Sigrid à l'officier chargé de sa remise à niveau.

— Les extraterrestres les trouvent amusantes, répondit l'homme avec un haussement d'épaules. Je suppose que leur humour est très différent du nôtre. Pour eux, ce sont des caricatures semblables à celles de nos bandes dessinées.

*

— Tu veux que j'allume la torche électrique ? proposa Gus.

— Non, répondit Sigrid, ils ficheraient le camp. Tu connais leur rapidité.

En dépit de leurs précautions ils avaient dû parler trop fort, car la sarabande s'immobilisa à la crête du mur et les halètements cessèrent. La jeune fille retint son souffle en pure perte ; les animaux, d'un même mouvement, sautèrent dans le jardin du voisin.

— C'est fichu ! grogna Gus.

— Non, siffla Sigrid, pas question d'attendre jusqu'à la nuit prochaine. J'en ai soupé de Malvina Goodson.

Elle se redressa.

La Fiancée du crapaud

— Qu'est-ce que tu fiches ? s'inquiéta le rouquin.

— Je les prends en filature, murmura Sigrid. J'arriverai bien à les « photographier » avec l'évaluateur.

— T'es dingue !

Déjà, la jeune fille s'était élancée vers le mur de brique. Elle n'éprouva guère de difficulté à l'escalader et se laissa couler de l'autre côté, sur la pelouse du prof de maths. Les paupières plissées, elle repéra les créatures bossues qui fuyaient en direction de la maison voisine. L'une des fenêtres du rez-de-chaussée étant ouverte, elles s'y engouffrèrent.

Sigrid se raidit. Si les animaux appartenaient à une espèce agressive, l'habitant de cette demeure risquait de passer un sale quart d'heure. Elle devait intervenir.

Elle courut vers la villa plantée au milieu d'une vaste pelouse et se faufila, elle aussi, par la fenêtre.

Elle comprit tout de suite que quelque chose n'allait pas. Au lieu de poser le pied sur une moquette, elle s'enfonça jusqu'aux chevilles dans une herbe épaisse et chaude. Quand elle voulut prendre appui sur le mur, ses doigts effleurèrent des lianes gluantes. Des lianes qui tombaient du plafond... Une puissante odeur végétale emplissait le pavillon de banlieue, cela sentait comme... comme...

« La jungle ! » songea Sigrid en écarquillant les yeux.

Retenant sa respiration, elle fit trois pas. Il n'y avait pas de meubles, ni télévision ni canapé, seulement des buissons étranges, hérissés d'épines, des fleurs phosphorescentes aux pétales acérés. Un arbre qui ressemblait à une pieuvre poussait au centre de la salle à manger.

« Pas de panique, se dit la jeune fille, ce n'est sans doute qu'un saule pleureur extraterrestre. »

*Le problème, c'était que les tentacules du « saule » bou-
geaient tout seuls... et dans la direction de Sigrid, comme
s'ils avaient l'intention de l'attraper.*

Quelque chose courut dans les fourrés, sur la gauche, et
l'adolescente se figea, le cœur battant. L'odeur de pourri-
ture végétale lui donnait envie de vomir. Il y eut un autre
bond dans les buissons, et elle devina que les monstres
manœuvraient pour l'encercler.

« Je ne dois pas rester ici une minute de plus », songea-
t-elle en amorçant un pas en arrière.

Elle ne parvenait pas à comprendre où elle était tombée.
La maison, tout à fait banale vue de l'extérieur, semblait
servir de cachette à une forêt vierge habilement dissimulée.
Les monstres qui se promenaient sur le mur de Malvina
Goodson s'échappaient chaque nuit de cette jungle
secrète. Probablement pour chercher de quoi se nourrir.

« Il n'y a plus rien à manger ici, pensa Sigrid. Ils ont déjà
englouti tout ce qui passait à leur portée. S'ils ne vont pas
faire leurs courses à l'extérieur, ils seront bientôt
condamnés à s'entre-dévorer. »

Elle se dit que Cornélius Starcom, le jeune prof de maths,
avait dû constituer leur premier repas.

« Il ne faudrait pas que je sois le second ! » conclut-elle
en se rapprochant de la fenêtre.

Elle ne pouvait faire un pas sans trébucher sur une
racine. Le plafond était recouvert de feuilles, les murs
tapissés de lianes. Au milieu du salon, incongrues dans ce
paysage de jungle, se dressaient une petite table et une
chaise. Les plantes grimpantes étaient montées à l'assaut
de ces pauvres meubles, emprisonnant également la lampe
plantée sur le bureau. Un gros livre ouvert se trouvait posé

La Fiancée du crapaud

au centre du halo jaunâtre tombant de l'ampoule. Il ne contenait que des pages blanches.

Un grognement en provenance des buissons empêcha Sigrid de s'en approcher. Elle devait filer. *Par moments, elle repérait la lueur verte des yeux phosphorescents qui la guettaient dans les fourrés.*

En deux bonds, elle se rua vers la fenêtre et plongea dans l'ouverture. Des griffes crissèrent sur sa botte de cuir, y ouvrant cinq longues balafres, mais elle était déjà dehors. Sans prendre le temps de respirer, elle courut vers le mur mitoyen. Gus s'y tenait à califourchon, une jambe dans chaque jardin. Il lui tendit la main pour l'aider à passer de l'autre côté.

— Bon sang ! lança-t-il, tu avais l'air d'avoir tous les démons de l'enfer à tes trousses !

— Ne restons pas là, haleta la jeune fille. Il se passe des choses bizarres dans cette baraque.

Les deux amis se laissèrent glisser dans le jardin de Malvina Goodson. Inquiet, Gus dégaina son imploseur. Quand son amie lui eut raconté ce qu'elle avait vu chez le voisin, il hocha la tête.

— Sale histoire, grogna-t-il. Il peut s'agir d'une horde de monstres hors-la-loi qui ont fait leur nid chez un humain après l'avoir dévoré. On ferait bien de donner l'alerte.

— Tu sais bien qu'on ne peut pas, murmura Sigrid. Il faut respecter la procédure sinon les exécuteurs ne se dérangeront pas. D'abord l'évaluation de laideur, ensuite la prise de sang déterminant l'agressivité des créatures...

— Arrête de me réciter le manuel, grommela le jeune homme. En fait de prise de sang, ce sont ces bestioles qui risquent de t'en faire une belle... pas avec une aiguille, *avec leurs dents !*

31

Serge Brussolo

— On va y retourner, décida l'adolescente. À l'aube. On a le droit de procéder à une perquisition, cela fait partie de nos prérogatives d'enquêteurs. Si les monstres se cachent on prendra des photos depuis la fenêtre.

— T'es dingue !

— Je te dis qu'on n'entrera pas. On montrera les photos au bureau, ils seront bien forcés de nous croire. Je n'avais encore jamais vu de pavillon de banlieue transformé en jungle d'intérieur. Des bananiers, des cocotiers, partout !

— Pauvre prof de maths, soupira Gus. Ce n'est pas que j'aime tellement les profs de maths, mais bon, finir comme ça...

*

Assis au pied du pommier, ils attendirent l'aube en silence, l'arme à la main au cas où les monstres reviendraient. Sigrid ne voulait pas intervenir dans l'obscurité car elle s'y sentait en état d'infériorité face à des créatures dont la vision nocturne était meilleure que la sienne. En plein jour, la situation serait inversée. Elle y verrait bien, et les monstres, éblouis, devraient garder les yeux à demi fermés. Du moins, l'espérait-elle...

Dès qu'il fit suffisamment clair elle secoua Gus qui somnolait.

— On y va ! lança-t-elle. Reste sur tes gardes.

— D'accord, fit le garçon en se redressant.

Ils escaladèrent une nouvelle fois le mur de séparation. En sautant chez le voisin, Sigrid remarqua que les briques, de ce côté, présentaient des traces de griffes. Des traces profondes... qui faisaient mal rien qu'à les regarder.

La Fiancée du crapaud

Les monstres avaient labouré la paroi en essayant de se hisser au sommet. Ce n'était pas de bon augure.

— La fenêtre est toujours ouverte, chuchota Gus. C'est vrai que de l'extérieur, on ne peut pas trouver plus banal en matière de villa.

Rassemblant leur courage, les deux amis avancèrent en direction de la maison. Une image s'obstinait à trotter dans l'esprit de Sigrid : la table, la chaise et la lampe de bureau, toutes trois enveloppées de plantes grimpantes, prisonnières du fouillis végétal, comme si la forêt essayait de les engloutir, elles aussi.

Le squelette du prof de maths devait être éparpillé dans les hautes herbes de la salle à manger.

« À moins que les créatures n'aient également rongé ses os ! » songea la jeune fille.

— On y est, haleta Gus. Fais gaffe en te penchant à l'intérieur. Si les bestioles sont là, elles te happeront d'un simple coup de patte !

Sigrid dégagea l'appareil photo de son étui. Il lui fallait un cliché de cette incroyable jungle intérieure. Elle s'approcha de la fenêtre, l'œil rivé au viseur et...

Et elle s'arrêta, interdite.

La forêt vierge avait disparu. Les pièces avaient repris leur apparence normale.

Un jeune homme mince, aux pommettes saillantes, s'encadra brusquement dans la découpe de la fenêtre. Il portait un pyjama à rayures bleues et ses cheveux étaient tout ébouriffés comme s'il sortait du lit. C'était attendrissant, d'autant plus qu'il avait l'air assez beau.

— Bonjour, dit-il. Je suis Cornélius Starcom. J'habite ici. Puis-je quelque chose pour vous ?

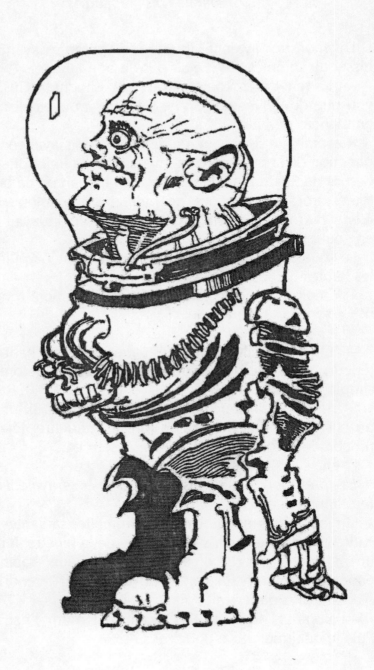

4

Le mystère
des feuilles blanches

Le premier réflexe de Sigrid fut de se sentir idiote. L'idée ne l'avait pas effleurée que le fameux « prof de maths » pût être un jeune homme de 25 ans. De surcroît séduisant.

Très poliment, Cornélius Starcom les pria d'entrer. Il expliqua qu'il venait juste de se réveiller et se préparait à prendre son petit déjeuner avant de se rendre au collège. Sigrid et Gus étaient sur la défensive, redoutant un piège. En franchissant le seuil de la salle à manger, la jeune fille écarquilla les yeux. Là où trois heures plus tôt proliféraient lianes, arbres et fleurs carnivores, s'étendait une vaste pièce d'une nudité glaciale. La table, la chaise et la lampe de lecture s'y trouvaient toujours, mais débarrassées des feuillages qui les emprisonnaient durant la nuit. Le gros livre à couverture de cuir était encore ouvert sur la table. Comme Sigrid en avait eu l'intuition, il ne comportait que des pages blanches. Le sol était, lui aussi, jonché de feuilles blanches. Des dizaines et des dizaines de pages vierges, toutes chiffonnées, et jetées au hasard.

— Vous devriez vous acheter une corbeille à papier,

suggéra Gus en affichant son habituel sourire de lapin ironique.

— Excusez le désordre, plaida Cornélius, mais je suis un peu dans la lune quand je fais des calculs. J'ai tendance à jeter mes brouillons partout. Je ne m'attendais pas à recevoir de la visite.

« Des brouillons ? s'étonna mentalement Sigrid. Mais il n'y a rien d'écrit sur ces feuilles ! Et combien en a-t-il froissé ? Deux cents ? *Trois cents ?* »

Elle ne voulait pas montrer au jeune professeur de mathématiques qu'elle éprouvait des soupçons, aussi se dépêcha-t-elle d'inventer une excuse plausible.

— Votre voisine nous a signalé des monstres en maraude, lança-t-elle. Vous en avez vu dans le coin ? N'ont-ils pas cherché à s'introduire chez vous ? Vous dormez la fenêtre ouverte, c'est imprudent.

— Ah ! oui ? fit l'homme. Je n'avais pas remarqué. Je suis si distrait. Toujours dans les équations, toujours dans les nuages... Vous savez ce que c'est ! Excusez-moi, je ne voudrais pas paraître impoli, mais je dois me préparer pour le collège.

Pris d'une soudaine frénésie de rangement, il s'empressa de jeter des livres dans une sacoche de cuir fatiguée. Gus et Sigrid ne pouvaient s'imposer davantage. Ils prirent congé.

— Tu as vu ? murmura la jeune fille, plusieurs centaines de feuilles froissées... *Je suis certaine qu'elles étaient blanches.*

— Possible, grommela le garçon. En tout cas, je ne sais pas avec quoi il a bien pu faire ses satanés calculs : il n'y avait pas un seul crayon sur le bureau.

— C'est bien étrange, fit pensivement Sigrid. La jungle

La Fiancée du crapaud

a disparu comme par enchantement. Et les monstres avec elle.

— Un sacré tour de magie, renchérit le jeune homme. Je ne sais pas ce que mijote ce type, mais il ne me paraît pas franc du collier.

— Nous allons attendre qu'il s'en aille au collège, décida Sigrid, puis je retournerai dans la maison pour l'inspecter de fond en comble.

— C'est dangereux...

— Tu feras le guet. Si tu le vois revenir, tu me préviendras.

Les deux amis allèrent s'embusquer dans la camionnette de service qu'ils utilisaient pour se déplacer. Sigrid était préoccupée. C'était la première fois qu'on lui jouait un tour de cette sorte.

— Je suis certaine de ne pas avoir rêvé, chuchota-t-elle en se recroquevillant derrière le volant. Il y avait une jungle à l'intérieur de la maison. Pas un décor... une véritable végétation, avec des arbres, une odeur, une humidité comme il n'en existe qu'au cœur des forêts tropicales. Regarde ! Les épines des plantes m'ont égratigné les mains !

— Calme-toi, fit le garçon. Je te crois. On finira bien par comprendre de quoi il retourne.

Dix minutes plus tard, Cornélius Starcom sautait dans sa voiture, la chemise hors du pantalon, la cravate de travers et son cartable sous le bras. Il avait l'air hagard et inquiet, ce qui le rendait aux yeux de Sigrid encore plus mignon. Dès que son véhicule eut tourné à l'angle de la rue, la jeune fille ouvrit la portière de la camionnette et annonça :

Serge Brussolo

— J'y vais.

— Fais gaffe, la supplia Gus. S'il revient, je t'appelle sur ton portable. J'essayerai de le retenir le temps que tu te glisses dehors par la fenêtre de derrière. D'accord ?

— D'accord, haleta Sigrid avant de s'élancer en direction de l'étrange maison.

Cornélius Starcom avait verrouillé la porte, mais elle n'eut aucune difficulté à ouvrir la serrure avec les outils de son kit d'effraction. Elle se faufila dans la salle à manger sur la pointe des pieds... et s'immobilisa aussitôt, l'œil en éveil. Rien n'avait changé depuis tout à l'heure, les pages blanches jonchaient le sol, le gros livre était toujours posé sur le bureau.

Et pourtant...

Sigrid s'agenouilla.

« Mais oui ! songea-t-elle. C'est cela. Les feuilles se sont défroissées, comme si on les avait repassées ! »

Elle les effleura du bout des doigts. Une demi-heure auparavant elles étaient chiffonnées, à présent elles devenaient lisses. Les plis qui les marquaient s'effaçaient doucement.

« Peut-être s'agit-il d'une nouvelle sorte de papier ? » se dit la jeune fille.

Soudain, elle tressaillit : *les pages rampaient sur le sol !* Par tractions successives, à la manière d'un reptile, elles se rapprochaient du bureau.

Sigrid se garda bien de bouger. Maintenant, les feuilles blanches se hissaient le long des pieds de la table en s'enroulant autour d'eux. Quand elles eurent atteint la surface plane du petit bureau, elles se glissèrent sagement dans le gros livre, les unes à côté des autres.

La Fiancée du crapaud

« Voilà qui n'est pas banal, songea Sigrid. Un registre mis en pièces qui se reconstitue lui-même. »

Elle eut l'intuition que le seul vrai monstre, ici, c'était cet énorme livre contenant deux mille pages vierges.

Abandonnant les feuilles à leur travail de reptation, elle explora la maison. Elle était vide, si l'on faisait exception d'un lit d'une personne, d'une valise contenant les vêtements de Cornélius Starcom et d'une dizaine d'ustensiles de cuisine d'une grande banalité.

Dans la cave, Sigrid découvrit un grand nombre de livres consacrés à l'anatomie des monstres. La plupart d'entre eux étaient imprimés dans une langue extraterrestre qu'elle ne savait pas déchiffrer.

— Je savais que vous reviendriez, dit la voix du professeur de mathématiques dans la pénombre.

La jeune fille sursauta.

— Votre ami ne m'a pas vu, fit Cornélius avec un petit rire. J'ai fait le tour par-derrière et je suis entré par un soupirail.

Il ne paraissait pas menaçant.

— Vous hébergez des monstres non répertoriés, murmura Sigrid. Des monstres qui sortent la nuit... Vous savez pourtant que tout utilisateur de créatures non terriennes doit demander un permis officiel à la mairie de son lieu de résidence.

— Vous vous trompez, soupira le jeune professeur en sortant de l'obscurité. *Il ne s'agit pas de monstres.*

— J'ai vu le livre, là-haut, répliqua Sigrid. Et les pages chiffonnées qui sont redevenues lisses. Ce livre est-il un Alien ? Cette bibliothèque est-elle une colonie d'Aliens déguisés en bouquins ?

— Non, lâcha Cornélius avec un charmant sourire. Vous

39

faites erreur. D'abord, les feuilles n'étaient pas chiffonnées, comme j'ai essayé de vous le faire croire. *Elles étaient pliées...*

— Pliées ?

— Oui, vous avez entendu parler de l'origami, l'art du pliage japonais ? On prend un morceau de papier, on le plie d'une façon extrêmement compliquée et l'on obtient un animal ou un objet fabuleux.

— L'origami... répéta Sigrid. Oui, je connais, mais en quoi...

Cornélius leva la main pour lui imposer le silence.

— Il ne s'agit de rien d'autre que d'origami, fit-il. Je fais des pliages. Des pliages très élaborés. Seulement, pour cela, j'utilise du papier extraterrestre.

— Remontons là-haut, lança la jeune fille que l'atmosphère de la cave oppressait. Vous allez me montrer ça.

Cornélius Starcom ne fit pas mine de protester. Il semblait fatigué et timide. Pas du tout hostile.

Brusquement, Sigrid eut une illumination.

— Vous êtes un Alien, n'est-ce pas ? murmura-t-elle.

— Oui, admit le jeune homme. Ma peau était verte à l'origine, mais je me lave avec un savon spécial pour la colorer en rose. J'étais sur ce vaisseau spatial démantibulé qui est entré dans votre atmosphère, il y a dix ans. Je me suis échappé de l'épave en même temps que les monstres.

— Vous faisiez partie de l'équipage ?

— Oui, mais ce n'étaient pas des gens de ma race. Ils m'employaient en tant que modeleur de KRAPO. Je fabriquais pour eux des créatures de synthèse. Des esclaves, si vous préférez...

— Des monstres.

— Oui. Les monstres, comme vous les appelez, effec-

La Fiancée du crapaud

tuaient à leur place tous les travaux dangereux : manipulation des réacteurs à fusion nucléaire, et toutes sortes de choses très néfastes pour l'organisme. Il y a eu un accident, et la fusée a pris feu. L'équipage a été tué, sauf les créatures de synthèse... et moi-même.

— C'est alors que vous êtes entrés dans notre atmosphère.

— Oui. Les monstres ne tenaient plus en place. Vous comprenez, on les a conçus pour travailler sans relâche et, comme il était impossible de réparer le vaisseau, ils s'ennuyaient affreusement. Ils ont commencé à se dire qu'ils trouveraient à s'employer sur la Terre, même si cette planète est très en retard au point de vue du développement scientifique.

— Voilà pourquoi ils ont débarqué. Ça a été le début de l'invasion.

— Exact, le vaisseau était très grand — 50 kilomètres de diamètre ! il abritait plusieurs centaines de créatures de synthèse. Je me suis glissé au milieu d'elles pour atterrir. J'étais en train de mourir de faim là-haut. Je n'avais pas le choix. Les KRAPO se nourrissent de rayons cosmiques, ou grignotent des tôles blindées. Ils peuvent jeûner pendant des années si c'est nécessaire.

— Et vous êtes devenu professeur de mathématiques... compléta Sigrid.

— Beaucoup de profs de maths sont des Aliens débarqués clandestinement sur la Terre, expliqua Cornélius. Mon vrai nom est Zoïd.

Quand Sigrid franchit le seuil de la salle à manger, les dernières feuilles blanches attendaient sagement leur tour d'escalader les pieds de la table pour se glisser dans le

41

livre. La jeune fille s'approcha du bureau afin d'observer le prodige. Les pages, dès qu'elles avaient repris leur place à l'intérieur du gros volume, se soudaient d'elles-mêmes à la reliure, telle une blessure qui cicatriserait.

— C'est un grimoire magique ? demanda Sigrid.

— Non, fit Zoïd. Il n'y a pas de magie là-dedans. Les gens de ma planète avaient de grandes connaissances scientifiques. Ces feuillets sont vivants, ils n'attendent qu'une chose pour se mettre à bouger : qu'on leur impose une forme. C'est à cela que sert l'art de l'origami. Quand j'arrache une page, je la plie d'une certaine manière pour lui donner l'apparence d'un animal ou d'une plante. *Aussitôt, le papier devient cet animal ou cette plante.* Il se met à exister, il bouge, il court... il se comporte comme un animal réel, une vraie fleur.

— Je crois comprendre, balbutia Sigrid. La jungle qui remplissait cette maison, ces bêtes qui grognaient dans l'obscurité... Vous les aviez fabriquées en pliant du papier !

— Oui. C'est comme si, en fabriquant une cocotte ou un avion avec une page arrachée à un cahier d'écolier, tu donnais naissance à un vrai poulet ou à un jet capable de voler.

La jeune fille s'écarta de la table.

— Évidemment, soupira Zoïd, il faut connaître l'art du pliage, sinon on ne bricole rien de bon.

— Mais pourquoi ? s'enquit Sigrid. Dans quel but faites-vous cela ?

Zoïd baissa les yeux.

— Ma race s'est éteinte, dit-il d'une voix sourde. Ma planète a été détruite par un ouragan cosmique. J'en suis le seul survivant. Ce livre « magique » est le seul moyen qui me reste pour faire revivre mes souvenirs. La nuit, quand la tristesse me prend, je m'assieds à ce bureau et je commence à

La Fiancée du crapaud

faire des pliages. Je fabrique des arbres, des animaux. J'ai appris cela à l'école, quand j'étais petit. Au fur et à mesure, la maison s'emplit d'images du passé... et je me crois revenu chez moi.

Sigrid se sentait émue. Elle comprenait la mélancolie de Zoïd. Elle regrettait parfois, elle aussi, d'avoir quitté Kobania.

— Ce décor n'a qu'une durée de vie assez courte, reprit l'extraterrestre. Peu à peu, les plis s'effacent, et les animaux redeviennent de simples feuilles de papier. C'est l'inconvénient du grimoire, ses pages ne peuvent pas rester éternellement pliées, elles finissent toujours par reprendre leur aspect originel.

— D'accord, souffla Sigrid, je comprends. Ils vivent l'espace d'une nuit, c'est ça ?

— Disons plutôt cinq ou six heures si l'on prend la peine de bien marquer les plis en fabriquant l'origami.

— Je partage votre tristesse, dit la jeune fille. L'ennui, c'est que vous avez laissé certaines bêtes sortir de la maison. Elles sont allées épier vos voisins qui n'ont pas vraiment apprécié.

— C'est vrai, avoua Zoïd. Je me suis montré imprudent. Quand je fabrique des animaux de papier j'oublie tout le reste. Je m'applique à faire des pliages de plus en plus beaux.

— Pour ce que j'en ai vu c'était très réussi, dit Sigrid. On sentait même l'odeur des fleurs. Quant aux animaux, ils semblaient bien décidés à me dévorer.

— Vous avez dû entrer alors que je dormais, supposa Zoïd. Je suis allé me coucher une fois la jungle terminée. J'aime m'endormir dans le parfum des plantes. Excusez-moi, je n'aurais pas dû laisser la fenêtre ouverte.

43

— Je pense qu'elle était fermée, dit Sigrid. Ce sont les animaux qui l'ont ouverte. Vous êtes celui qui leur donne vie, alors ils ne peuvent vous manger... *mais ils cherchent ailleurs d'autres proies qu'ils pourront dévorer sans risque.* Votre passe-temps n'est pas sans danger.

— Je sais, avoua Zoïd, penaud. Mais je ne puis m'en empêcher. Il me semble que si je ne pouvais plus faire vivre ces souvenirs je mourrais. Je vous promets de ne plus fabriquer d'animaux carnassiers. À l'avenir, je me contenterai des plantes. Est-ce que ça va comme ça ?

Sigrid hésita. Pouvait-elle vraiment faire confiance à l'Alien mélancolique ? Une fois plongé dans ses pliages, saurait-il s'arrêter à temps et ne confectionner que d'inoffensifs pantins de papier ?

— D'accord, capitula-t-elle. Faisons un essai. Contentez-vous des fleurs, des chiots et des chatons.

— Ces animaux n'existaient pas sur ma planète, dit Zoïd. Les moins dangereux étaient des lézards à deux têtes.

— Et vous les regrettez ? s'étonna la jeune fille.

— C'était *ma* planète, murmura Zoïd. Aujourd'hui qu'elle n'existe plus, elle me paraît plus belle qu'elle n'était sûrement en réalité.

Sigrid décida de s'en aller ; Gus devait s'inquiéter. Normalement, elle aurait dû confisquer le grimoire « magique » et le remettre aux autorités qui l'auraient détruit. Elle ne s'en sentait pas le courage. En passant près de la table, elle en effleura les pages blanches.

— Faites attention, chuchota-t-elle, dans les mains de quelqu'un de malintentionné, cela pourrait devenir une arme terrible.

— Là d'où je viens, protesta l'Alien, c'était un jouet destiné aux enfants. Un accessoire utilisé par les institutrices dans les écoles maternelles. C'est là, d'ailleurs, que j'ai appris à m'en servir.

Sigrid lui renouvela ses conseils et sortit. Au moment où elle fermait la porte, elle surprit un mouvement furtif dans les buissons bordant la maison, et, durant une seconde, elle eut l'impression que quelqu'un essayait de prendre la fuite sans être vu. Quelqu'un qui avait espionné leur conversation.

— Hé ! vous, là-bas ! cria-t-elle en portant la main à son arme.

Toutefois, lorsqu'elle s'approcha des fourrés, elle n'y trouva personne. Malgré tout, elle décida de demeurer sur ses gardes.

*

De retour dans la camionnette, elle dut tout expliquer à son camarade. Gus ne se montra guère emballé par sa décision de ne pas confisquer le livre.

— C'est son album à souvenirs, plaida-t-elle. La seule chose qui l'empêche de sombrer dans la déprime totale. Je ne pouvais pas le lui prendre.

— Mouais, grommela le rouquin. Tu es trop gentille. Espérons que cela n'entraînera pas une catastrophe. Tu imagines ce qui se passerait si la voisine et son mioche se faisaient dévorer par les monstres ?

— Restons une nuit de plus, proposa Sigrid. De cette manière nous verrons si Zoïd tient ses promesses.

Les deux compagnons s'installèrent à l'arrière du véhicule pour dormir car la fatigue commençait à les rattraper.

Le jour baissait quand trois coups frappés sur le pare-brise réveillèrent Sigrid en sursaut. Se redressant, la jeune fille découvrit Zoïd debout près de la portière, l'air inquiet.

— Que se passe-t-il ? demanda-t-elle en baissant la vitre latérale.

— C'est vous qui avez pris le grimoire ? lança l'extraterrestre.

— Non, répondit Sigrid, pourquoi ?

— Il a disparu, balbutia l'Alien. *Quelqu'un l'a volé...*

5

Un monstre, sur un mur, qui picotait du pain dur...

— Vous comprenez, balbutia Zoïd. Les feuilles de papier peuvent déclencher une catastrophe entre des mains inexpérimentées. Si l'on se contente d'écrire dessus, il ne se passera rien, mais si, par malheur, quelqu'un les arrache et les froisse, on ne peut pas savoir en *quoi* elles se transformeront.

— Il faut les froisser pour qu'elles prennent vie ? demanda Sigrid.

— Oui, c'est le principe. Dès qu'on modifie leur structure moléculaire par des plis, des accidents de surface, on enclenche le processus. Les feuilles se métamorphosent en obéissant aux lignes directrices du pliage. Si on le froisse n'importe comment, tout est à craindre.

Il semblait très inquiet. Sigrid réveilla Gus et le mit au courant de la situation.

— Quelqu'un nous espionnait, dit-elle enfin. Tout à l'heure, quand je suis sortie de la maison, j'ai éprouvé une impression de présence.

— Bon sang ! Je sais qui c'est ! lança Gus. Le fils de

47

Serge Brussolo

Malvina Goodson. Je l'ai vu traîner dans la rue, il avait l'air de cacher quelque chose sous son T-shirt. Sur le coup, je n'y ai pas prêté attention. Il a piqué le bouquin !

Sigrid ouvrit la portière du véhicule.

— Viens ! décida-t-elle. Il faut le récupérer avant que ce gosse ne déclenche un drame. Zoïd, vous attendrez ici.

Les deux jeunes gens se précipitèrent vers la villa de Malvina. Hélas, les choses ne se passèrent pas comme ils l'espéraient. La maîtresse de maison refusa obstinément de restituer l'objet du larcin.

— Ce livre est notre propriété depuis des générations ! mentit-elle. Mon grand-père me l'a offert quand j'étais petite, et c'est moi-même qui l'ai donné à mon fils. N'est-ce pas, Kévin ?

— Oui, s'entêta le gosse qui serrait le grimoire contre sa poitrine. C'est à moi ! J'ai le droit d'en faire ce que je veux ! J'vous le rendrai pas ! Allez-vous-en ! Vous êtes des voleurs !

— Il a raison, aboya Mme Goodson. Des voleurs et des bons à rien. Fichez le camp ou j'appelle vos chefs pour me plaindre de vous.

Sur ces mots, elle claqua la porte au nez de ses visiteurs.

— Quelle saleté ! gronda Gus.

— Visiblement, les caprices de son cher petit sont sacrés pour elle, soupira Sigrid. Nous voilà dans une belle mélasse.

Ne sachant que faire, ils se dirigèrent vers la camionnette. Sigrid hésitait à donner l'alerte. Zoïd était un Alien débarqué clandestinement sur la Terre, il risquait de graves ennuis. Elle n'eut pas le temps d'y réfléchir davantage car

48

La Fiancée du crapaud

un bruit terrible retentit soudain, suivi d'un hurlement de terreur.

— C'est Malvina ! lança Gus, je reconnais sa voix. Bon sang ! Que se passe-t-il ?

Sigrid pivota sur elle-même pour voir s'effondrer l'arrière de la maison des Goodson... Une poule géante émergea des décombres. Une poule sans plumes, dont la peau évoquait celle d'un dinosaure et dont les yeux brillaient d'un éclat farouche.

— Qu'est-ce que... balbutia Gus.

Un vacarme effroyable couvrit ses paroles. Un avion de chasse hérissé de canons venait de crever le toit de la maison à demi écroulée. L'appareil volait en zigzag, rasant les cheminées des demeures voisines. Gus saisit les jumelles militaires posées sur le tableau de bord de la camionnette et examina le jet.

— C'est... *c'est Kévin qui le pilote !* hoqueta-t-il. Du moins, il essaye ! C'est du délire.

— Mais non, intervint Sigrid. Je comprends tout. Sur la Terre, la plupart des enfants ne savent exécuter que deux pliages : les cocottes en papier et les avions. C'est ce qu'a fait le fils de Malvina. Il a déchiré deux pages du grimoire pour voir s'il pouvait faire comme Zoïd. Il a ainsi créé une poule monstrueuse et une sorte de fusée miniature qui vole de travers.

— C'est normal, expliqua Zoïd. Le papier ne peut reproduire correctement que des objets appartenant à ma planète. Les pliages de Kévin ont perturbé les processus moléculaires. Le livre s'est appliqué à fabriquer quelque chose d'approchant... d'où cette poule-dinosaure et cet avion-fusée abracadabrant.

— La poule regarde dans notre direction ! cria Gus. Je

crois qu'il serait plus prudent de grimper dans la camionnette. Vous avez vu son bec ?

Sigrid frissonna. Le volatile à la peau écailleuse ressemblait davantage à un T-rex qu'à une volaille de basse-cour. Son bec, étonnamment long, aurait pu sans peine traverser le toit du véhicule.

Dans le ciel, Kévin, toujours prisonnier de l'avion, continuait à virevolter en tous sens.

— Quelle est la durée du phénomène ? demanda Sigrid.

— Cinq à six heures, bredouilla Zoïd. Ça dépend de la qualité du pliage. Mais, dans le cas présent, les objets engendrés par le papier se désagrégeront sans doute plus vite. Je vous l'ai dit : ils n'appartiennent pas à l'univers de ma planète, le livre ne sera pas capable de maintenir leur cohésion très longtemps.

— Je l'espère bien, haleta Sigrid. En six heures, cette poule pourrait bien ravager la contrée !

Gus démarra en trombe car l'affreuse volaille s'était mise à courir dans leur direction. Ses pattes faisaient trembler le sol. Sigrid, qui l'observait par la vitre latérale, nota qu'elle était mal formée, bancale. Son aile gauche était plus petite que la droite ; il en allait de même pour ses yeux. Son corps paraissait fait tantôt d'écailles, tantôt de papier froissé.

— Elle se rapproche ! hurla Zoïd.

Gus lança la camionnette sur la route, évitant de peu un coup de bec gigantesque. La poule-dinosaure avait frappé avec tant de puissance que son bec resta planté dans le goudron, l'immobilisant pendant une minute.

Le jet, lui, filait vers le sol en piqué. Kévin, qui tripotait tous les boutons, déclencha le tir des canons lasers, et faillit couper la camionnette en deux. Il redressa l'avion à la dernière seconde, alors qu'il allait percuter la maison fami-

La Fiancée du crapaud

liale... ou du moins ce qui en restait. La poule, agacée par ses évolutions hasardeuses, essaya de le picorer au passage, lui arrachant une aile. L'appareil perdit aussitôt de l'altitude et fit un atterrissage forcé en plein champ. Mécontente, la volaille dinosaurienne se dirigea vers lui, avec l'évidente intention de l'achever.

Recroquevillé à l'intérieur du cockpit, le petit Kévin se cacha le visage dans les mains pour échapper à ce spectacle d'épouvante.

— Pourvu que ce jeune crétin n'ait pas la mauvaise idée de sortir ! souffla Sigrid. Tant qu'il restera dans l'avion, il sera à l'abri.

Ayant oublié l'existence de la camionnette, la poule géante avait entrepris de picorer l'avion abattu. Elle procédait avec méthode, désossant le fuselage pièce à pièce. Son bec défonçait l'acier avec la puissance d'un marteau-piqueur.

Malvina Goodson, blanchie par le plâtre des décombres, courut vers l'oiseau cauchemardesque en poussant des cris.

— Oh ! non, pas elle ! grogna Gus. Elle va tout compliquer.

— Si la poule l'aperçoit, elle va la transpercer, haleta Sigrid. Vite, manœuvre pour lui couper la route. Zoïd et moi allons essayer de l'intercepter et de la hisser dans la camionnette.

— Il faut gagner du temps, lança l'extraterrestre. Voyez ! Les contours de la bête se brouillent. Le papier ne peut plus maintenir la cohésion du phénomène. Il ignore tout des caractéristiques de cet animal. Dans quelques minutes, il renoncera.

— Puissiez-vous dire vrai ! soupira Sigrid.

Gus accéléra pour se placer entre Malvina et le monstre. Dès qu'il y fut parvenu, Sigrid fit coulisser la portière et tenta de saisir Malvina Goodson pour la faire grimper dans le fourgon. Hélas, la mère de Kévin se débattit en hurlant qu'elle voulait sauver son fils. Ses cris éveillèrent l'attention de la poule qui releva la tête, une tôle coincée dans le bec.

— Taisez-vous ! ordonna Sigrid, vous allez nous faire tuer ! Restez tranquille, dans trois minutes tout rentrera dans l'ordre...

Elle essaya de bâillonner la femme, mais celle-ci lui mordit la main, et se mit à brailler de plus belle.

— Nous sommes fichus ! balbutia Gus. La poule vient sur nous. Fermez les portières et éloignez-vous des vitres !

Sigrid et Zoïd se jetèrent sur Malvina Goodson pour la maîtriser. Au même instant, le premier coup de bec ébranla le toit de la camionnette, enfonçant les tôles. Sigrid eut l'impression d'avoir heurté un camion lancé à pleine vitesse. Sous le choc, le pare-brise explosa. La volaille monstrueuse releva la tête pour frapper de nouveau. Cette fois, Sigrid en était certaine, le terrible éperon du bec traverserait le véhicule de part en part.

Elle ferma les yeux, s'attendant à être transpercée comme par le javelot d'un guerrier... mais la douleur ne vint pas.

Une seconde s'écoula, puis deux, puis trois...

— Regardez ! exulta Zoïd. Ça y est ! Le processus est annulé.

Sigrid se précipita à la portière. Au milieu du champ, le petit Kévin était assis sur une feuille de papier, quant à la poule-dinosaure, elle avait pris l'aspect d'une page blanche tournoyant dans le vent. L'Alien bondit hors du véhicule pour récupérer les deux feuillets qui portaient encore les traces des pliures maladroites ébauchées par le gosse.

La Fiancée du crapaud

— Nous avons évité la catastrophe de justesse, murmura Gus. Je ne sais trop comment expliquer ce bazar au bureau...

— Je m'en occupe, fit Sigrid. Tout le monde est fautif dans cette affaire : Zoïd parce qu'il n'a pas songé aux conséquences de ses pliages, Malvina parce qu'elle n'a pas voulu restituer le livre volé par son fils. Nous devrions parvenir à un accord amiable.

*

Par bonheur, la maison des Goodson n'était pas totalement détruite. Sigrid parvint à obtenir de Malvina qu'elle ne porte pas plainte contre Zoïd. En échange, on tairait la responsabilité de Kévin dans la naissance de la poule monstrueuse. De cette manière, les Goodson pourraient être indemnisés par le bureau de surveillance des monstres.

— Nous dirons qu'il s'agissait d'une créature inidentifiée, et qui s'est enfuie dès que nous avons essayé de la mettre hors d'état de nuire, c'est d'accord ?

Malvina accepta à contrecœur. Depuis qu'elle avait compris que le prof de maths de son fils était un Alien elle lui jetait des coups d'œil dégoûtés.

— Je ne peux pas rester, confia Zoïd à Sigrid. Je suis démasqué, on me ferait une vie impossible. Je vais partir à Homakaïdo, c'est une ville bizarre, remplie de monstres. J'y serai plus en sécurité qu'ici. En tout cas, merci pour ce que tu as fait pour moi. Je te dois un service. Si un jour tu as besoin de moi, n'hésite pas.

Et il remit à la jeune fille une carte sur laquelle il avait griffonné un numéro auquel on pouvait le joindre jour et nuit.

Serge Brussolo

Ayant récupéré le grimoire dans les décombres, il s'en alla sans se retourner.

Sigrid le regarda s'éloigner, persuadée qu'elle n'entendrait plus jamais parler de lui. Elle se trompait...

6

Bon Krapo

Sigrid et Gus atteignaient les faubourgs de la ville quand une terrible secousse fit trembler le sol. Gus faillit perdre le contrôle du véhicule de service. Les vitrines des magasins explosèrent tandis que de nombreux passants, déséquilibrés, étaient jetés à terre.

— C'est quoi, ça ? hoqueta le garçon.

— Quelque chose vient de tomber du ciel, diagnostiqua Sigrid. J'ai vu une ombre rayer les nuages en diagonale. Ça n'a duré qu'une fraction de seconde.

— Un avion ?

— Sans doute. Allons voir.

Sigrid ne se trompait pas. Un gros avion-cargo gisait au milieu d'un chantier en construction. Il s'agissait d'un avion sans pilote, conduit par un robot. Le choc lui avait arraché les ailes et la queue. Il avait terminé sa course en percutant un immeuble.

Un policier surgit pour barrer la route aux deux amis.

— N'allez pas plus loin, ordonna-t-il. L'appareil est rempli de produits industriels qui peuvent s'enflammer d'une seconde à l'autre. Les monstres vont s'en charger. C'est un boulot pour eux.

Serge Brussolo

— Si des KRAPO sont impliqués dans une opération dangereuse j'ai le droit d'intervenir, répliqua la jeune fille en brandissant sa carte officielle de l'Office de Surveillance.

Le policier recula en grimaçant. Il cachait mal son exaspération.

— D'accord, ma petite, grogna-t-il, c'est comme vous voulez. Mais à votre place je n'irais pas risquer d'abîmer ma jolie frimousse pour ce ramassis de gargouilles pustuleuses.

Sigrid l'écarta sèchement et s'avança au bord du cratère creusé par l'accident. L'avion ressemblait à un accordéon de tôle. Des étincelles et des filets de fumée s'échappaient par les crevasses du fuselage, n'annonçant rien de bon.

— Laissez tomber, insista le garde. Le propriétaire de l'appareil va arriver avec une brigade de monstres récupérateurs. Ces bestiaux-là ça n'a peur de rien, même pas de brûler vif. Des fois, ils ne pensent même pas à se sauver, ils grillent sur pied sans s'en rendre compte ! De vrais crétins.

Sigrid serra les mâchoires. Elle allait répliquer quand un gros camion s'arrêta près d'elle, manquant de lui écraser les pieds. Les portes s'ouvrirent pour laisser descendre une dizaine de KRAPO d'aspects variés mais mesurant tous trois mètres de haut. Leur patron, un homme moustachu aux cheveux gris coupés ras, leur criait des ordres en usant d'un langage approximatif, ce qui était stupide car les monstres comprenaient sans problème toutes les langues terriennes.

— Toi et toi ! vociférait l'homme. Descendre dans le trou. Compris ? Entrer dans le gros avion. Ramener caisses. Vite, vite. Caisses importantes, valoir très cher. Allez ! Hop ! Hop ! au trot.

Au même moment une explosion se produisit, et des flammes jaillirent par l'arrière de l'appareil. La foule des

La Fiancée du crapaud

curieux recula peureusement tandis que les monstres galopaient vers l'épave sans une hésitation.

« Ils n'ont pas peur, songea Sigrid. En fait, on les a privés
de tout instinct de survie. Comme si leur mort n'avait
aucune importance. »

Le propriétaire des gargouilles, l'homme maigre et moustachu, haranguait à présent ses troupes à l'aide d'un porte-
voix.

— Remuez-vous ! grondait-il. La cargaison de cet avion
représente une fortune.

— Sont pas bien malins, ricana le policier planté à ses
côtés.

— Ça c'est vrai, bougonna le moustachu. Du muscle et
de l'écaille, mais rien dans la tête. Enfin, il ne faut pas se
plaindre, ils coûtent beaucoup moins cher que les robots.

Les monstres avaient atteint l'avion. Le premier d'entre
eux arracha la porte d'acier et se glissa dans la carcasse de
métal sans paraître incommodé par la fumée.

— Ils vont brûler vifs, intervint Sigrid.

— Mais non ! s'esclaffa le propriétaire. C'est increvable,
ces trucs-là.

C'était faux, la jeune fille le savait. La résistance des
KRAPO avait, certes, quelque chose de phénoménal, mais
ils n'étaient pas immortels, loin de là.

Au centre du cratère, les monstres avaient entamé leur
travail d'évacuation. Ils soulevaient sans peine des conte-
neurs métalliques qu'une grue aurait eu le plus grand mal
à arracher du sol.

L'un d'eux, une sorte de gorille cornu couvert de poils
bleus, émergea de l'épave, deux énormes caisses sur le dos
sans se rendre compte que son pelage prenait feu. Les

flammes lui dévoraient les jambes sans pour autant le ralentir.

— Il faut l'aider ! cria Sigrid. On ne peut pas le laisser comme ça.

— Allons donc, ricana le policier, il ne sent rien, vous voyez bien.

Exaspérée, la jeune fille courut à la camionnette.

— Passe-moi le scaphandre anti-feu, lança-t-elle à Gus. Et l'extincteur.

Elle s'équipa à la hâte et descendit dans le cratère.

— Bon sang ! protesta le propriétaire des KRAPO, qu'est-ce que vous fichez ? Ne vous mêlez pas de ça, vous allez ralentir le travail d'évacuation ! Non de non, si vous me faites perdre de l'argent je me plaindrai à vos supérieurs !

Mais Sigrid ne l'écoutait pas. En moins de deux minutes elle eut rejoint les monstres au milieu des tourbillons de fumée s'échappant de l'avion bosselé. Elle se dirigea vers le gorille bleu dont la moitié du corps était maintenant la proie du feu, et l'aspergea de mousse carbonique.

— Ne vous inquiétez pas, mademoiselle, dit la créature du ton étrangement poli qu'employaient toujours les monstres. Je fais correctement mon travail. Les caisses ne sont pas abîmées.

— Je me fiche des caisses, grogna Sigrid. Je ne veux pas que tu sois carbonisé, c'est tout.

— Oh ! ça, fit le gorille d'un ton distrait, ce n'est pas grave, ce qui compte c'est la cargaison. Je suis un bon travailleur.

La jeune fille remarqua que sa fourrure noircie se détachait par plaques, laissant voir une peau couverte de grosses cloques.

La Fiancée du crapaud

— Tu es gravement blessé, insista-t-elle. Viens ; vous devez tous sortir d'ici, l'avion va exploser d'une seconde à l'autre.

— Vous n'y pensez pas ! s'indigna la créature, il y a encore de nombreuses caisses dans la soute. Je serai guéri demain ; je vous remercie de votre sollicitude, mais vous devriez vous écarter, vous gênez le travail.

Sigrid serra les doigts sur la poignée de l'extincteur. Elle ne parviendrait pas à lui faire entendre raison ! Un autre KRAPO s'extirpa du fuselage. Il avait la moitié de la face en feu. Son bras gauche, carbonisé jusqu'à l'os, était tombé en cendres ; malgré cela, il s'obstinait à tirer un conteneur d'une seule main.

— Lâche ça ! hurla la jeune fille. Fiche le camp !

Les créatures ne l'écoutèrent pas.

Elle dut reculer car la chaleur devenait insupportable. Elle ne partageait pas l'opinion communément admise assurant que les monstres étaient presque immortels. S'ils ne souffraient pas, si leur résistance était étonnante, il restait évident que leur corps demeurait destructible, comme celui de toute créature vivante. Lorsque les blessures endurées s'avéraient trop graves, ils mouraient... Toutefois, la plupart des gens préféraient croire le contraire et vanter leur formidable capacité de cicatrisation.

Une nouvelle explosion eut lieu, faisant voler dans les airs des débris de tôles déchiquetées. L'un de ces tronçons d'acier se ficha dans le dos du gorille et lui traversa le torse de part en part pour ressortir à la hauteur du sternum. Il eut un hoquet, bava un peu de sang bleuâtre, et lâcha la caisse qu'il tenait dans les mains.

— Oh ! gémit Sigrid, je le savais... Je le savais...

— C'est fini pour moi, balbutia la créature en s'affaissant sur les genoux. Ne t'inquiète pas, mamzelle, je ne ferai pas de grimace en mourant... Je veillerai à ne pas devenir plus laid que je ne suis déjà. Tu n'auras pas peur.

— Il ne s'agit pas de ça, souffla la jeune fille. Attends, je vais t'aider.

Le gorille bleu roula sur le flanc. Sigrid saisit sa grosse patte poilue entre ses mains gantées. Sous la vitre du casque, ses larmes se mêlèrent aux gouttes de sueur qui ruisselaient sur ses joues.

— Regarde mon visage... souffla le monstre. Mamzelle, regarde mon visage... Tu vois, je ne grimace pas... Tu vois, hein ! Tu n'as pas peur, hein ? Je suis un bon KRAPO... Tu le diras à mon patron ?

— Oui, oui, murmura Sigrid.

— Les caisses... bredouilla la créature en fermant les yeux. J'ai sauvé beaucoup de caisses. Bon KRAPO... Bon...

Et elle mourut.

Une main griffue se posa sur l'épaule de Sigrid. Un monstre à face de rhinocéros se penchait sur elle.

— Mademoiselle, dit-il très poliment, vous gênez la manœuvre et vous vous mettez en danger. Cet avion va exploser. Le feu vient d'atteindre les réservoirs.

— Vous allez mourir, lança Sigrid.

— C'est notre travail, chère amie, rétorqua la créature, mais je dois vous mettre hors de danger.

— Venez avec moi ! cria la jeune fille. Je vous l'ordonne !

— Je regrette. Vous n'en avez pas l'autorité, dit le monstre, vous n'êtes pas mon patron.

Avant que Sigrid ait le temps de protester, le KRAPO la saisit par le plastron de son scaphandre d'amiante et la

La Fiancée du crapaud

souleva de terre sans effort. La seconde d'après, il la projeta dans les airs en direction du cercle des curieux. Il venait à peine d'accomplir ce prodige qu'une déflagration déchira l'épave en deux. Les éclats d'acier cisaillèrent le monstre en trois morceaux. La tête du rhinocéros accompagna Sigrid dans son vol plané et rebondit sur le capot de la voiture de police qu'elle enfonça.

Gus se précipita vers son amie pour l'aider à se relever. Le propriétaire des monstres vociférait, fou de colère.

— J'ai perdu ma cargaison par votre faute ! hurlait-il en gesticulant. Vous avez retardé mes esclaves dans leur travail. Je vais porter plainte ! Vous allez voir de quel bois je me chauffe !

Sigrid fut tentée de lui envoyer son poing sur le nez mais Gus la retint.

— Laisse, chuchota-t-il, c'est un crétin.

— Les KRAPO ne sont pas des esclaves ! cria la jeune fille en ôtant son casque noirci de fumée.

— Ça c'est la meilleure ! s'esclaffa le moustachu. Vous entendez ça ? Il faut te reprogrammer, ma toute belle. Quand on emploie un KRAPO, on a le droit d'en faire ce qu'on veut.

— Ça ne durera peut-être pas éternellement, siffla Sigrid, menaçante.

7

La ville
aux parapluies d'acier

Le lendemain, Sigrid et Gus furent convoqués au bureau de surveillance de la monstruosité. Leur chef, un homme austère, portait en permanence des lunettes noires. Il leur apprit, qu'en raison d'une plainte déposée contre eux, ils étaient transférés dans un autre secteur pour se faire oublier.

— Bouclez vos bagages, ordonna-t-il, vous partez pour Homakaïdo. On a besoin d'enquêteurs confirmés là-bas ; il se passe des choses bizarres.

— Quoi donc ? s'enquit Sigrid.

Le chef grimaça.

— Depuis quelque temps le comportement des monstres est devenu curieux, expliqua-t-il. Ils sont affectés par une sorte de virus.

— Quel virus ? interrogea Gus.

— Un truc qui s'attaque à leur cerveau et leur permet d'éprouver des sentiments, grommela l'homme. C'est très ennuyeux. Normalement, les créatures de synthèse ne ressentent rien, ni plaisir ni douleur, ni joie ni tristesse. On

63

les a programmées pour accomplir leur travail le mieux possible, *c'est tout*. Si elles se mettent à avoir des états d'âme, nous ne sommes pas sortis de l'auberge !

Le chef s'interrompit pour fouiller dans les papiers étalés sur son bureau.

— Il semblerait, reprit-il, que les monstres soient très friands d'une substance baptisée *Phobos*[1], qui leur permet de connaître la peur. Ce produit circule clandestinement sous forme de pilules. Si un humain en avalait une seule, il deviendrait tellement peureux que la simple vue d'un chaton endormi dans un panier le ferait mourir de terreur. Les monstres ignorent la peur, ils sont conçus comme ça, pour faire face à tous les dangers...

— Alors ils prennent du *Phobos*, compléta Sigrid. Avoir peur leur donne l'illusion d'éprouver enfin des sentiments.

— C'est ça, grogna l'homme aux lunettes noires. Et c'est fâcheux. Un monstre qui a peur n'est plus efficace, il devient prudent, il refuse de prendre des risques. Vous allez vous rendre à Homakaïdo pour examiner les créatures actuellement en service. Votre mission est d'enrayer cette stupide épidémie « sentimentale ». À partir de maintenant vous êtes tous les deux promus au grade de vétérinaire. Vous vaccinerez les monstres de la ville avec un produit qui annulera les effets du *Phobos*. Homakaïdo est une ville très spéciale, vous vous en rendrez compte. Respectez les consignes de sécurité qu'on vous imposera dès votre arrivée... sinon vous ne survivrez pas deux jours dans un tel environnement. Je vous conseille d'engager un guide, du moins au cours des premières semaines. Il est possible que le *Phobos* soit fabriqué par un groupe subversif qui essaye de détruire notre économie. Dès que ces gens auront

---

1. *Phobos*, en grec, signifie la peur.

La Fiancée du crapaud

compris que vous les combattez, ils tenteront de vous supprimer. Restez sur vos gardes. À présent, fichez le camp, j'ai du travail.

*

— Homakaïdo, dit rêveusement Sigrid en sortant du building fédéral, c'est là qu'a emménagé Zoïd. Je vais l'appeler, il pourrait nous servir de guide.

— Des monstres qui veulent avoir peur, bougonna Gus. C'est le monde à l'envers !

— Je les comprends, fit la jeune fille. Ils en ont probablement assez d'effrayer les gens. Ils essayent d'éprouver eux-mêmes ce sentiment pour le comprendre de l'intérieur. Et lorsqu'ils l'ont compris, ils ont honte de leur apparence. Cela expliquerait assez leur comportement bizarre des derniers mois... Toutes ces créatures qui essayaient désespérément d'amuser les humains ou qui dissimulaient leur visage sous un sac en papier. Je me disais bien que les choses ne tournaient plus rond.

— C'est la loi, objecta Gus, les monstres trop affreux ont l'obligation de porter des masques.

— Oui, admit Sigrid, mais jusqu'à présent ils ne prenaient pas cette initiative d'eux-mêmes. Il fallait leur ordonner de mettre un masque... Ils obéissaient d'ailleurs sans rechigner. En fait, ils s'en fichaient, parce qu'ils n'éprouvaient rien. Masqués, pas masqués, ils ne voyaient guère la différence. Aujourd'hui, ils n'attendent plus qu'on leur commande de cacher leurs traits, ils le font dès que la honte les envahit. C'est nouveau.

— Trop compliqué, bâilla Gus.

— Je crois surtout que ça contrarie les gens qui les fai-

65

saient travailler comme des esclaves, chuchota Sigrid. Un monstre qui souffre est sûrement moins docile qu'une créature aussi insensible qu'un bulldozer.

*

Sigrid contacta Zoïd par téléphone. L'Alien accepta avec joie de lui servir de guide.

— Je vous attendrai à la gare avec un garde du corps, expliqua-t-il. Si je suis en retard, ne sortez pas des bâtiments, restez bien à l'abri. Respectez scrupuleusement les consignes de sécurité. *Il y va de votre vie !*

Sigrid fronça les sourcils. Décidément, Homakaïdo semblait une ville très spéciale !

Trop récemment débarquée sur la Terre, elle connaissait mal les nouvelles cités de l'Union fédérale. Les pays n'existaient plus ; pendant son absence (un siècle et demi !) les populations s'étaient mélangées. Il n'y avait plus de frontières et les villes avaient été rebaptisées. Elle s'y perdait.

— Homakaïdo... dit Gus. Ce ne serait pas l'endroit au-dessus duquel le fameux vaisseau alien qui tombe en morceaux serait immobilisé ?

— Tu dois avoir raison, fit Sigrid. En tout cas, on n'arrête pas de nous inviter à la prudence. Je ne sais pas ce qui nous attend là-bas.

*

À la gare, on les dirigea vers un train blindé dont les wagons ressemblaient à des chars d'assaut alignés à la queue leu leu.

— Tu as vu leur toit ? glapit Gus. Il est tout bosselé,

La Fiancée du crapaud

comme si on l'avait bombardé avec des rochers jetés du haut des nuages !

Les fenêtres, elles, comportaient des barreaux de protection. Elles étaient minuscules.

— Ça ne me dit rien qui vaille, souffla Sigrid.

À peine les deux amis étaient-ils installés qu'une hôtesse s'avança entre les fauteuils pour informer les voyageurs de ce qui les attendait.

— La majeure partie du trajet s'effectuera sans incident, annonça-t-elle avec un grand sourire. Toutefois, dès que le convoi entrera dans la zone survolée par le vaisseau extra-terrestre, vous entendrez des bruits sourds au-dessus de vos têtes. Ne vous alarmez pas. Il s'agit des pièces métalliques qui se détachent de l'épave immobilisée en vol géostationnaire[1], et qui tombent sur la Terre sans qu'on puisse prévoir ni la fréquence ni la localisation de ces « bombardements ».

— Vous voulez dire que le vaisseau s'émiette comme une biscotte volante ? demanda Sigrid.

— Oui... admit l'hôtesse avec une certaine gêne. C'est la première fois que vous venez à Homakaïdo, je suppose ? Le vaisseau spatial flotte au-dessus de la cité depuis dix ans. On ne peut le bouger car sa technologie nous dépasse. C'est une épave qui se délabre tous les jours un peu plus. Son diamètre est de 50 kilomètres, si bien que son ombre plonge la ville dans une pénombre constante. Ces pluies de débris sont gênantes, c'est vrai, mais on finit par s'y habituer. Et si l'on observe un minimum de précautions, on s'en accommode fort bien.

« Elle doit avoir mal aux joues à force de sourire ! » son-

---

1. Se dit d'un engin volant arrêté dans le ciel au-dessus d'un lieu donné.

gea Sigrid assez peu convaincue par le discours de la jeune femme.

— Lorsque vous arriverez à destination, reprit l'hôtesse, nous vous conseillons de vous adresser aux agences de location de scaphandres protecteurs implantées dans le hall de la gare. Ne sortez jamais en ville sans vous être équipé, *au minimum,* d'un casque et d'un parapluie de fer. Mais le plus sûr, c'est encore le scaphandre intégral en *Kevlar* avec heaume en polycarbonate[1]. Je vais distribuer un catalogue présentant un choix varié d'armures protectrices fort seyantes. De nombreuses couleurs sont disponibles. Pour les dames, il est désormais possible de louer des armures peintes en rose ou décorées de fleurs.

— Je rêve ou quoi ? balbutia Gus en feuilletant la brochure remise par l'hôtesse. On dirait des tenues de cosmonautes ! Hé, Mamzelle ! Les gens se promènent vraiment sur les boulevards déguisés en scaphandriers ?

— Mais oui, mon garçon, répondit la jeune femme d'un air pincé. Et si vous voulez éviter d'être aplati par un morceau de tôle tombant de l'espace, je vous conseille de les imiter.

Sigrid expédia son coude dans les côtes de son camarade, il ne pouvait s'empêcher de faire le pitre. Autour d'eux les gens ne riaient pas. À vrai dire, ils semblaient même assez inquiets et examinaient les catalogues avec attention.

----

1. Casque semblable à ceux portés par les chevaliers au Moyen Âge. Kevlar : matière utilisée pour les gilets antiballes. Polycarbonate : matériau entrant dans la composition du pare-brise des avions et capable d'encaisser des vents soufflant à plusieurs centaines de kilomètres à l'heure !

La Fiancée du crapaud

— On m'avait parlé de parapluies de fer... hasarda Sigrid.

— Ma pauvre petite ! s'exclama une vieille dame assise à sa gauche. Les ombrelles blindées vous protègent des petits projectiles : les boulons, les vis. Mais si une tôle vous dégringole dessus depuis le ciel, vous serez aplatie *ou coupée en deux.* Non, il faut à tout prix porter un scaphandre. Ces vêtements sont conçus pour résister à de tels chocs. Croyez-moi ! J'habite Homakaïdo depuis dix ans, je sais de quoi je parle. Mon armure personnelle m'attend au parking, je m'empresserai de l'enfiler en arrivant.

— Au parking ? s'étonna Sigrid.

— Oui, bien sûr. On gare les scaphandres dans un parking couvert, et on les verrouille, comme une automobile.

Sigrid décida de s'en remettre à Zoïd. L'Alien saurait sûrement ce qu'il convenait de faire.

— J'ai l'impression qu'on nous a expédiés dans un sacré piège, lui souffla Gus.

La jeune fille hocha la tête. À voir la tête des voyageurs, le rouquin ne se trompait pas. Elle approcha son visage de la fenêtre grillagée pour jeter un coup d'œil au-dehors. La vitre portait des traces d'éraflures.

Gus ayant décidé de somnoler, Sigrid s'appliqua à observer le paysage bordant la voie ferrée. Pendant une demi-heure, il parut normal, puis la lumière déclina comme si un nuage gigantesque masquait le soleil. Des panneaux métalliques jalonnaient la campagne, ils répétaient tous la même chose :

ATTENTION !
CHUTES D'OBJETS COSMIQUES
Sortez couverts !

Serge Brussolo

À partir de là, les choses se gâtèrent. Sigrid nota la présence de nombreuses maisons en ruine dans les agglomérations traversées par le chemin de fer. Çà et là, s'entassaient les décombres d'immeubles écrasés par d'énormes débris noirâtres qui ressemblaient à des bouts de moteur ayant roulé hors d'un quelconque garage intersidéral. Des voitures, des camions avaient été aplatis comme des hamburgers ayant séjourné sous un rouleau compresseur. Des tôles tordues, constellées de boulons, s'étaient fichées dans la façade des maisons, tels de grands couteaux plantés dans une motte de beurre.

Alors que Sigrid se préparait à secouer Gus, un choc sourd ébranla le toit, faisant sursauter les voyageurs. Le wagon trembla sous l'impact.

« Bon sang ! songea la jeune fille. J'espère qu'on ne va pas dérailler ! »

Bong ! Bong ! Clong...

Le vacarme s'amplifiait. Sigrid leva les yeux, persuadée qu'elle allait voir le plafond se déformer sous les coups. Gus s'était réveillé, lui aussi fixait le toit avec inquiétude.

Quelque chose heurta la fenêtre. Une pièce métallique bleuâtre, enrobée de suie, qui alla se ficher dans l'herbe.

Tout à coup, un homme qui voyageait accompagné de sa femme et de ses deux enfants se dressa sur son siège, l'air hagard.

— Arrêtez le train ! hurla-t-il, *je n'irai pas plus loin !* Vous nous emmenez droit en enfer. Jamais on ne m'a dit que ce serait aussi horrible. Je veux descendre !

Il était très pâle, le visage couvert d'une sueur d'angoisse qui lui donnait l'aspect d'un mort-vivant. La panique qu'il éprouvait s'était communiquée à sa famille qui, elle aussi,

La Fiancée du crapaud

donnait à présent des signes d'agitation. Les enfants pleuraient et trépignaient, suspendus à la jupe de leur mère.

— C'est impossible, monsieur, bredouilla l'hôtesse. Nous traversons une zone très exposée aux chutes de matériaux extraterrestres, un peu de patience, les choses vont s'arranger d'ici quelques minutes.

L'homme la repoussa avec violence.

— Vous mentez ! vociféra-t-il. Ma famille ne restera pas une seconde de plus dans ce train. Vous ne comprenez pas que nous allons dérailler, espèce d'idiote ? L'avalanche va aplatir la motrice, nous courons à une mort certaine !

Sigrid ébaucha un mouvement pour se lever, mais l'homme avait bondi sur la sonnette d'alarme. Le klaxon d'alerte mugit, bientôt couvert par le crissement des roues bloquées qui arrachaient des étincelles aux rails.

— Venez, ordonna l'inconnu à ses enfants, filons avant que ce tortillard ne soit réduit en miettes.

Débloquant la portière, il sauta sur le ballast, suivi de sa femme et de ses marmots.

— C'est horrible ! se lamenta l'hôtesse, il faut les rattraper, ils vont se faire tailler en pièces.

— Encore du travail pour nous, grommela Gus. Allons-y puisque personne ne semble décidé à bouger.

Sigrid emprunta le même chemin que les fuyards. Dès qu'elle fut sortie du wagon, elle éprouva une pénible impression de vulnérabilité. Devant elle s'étendait une forêt de tôles et de poutrelles fichées dans le sol.

— On dirait des couteaux, murmura-t-elle. Des couteaux lancés du haut du ciel.

— C'est comme si on se promenait sur une cible, souffla Gus. J'aime pas trop cette idée.

Sigrid s'élança sur les traces de la famille en fuite qui

zigzaguait entre les projectiles plantés en terre, tels des troncs d'arbres d'acier dépourvus de feuilles.

Elle avait à peine parcouru dix mètres qu'un vieillard à barbe blanche, coiffé d'un casque bosselé, émergea d'une tranchée en la menaçant de son fusil.

— Qu'est-ce que vous fichez ici, sales petits voleurs ! caqueta-t-il, c'est mon territoire de récupération. N'essayez pas de me dépouiller ou je vous fais sauter la cervelle !

Sigrid s'immobilisa, les mains levées. De profondes cicatrices zébraient le visage du vieux fou. Il lui manquait une oreille et plusieurs doigts.

— Sautez dans la tranchée, lança-t-il, vous voulez donc vous faire décapiter ? Auourd'hui, la pluie coupe comme un rasoir !

Les jeunes gens s'empressèrent d'obéir. Un KRAPO en mauvais état se tenait recroquevillé dans le trou. On eût dit un hippopotame cent fois recousu. Il lui manquait la queue et la fesse droite.

— C'est mon chien de chasse, expliqua le vieillard. Je lui dis « ramène », et il va chercher le gibier. Il ne paye pas de mine, mais il est encore rapide. C'est mon vieux Mopo.

— Nous ne pouvons pas rester, commença Sigrid, nous sommes à la recherche d'une famille descendue du train et...

— Laisse tomber, ma jolie, ricana le vieillard. Je les ai vus passer. De beaux crétins, la prochaine pluie de tôles va les débiter en rondelles, comme des saucissons sur pattes. Zouic ! Zouic ! Zouic !

Sigrid se redressa, décidée à passer outre, mais le bonhomme lui agita le canon du fusil sous le nez.

— J'ai dit « pas bouger » ! Compris ? Tu veux me faire repérer par les autres récupérateurs, c'est ça ? Ils sont là,

La Fiancée du crapaud

les sagouins, planqués dans les tranchées, ce sera à celui qui sera le plus rapide.

Levant les yeux vers le ciel il marmonna :

— J'suis un chercheur d'or, tu comprends donc pas ? J'ai de la patience à revendre. Ça va bien finir par dégringoler, y'a rien eu d'intéressant depuis ce matin. À part ce truc bizarre pour lequel cet idiot de Mac Mullen s'est fait couper en deux, là-bas.

Sigrid regarda dans la direction indiquée. Elle vit le cadavre d'un homme sectionné à hauteur de la taille par une tôle aux arêtes luisantes. La mort l'avait surpris alors qu'il tendait les mains vers une sorte de marmite dorée à demi enfoncée dans la boue.

— Je comprends, chuchota-t-elle. Vous êtes des brocanteurs, vous récupérez ce qui dégringole de l'épave...

— Affirmatif, caqueta le vieillard. Les petits trésors des étoiles... C'est ça qui est excitant ! On ne sait jamais sur quoi on va tomber. Pochette-surprise ! Pochette-surprise !

Levant les yeux au ciel, il se mit soudain à ululer comme une chouette.

— Oh ! Oh ! Regardez ça, mes agneaux ! Regardez l'oiseau de fer qui descend nous dire bonjour ! Rentrez la tête dans les épaules si vous ne voulez pas la voir se détacher de votre cou ! Prenez vos précautions car je ne gâcherai pas mon bon fil à suture pour vous la recoudre.

L'oiseau de fer auquel il faisait allusion était en réalité un débris de fuselage en forme de v qui fendait l'air en sifflant.

— On dirait la pointe d'une lance ! observa Gus. Bon sang ! Elle a la taille d'une aile d'avion !

Sigrid ne savait dans quel sens se mettre à courir. Le ululement de la tôle mortelle lui emplissait les oreilles.

Dans les tranchées avoisinantes, les brocanteurs embusqués prirent la fuite, courbés sous des boucliers.

— Dégonflés ! leur cria le vieux. Tirez-vous, comme ça le trésor sera pour moi seul ! Trouillards !

Le morceau de fer heurta le sommet d'un immeuble dont il fit sauter le toit, ensuite, tel un boomerang, il se mit à rebondir d'une maison à l'autre, creusant chaque fois de profondes balafres dans les façades. Enfin, il toucha le sol et s'y enfonça avec un horrible crissement.

— C'est le moment ! cria le vieux, vas-y, Mopo, rapporte à Papa ! Rapporte le beau cadeau du ciel !

Le KRAPO couturé de cicatrices bondit hors de la tranchée et courut en direction de la marmite dorée toujours plantée dans la boue.

— Vous allez le faire tuer ! protesta Sigrid.

— Mais non, éluda le vieillard, il en a vu d'autres. J'ai dû le recoudre plus d'une centaine de fois. Il est usé mais encore bon à l'ouvrage. L'intérêt des KRAPO, c'est qu'ils n'ont pas peur de se faire trancher la tête, eux.

Sigrid se hissa hors de la tranchée. Là-bas, le pauvre Mopo galopait en zigzaguant pour échapper aux débris métalliques qui continuaient à tomber des nuages. Les boulons et les rivets qu'il ne parvenait pas à esquiver creusaient de grosses entailles dans la chair de son dos.

— Y'a des zones privilégiées de bombardement, expliqua le fou. Les trucs intéressants tombent toujours aux mêmes endroits, c'est comme ça, faut pas chercher à comprendre.

Mopo s'était immobilisé à deux mètres du cadavre du brocanteur coupé en deux. Il essayait de saisir la marmite dorée entre ses mâchoires pour la ramener à son maître ; hélas, l'objet, trop lisse, ne cessait de lui échapper.

La Fiancée du crapaud

— Vous lui faites prendre des risques insensés pour une malheureuse gamelle en cuivre ! s'emporta Sigrid.

— Tais-toi, gamine, cracha le vieillard. Tu ne sais pas de quoi tu causes. On peut jamais prévoir ce que ça sera. C'est le principe de la pochette-surprise : parfois foutaise, parfois merveille !

Ne pouvant en supporter davantage, Sigrid bondit hors du trou et courut en direction de Mopo. Des cris de rage s'élevèrent des tranchées voisines. Les récupérateurs n'appréciaient guère son initiative. Elle entendit même une balle siffler près de son oreille. Mais une balle représentait peu de chose en regard des débris métalliques qui continuaient à pleuvoir autour d'elle. Elle titubait, la tête levée, essayant de prévoir la trajectoire des scories.

— Petite peste ! hurla le vieux derrière elle. Ne touche pas à la marmite, elle est à moi ! Je l'ai vue le premier ! Mopo ! Mopo ! *Mords-la si elle essaye de la voler !*

« Quel cinglé ! » songea la jeune fille en plongeant sous le ventre du KRAPO. De là, elle rampa dans la boue pour saisir la « marmite » extraterrestre. De près, l'objet évoquait davantage un gros enjoliveur qu'un récipient destiné à un usage culinaire.

— Tiens, souffla-t-elle à Mopo, c'est pour toi ! Ne me mords pas, je n'ai pas l'intention de le voler.

— Merci, fit l'hippopotame avec une exquise politesse. J'apprécie grandement votre geste, mais vous n'auriez pas dû prendre tant de risques. Je suis encore capable d'exécuter le travail pour lequel on m'a engagé.

« Allons bon ! soupira mentalement Sigrid. Voilà que je l'ai vexé. »

— Rapporte ce bazar à ton maître, lança-t-elle, et mettons-nous à l'abri.

Le monstre saisit l'objet dans sa gueule et se mit en marche. Chaque fois qu'un projectile s'incrustait dans la chair de son dos, toute sa masse musculaire tremblait sous l'effet de l'impact. Sigrid serrait les dents. Il lui déplaisait d'utiliser l'animal comme bouclier mais elle n'avait guère le choix. Le spectacle du cadavre coupé en deux l'incitait à la prudence.

Mopo atteignit enfin la tranchée dans laquelle il se laissa choir avec une grande maladresse. Le vieillard se précipita pour lui arracher de la gueule l'objet mystérieux aux reflets de lingot d'or.

— Vous ne savez même pas à quoi ça peut servir ! cracha la jeune fille, dégoûtée.

— C'est justement ça qui est passionnant, haleta le bonhomme. Parfois on pige tout de suite, parfois il faut des semaines et des semaines avant de comprendre l'utilité de la trouvaille. Ça demande du talent et de la malice, c'est comme une partie d'échecs.

Il s'était mis à caresser la marmite dorée du bout des doigts.

— Je suis allé jusqu'au bout de la tranchée, annonça Gus, mais le type que nous cherchions a disparu. On ne peut pas monter une expédition pour le retrouver, le train va repartir sans nous. Tu n'as pas envie de t'attarder ici, je suppose ?

— Non, admit la jeune fille.

Les deux amis saluèrent le vieillard, qui ne leur accorda pas un regard, et s'élancèrent vers le convoi. L'hôtesse, immobilisée au seuil du marchepied, leur adressait de grands signes impatients.

Au moment de grimper dans le wagon, Sigrid se retourna pour tenter d'apercevoir Mopo et son curieux maître. La

La Fiancée du crapaud

chute d'un nouveau fragment de fuselage l'obligea à se reculer. L'hôtesse s'empressa de boucler la portière.

— Regagnez vos places, dit-elle avec nervosité, nous avons perdu assez de temps. Vous avez vu ce qu'il en coûte d'enfreindre les consignes de sécurité. Cela vous servira de leçon, j'espère.

*

Enfin, l'on arriva à Homakaïdo. La gare se présentait sous la forme d'un dôme dans lequel les convois trouvaient refuge au terme de leur course mouvementée. Sigrid et Gus sautèrent sur le quai.

— Pour le moment nous n'avons pas à nous soucier de ce qui dégringole du ciel, commenta Gus. Tu as vu ? Nous sommes sous une coupole géante.

Sigrid hocha la tête. Sur la gauche s'étendait le parking à scaphandres. Plusieurs centaines d'armures vides attendaient sagement leurs propriétaires, debout, raides, sur des cases numérotées. On eût dit une armée de robots prête à partir en guerre.

— Wao ! souffla le garçon. Impressionnant !

Les voyageurs les déverrouillaient avec une petite clef, les ouvraient par le milieu, et s'y glissaient sans attendre.

« En fait, observa Sigrid, on dirait des sarcophages. »

— Ah ! Vous voilà ! cria Zoïd en accourant vers eux. J'avais très peur que vous sortiez de la gare. Les nouveaux venus commettent souvent cette erreur. On les retrouve une heure plus tard, aplatis comme des crêpes.

— C'est quoi, cette ville de fous ? s'exclama Gus. Il va

Serge Brussolo

vraiment falloir s'équiper de scaphandres pour marcher dans les rues ?

— Si vous êtes riches, oui, dit l'Alien. Mais une bonne armure coûte cher. La plupart des gens louent les services d'un monstre-parapluie. C'est ce que j'ai fait.

— Un monstre-parapluie ? s'étonna Sigrid. Ça consiste en quoi ?

— Une sorte de garde du corps, si tu préfères, expliqua Zoïd. Il marche à quatre pattes, comme un dinosaure, et l'on se cache sous son ventre. De cette façon, les débris ricochent sur son dos sans le blesser.

— Ben voyons ! fit Sigrid en pensant au pauvre Mopo.

Les trois amis se dirigèrent vers la sortie. Il n'était guère facile de se déplacer au milieu de la foule des scaphandriers en marche, dont les gros souliers produisaient un vacarme rendant toute conversation impossible.

Assez curieusement, malgré le chaos général, Sigrid eut soudain la sensation désagréable d'être observée. Lorsqu'elle regarda par-dessus son épaule, elle surprit le mouvement furtif d'un individu vêtu d'une longue cape de cuir qui essayait de se cacher derrière un distributeur de friandises.

« Il me surveillait, songea-t-elle. J'en suis sûre. Qui est-ce ? »

Un capuchon de moine masquait le visage de l'inconnu, mais sa peau trop rose avait quelque chose d'artificiel.

« On dirait l'un de ces masques qu'on fait porter aux monstres lorsqu'ils dépassent le seuil de laideur autorisé, se dit Sigrid. Pourtant, c'est un masque humain... or les

La Fiancée du crapaud

KRAPO n'ont pas le droit de porter des déguisements de Terrien. C'est bizarre. »

— Tu rêves ? s'impatienta Gus. Dépêche-toi, on va se faire piquer notre monstre-parapluie.

Mal à l'aise, la jeune fille décida de ne pas s'ouvrir de ses craintes à son camarade. Elle aurait été incapable d'expliquer pourquoi cette brève vision l'avait alarmée. Un inconnu caché sous une cape de cuir, le capuchon rabattu sur les yeux, tel un prêtre adepte d'un culte barbare... Étrange.

« C'est ce faux visage, pensa-t-elle. Une figure de latex. La cape est assez large pour dissimuler une anatomie difforme. Une anatomie de monstre. »

Mais les monstres n'espionnaient pas les humains. Ils n'étaient pas capables d'élaborer des stratégies aussi complexes. *Alors ?*

Elle réalisa qu'ils venaient de sortir de la gare. Sous un auvent de béton renforcé de poutrelles, différentes espèces de « gardes du corps » attendaient patiemment. Ils appartenaient tous au type des KRAPO se déplaçant à quatre pattes, et ils étaient tous assez grands pour abriter dix personnes sous leur ventre écailleux.

— Ça ne va pas vite mais c'est le meilleur moyen de se déplacer, expliqua Zoïd.

Une femme en scaphandre bouscula Sigrid sans s'excuser. À présent, des voyageurs sortaient de la gare, abrités sous des parapluies de fer. L'air inquiet, ils rasaient les murs.

Les trottoirs et la chaussée étaient constellés d'impacts, comme si la ville avait encaissé une pluie de météorites.

— Bienvenue à Homakaïdo, la ville aux ombrelles

Serge Brussolo

d'acier, lança Zoïd. À présent glissez-vous sous le ventre de ce monstre.

Sigrid obéit. Toutefois, avant de calquer le rythme de ses pas sur celui du KRAPO protecteur, elle regarda par-dessus son épaule.

Dans la foule des scaphandres piétinant à l'entrée de la gare elle n'eut aucun mal à repérer « l'homme » en cape de cuir. Il la regardait fixement.

Ses faux yeux humains étaient très bien imités.

La jeune fille frissonna.

8

Le couvercle

Ils traversèrent la ville, tapis sous l'abdomen du monstre, en essayant de ne pas se faire écraser par les pattes énormes de l'animal.

— J'ai loué pour vous deux studios dans l'immeuble où j'habite, expliqua Zoïd. Quand on accepte de loger aux étages les plus élevés le loyer est très abordable.

— Pourquoi ? s'étonna Gus.

— Parce que les appartements situés au sommet des tours sont les plus exposés en cas de chute d'objets cosmiques. Les planchers ont beau être blindés, les débris les traversent sur cinq ou six étages avant de perdre tout pouvoir de perforation. Pour être en sécurité, mieux vaut habiter au rez-de-chaussée qu'au 20e !

— Et à quel étage serons-nous ? s'inquiéta Sigrid.

— Au 23e, fit Zoïd avec une grimace désolée. L'immeuble en compte trente, la marge de risque est donc acceptable. C'est là que j'habite, nous serons voisins.

Sigrid essaya de ne pas rougir. Zoïd lui plaisait bien, tou-

81

Serge Brussolo

tefois elle aurait voulu éviter de se lancer dans une histoire d'amour sans avenir.

« Avec ma taille qui change tout le temps, se dit-elle, ça ne marchera jamais. Une semaine j'aurai l'air d'avoir 20 ans, la suivante j'aurai de nouveau l'apparence d'une petite fille. Dans ces conditions ça m'étonnerait beaucoup qu'un garçon ait envie de sortir avec moi. »

Le hall de l'immeuble se révéla très chic, avec son hall en marbre. Un ascenseur rapide propulsa les trois camarades au 23e. Les studios possédaient de larges baies vitrées d'où l'on découvrait le panorama de la cité. Le premier réflexe de Sigrid fut d'observer le ciel. Elle eut beau lever la tête, se tordre le cou, elle ne distingua qu'une surface métallique et accidentée, parfois noircie par les explosions, parfois rougie de rouille.

— C'est l'épave du vaisseau, murmura Zoïd. Elle recouvre toute la ville. On la surnomme « le couvercle ». Facile de comprendre pourquoi !

— Elle intercepte les rayons du soleil, protesta la jeune fille. On ne voit ni le ciel ni les nuages. C'est assez inquiétant. Elle va rester là combien de temps ?

— Jusqu'à ce qu'elle se soit complètement émiettée, souffla Zoïd. Les ordinateurs ont calculé que ça prendrait environ mille ans.

— En tout cas, grommela Gus, l'avantage c'est qu'on ne risque pas d'attraper de coup de soleil.

Sigrid examina le plafond du studio, elle y repéra les traces de rafistolages suspects. Zoïd surprit son regard.

— Ce sont les petits inconvénients d'habiter en hauteur, fit-il. Parfois, une tôle pointue se détache de l'épave. Elle s'enfonce dans le toit, puis perfore les planchers les uns

La Fiancée du crapaud

après les autres, et cela jusqu'à ce qu'elle ait perdu son élan. Mais entre-temps, elle a coupé en deux quelques locataires. C'est pour cette raison que certaines personnes ne quittent jamais leur scaphandre, même quand elles sont chez elles. Il y en a qui dorment avec.

— Ça coûte cher une armure ? demanda Gus. Au début je trouvais ça ridicule, à présent je commence à me dire que ça pourrait s'avérer utile.

Sigrid s'agenouilla pour soulever le tapis. Elle releva sur le sol les mêmes traces qu'au plafond. *Quelque chose était passé par là, qui avait perforé les plaques de blindage.* Elle serra les dents.

— Je suis désolé, s'excusa Zoïd. Je n'ai rien trouvé de mieux. Les appartements « sûrs » sont déjà loués. Il y a une véritable crise du logement à Homakaïdo.

La jeune fille se redressa. Elle se demanda comment elle parviendrait à trouver le sommeil dans ces conditions.

— Pourquoi les gens ne quittent-ils pas la ville ? lança-t-elle.

— Par intérêt, expliqua Zoïd. Le vaisseau spatial est une gigantesque pochette-surprise... Il en tombe des débris dangereux, c'est vrai. Mais, également des trucs dingues... Des inventions délirantes qui enthousiasment les Terriens. Je les ai vus se battre pour s'emparer de ces objets fantastiques. On vend ces gadgets aux enchères, pour des sommes fabuleuses. Certains collectionneurs voient en eux de véritables œuvres d'art.

Sigrid ne dit rien, elle pensait à Mopo et au vieillard à l'oreille coupée. Qu'avaient-ils fait de la « marmite » dorée tombée des étoiles ?

— Tu veux dire qu'on peut devenir riche si on se trouve

au bon endroit au moment où l'un de ces machins dégringole de l'épave ? s'enquit Gus.

— Oui, confirma Zoïd. C'est comme si un coffre au trésor flottait au-dessus de nos têtes. Imaginez que ce coffre est percé, et qu'un diamant s'en échappe parfois.

— D'accord, je commence à piger pourquoi ils s'obstinent tous à vivre au milieu du danger, soupira le rouquin.

*

Épuisés par le voyage, Gus et Sigrid décidèrent de se coucher tôt. Les trois jeunes gens regagnèrent chacun leur studio respectif. Sigrid se sentait nerveuse. La présence du « couvercle » l'oppressait. Elle aurait donné cher pour contempler un bout de ciel, la lune et une poignée d'étoiles. Au lieu de quoi, une fois étendue sur son lit, elle ne distingua que le ventre du vaisseau délabré, immense, rouillé... et tout émietté.

Elle éteignit la lumière, réalisa qu'elle ne parviendrait pas à dormir, la ralluma et se mit à fixer le plafond, avec ses cicatrices de maçonnerie, ses raccords de peinture.

Juste au-dessus du lit, elle localisa une balafre, un trou mal rebouché... *À n'en pas douter, une tôle effilée était passée par là.* La jeune fille se tortilla, de plus en plus mal à l'aise. Elle n'allait tout de même pas attendre qu'une espèce d'épée géante tombe du ciel, traverse les sept derniers étages pour la clouer là, au creux du matelas !

Elle se leva d'un bond et s'approcha de la baie vitrée. À cette heure, les rues étaient désertes. Sur les immeubles voisins, on pouvait lire sans mal les traces des récentes chutes d'objets cosmiques. Certaines tôles étaient encore fichées dans les façades, tel le fer d'une lance brisée.

La Fiancée du crapaud

Soudain, quelque chose attira l'attention de Sigrid. Une silhouette minuscule remontait la rue, au mépris de toute prudence. Le promeneur nocturne s'immobilisa dans le halo d'un réverbère, et leva la tête, comme s'il cherchait à localiser une fenêtre bien précise autour de lui. Cédant à son instinct, la jeune fille sortit ses jumelles de son sac de voyage, et les porta à ses yeux.

Elle laissa échapper un hoquet de surprise. Le promeneur solitaire n'était autre que l'étrange individu en cape de cuir aperçu à la gare.

« On dirait qu'il sait où j'habite, se dit-elle. Essaye-t-il de m'effrayer ? »

Elle se rappela ce que son chef de service avait déclaré à propos des trafiquants qui répandaient le *Phobos* parmi les monstres : « Dès qu'ils apprendront que vous êtes là pour contrecarrer leurs projets, ils essayeront de vous supprimer. »

L'homme à la cape de cuir était-il un tueur extraterrestre dépêché pour les assassiner, Gus et elle ?

Elle s'empressa de baisser les jumelles de peur de rencontrer le regard de l'étrange individu.

Après avoir vérifié que la porte était bien verrouillée, elle s'installa dans un fauteuil, déplia une couverture sur ses jambes et s'endormit dans cette position inconfortable. C'était sans doute stupide, mais elle ne supportait plus d'être allongée sur le lit, sous la crevasse mal rebouchée du plafond.

*

Elle dormait depuis vingt minutes lorsqu'un vacarme effroyable la fit sursauter. Les murs tremblaient ; des coups d'une extrême violence ébranlaient les étages supérieurs... Sigrid ébauchait un mouvement pour se dresser quand le plafond explosa !

Un trou de la largeur d'une valise s'ouvrit en son centre, et un objet biscornu tomba sur le lit, où il acheva sa course en défonçant le sommier. La jeune fille s'en approcha avec prudence.

« Ça ressemble à une armoire métallique, constata-t-elle. Une armoire toute cabossée d'être passée à travers un toit et sept planchers ! »

La porte du casier pendait sur ses gonds. Sigrid distingua plusieurs boîtes à l'intérieur. Elle les sortit une à une pour les aligner sur le lit. Ayant brièvement hésité, elle décida de les ouvrir.

D'abord, elle crut qu'elles étaient vides, puis elle s'aperçut qu'il neigeait à l'intérieur de la première... Dans la deuxième, un vent violent soufflait en ululant. Dans la troisième, il pleuvait. Dans la quatrième il faisait aussi chaud qu'en plein désert.

« C'est curieux, songea Sigrid. À quoi cela peut-il servir ? Les Aliens en avaient sûrement l'utilisation. »

Dans la cinquième et dernière boîte, elle découvrit une tablette de chocolat !

Toutes ces émotions lui avaient donné faim. Sans réfléchir, elle mordit dedans. C'était succulent ! Jamais elle n'avait mangé de chocolat aussi délicieux.

Alors qu'elle se préparait à recommencer, elle s'aperçut que la tablette s'autoréparait... *Les carrés qu'elle avait mangés repoussaient !* Trois secondes plus tard, la tablette était de nouveau entière entre ses mains.

« Une tablette de chocolat inépuisable ! songea Sigrid

La Fiancée du crapaud

éberluée. Voilà donc l'un de ces trésors auxquels Zoïd faisait allusion ! Sûr que c'est une sacrée invention ! »

Elle commençait à comprendre pourquoi les habitants d'Homakaïdo refusaient d'évacuer la zone dangereuse. Elle allait prélever une nouvelle bouchée sur la friandise magique quand la porte du studio vola en éclats. Deux hommes masqués firent irruption dans la pièce, l'arme au poing.

— Ne touche pas à ça ! hurla le plus grand. Recule si tu tiens à la vie...

Surprise, Sigrid leva les mains. Les deux bandits s'empressèrent de jeter les boîtes magiques au fond d'un sac et s'emparèrent avec fièvre de la tablette de chocolat. Leur butin jeté sur l'épaule, ils disparurent comme ils étaient venus.

Sigrid enfila une robe de chambre et alla examiner les dégâts. La porte du studio avait été arrachée de ses gonds à coups de masse. Zoïd et Gus apparurent au fond du couloir. Gus brandissait son arme de service.

— Ça va ? s'inquiéta Zoïd. Ils ne t'ont pas fait de mal ?

— Non, répondit la jeune fille, mais je n'ai rien compris à ce qui se passait.

— Tu as eu affaire à des cambrioleurs travaillant pour un gang de collectionneurs, expliqua le jeune Alien. Quand ils voient un objet se détacher de l'épave, ils se précipitent pour le voler. Tantôt ce qu'ils ramassent ne vaut pas un clou, mais parfois cela leur rapporte une fortune.

— Je crois que ce sera le cas ce soir, fit Sigrid en songeant à la tablette de chocolat inépuisable.

— J'appellerai le concierge pour qu'il répare la porte, dit Zoïd.

9

Le bal masqué des monstres

Le lendemain matin Zoïd vint réveiller Gus et Sigrid pour entamer la tournée de vaccination décidée par le service de surveillance. Les jeunes gens durent aller chercher le produit dans le bâtiment d'une antenne médicale spécialisée. Sigrid écoutait ses amis d'une oreille distraite. Ce matin, en s'habillant, elle s'était rendu compte qu'elle avait encore rajeuni. Les vêtements qu'elle portait la veille étaient devenus trop grands. Dix minutes plus tard, au moment de prendre sa douche, elle avait réalisé que les écailles bleues recouvraient à présent son ventre...

Tout cela devenait de plus en plus préoccupant. « Espérons que je ne vais pas me transformer en poisson », se répétait-elle.

Serge Brussolo

Un fonctionnaire leur remit une mallette contenant un pistolet injecteur, 100 doses de vaccin, et une liste des monstres suspects à visiter.

— Qu'entendez-vous par « suspects » ? demanda Sigrid.

— Des créatures qui ont commencé à manifester une sensibilité anormale, répondit l'homme.

— Par exemple ?

— Elles ont cassé des miroirs pour ne plus voir leur reflet, se promènent avec un sac sur la tête... ou bien refusent d'effectuer tel ou tel travail parce qu'il est dangereux. Un monstre bien portant ne sait pas qu'il est laid et n'a peur de rien. Il fait ce qu'on lui dit. S'il commence à avoir des états d'âme, c'est qu'il prend du *Phobos*.

Les trois jeunes gens se dépêchèrent de quitter le bâtiment et se rendirent à la première adresse figurant sur la liste. Zoïd les mena dans une sorte de hangar au toit bosselé.

— Zoïd, lança Sigrid. Est-ce vrai que les KRAPO bien portants sont dépourvus de la plus petite parcelle de sensibilité ? Tu en as fabriqué, tu dois le savoir.

— Un KRAPO parfaitement conçu est une *machine vivante*, répondit le jeune Alien. Une sorte d'animal synthétique beaucoup plus performant qu'un vulgaire robot. Il a une véritable passion pour le travail bien fait, mais c'est tout. Il ne s'attache pas à ses maîtres, n'est jamais heureux ou malheureux, n'éprouve aucune douleur.

— Pourtant, intervint Gus. Nous avons plus d'une fois rencontré des monstres qui avaient honte de leur apparence... ou qui essayaient de faire rire les humains.

— *Alors c'est qu'ils étaient malades*, s'entêta Zoïd. Une créature de synthèse bien programmée se fiche totalement

La Fiancée du crapaud

de ce que les hommes éprouvent en la regardant. Ce n'est pas son problème. Chez les Aliens, ce genre de chose n'arrive jamais.

— Nous sommes sur la Terre, rappela Sigrid.

— Justement, insista Zoïd. Les Terriens sont bien trop obsédés par les sentiments. Ils se laissent gouverner par leurs états d'âme, au mépris de la logique la plus élémentaire. Peut-être ont-ils transmis cette maladie aux monstres ?

Sigrid poussa la porte du hangar et actionna l'interrupteur. Elle était tendue. Les KRAPO suspects accepteraient-ils de se laisser vacciner docilement ? S'ils se rebellaient, ils n'auraient aucun mal à lui arracher la tête d'un coup de patte.

Toutefois, elle eut beau regarder autour d'elle, elle ne vit que des caisses éparpillées, un bureau défraîchi sur lequel était posé un vieil ordinateur. Dans le fond, un bulldozer achevait de rouiller. Où se cachaient les créatures ? Avaient-elles pris la fuite ?

Sans y faire attention, elle posa la main sur une caisse et tressaillit. La caisse était tiède, et... *elle respirait* !

— Qu'est-ce que... balbutia Sigrid.

— Voilà, tu as compris, chuchota Zoïd. Ce ne sont pas des vraies caisses, pas plus que ce bulldozer n'est un vrai bulldozer. Tu as devant toi une horde de monstres qui s'est déguisée en objets usuels pour passer inaperçue.

— C'est possible ? interrogea Gus. Ils peuvent se remodeler à leur guise ?

— Normalement non, répondit le jeune Alien. Mais la peur leur en a manifestement fourni les moyens.

Serge Brussolo

Sigrid se déplaçait de caisse en caisse, les effleurant du bout des doigts. Elles frissonnaient, comme un chien apeuré. En tendant l'oreille, on entendait même respirer le bulldozer. Tant qu'on ne touchait pas aux objets, ils semblaient parfaitement imités. On ne prenait conscience de la supercherie qu'en posant le doigt dessus, alors on réalisait que les caisses, le bureau, le bulldozer étaient modelés avec de la chair.

— Et tu ne connais pas le plus drôle, fit Zoïd. En fait, le hangar est faux, lui aussi...

— Le hangar est un animal déguisé en entrepôt, c'est ça ?

— Oui. Ça se produit de plus en plus couramment. C'est dû à l'angoisse qui paralyse les KRAPO. Ils ne veulent plus effrayer les gens, ils refusent d'effectuer des travaux dangereux... alors ils se retirent du monde. Ils se déguisent pour qu'on leur fiche la paix.

— D'après le dossier, observa Gus, ils sont répertoriés comme des monstres en fuite ayant abandonné leurs employeurs.

Sigrid continuait à caresser les caisses comme elle l'aurait fait d'un cheval rétif. Elle n'avait aucun mal à deviner le malaise des monstres. Ayant eu accès aux sentiments, à la conscience, ils se découvraient affreux. Ils comprenaient que les humains les utilisaient comme des esclaves et leur faisaient effectuer des travaux dangereux, alors ils se fondaient dans le paysage en se déguisant en camions, en maisons... Ils devenaient en quelque sorte des fugitifs immobiles !

Elle tenta de leur adresser un message télépathique, avec l'espoir qu'ils seraient en mesure de le déchiffrer.

« Hé ! leur dit-elle, nous sommes un peu pareils vous et

La Fiancée du crapaud

moi. En ce moment même j'ai des écailles autour du nombril, et ce matin, en me réveillant je mesurais dix centimètres de moins qu'hier. »

Elle continua sur ce ton pendant trois minutes. Elle sentait le bulldozer transpirer sous sa paume. Elle distinguait des poils sur le « dos » des caisses. Un œil allait-il s'ouvrir quelque part pour la regarder fixement, là, au milieu du mot FRAGILE ?

Pendant ce temps, Gus et Zoïd perquisitionnaient dans le hangar, essayant de découvrir la cachette où les monstres entassaient leurs réserves de *Phobos*.

Sigrid n'était plus du tout certaine d'avoir envie de faire ce travail. Avait-elle le droit d'empêcher les KRAPO d'accéder aux sentiments ?

« Leurs employeurs préfèrent les voir se comporter comme des machines de chair, se dit-elle, c'est plus commode, bien sûr ! »

Que se passerait-il si TOUTES les créatures de synthèse prenaient conscience des abus dont elles étaient victimes et se rebellaient ? Il était, certes, plus facile de les « vacciner » que de les traiter correctement.

— Pourquoi avez-vous fabriqué ces animaux ? lança-t-elle à Zoïd avec colère.

— Hé ! Ne t'en prends pas à moi, plaida le jeune Alien, les extraterrestres ont toujours utilisé des KRAPO, et cela depuis la nuit des temps. D'ailleurs, dans le passé, beaucoup de ces animaux ont échoué sur la Terre à la suite d'un accident de vol ou d'une panne de carburant. Certains sont même devenus célèbres : le monstre du Loch Ness, par exemple. Vous en avez fait un serpent de mer, il s'agissait en fait d'un animal dont la fonction consistait à nettoyer les canalisations de l'intérieur... Le Yéti, lui, utilisait

Serge Brussolo

sa fourrure pour faire briller le fuselage des fusées ; c'était une sorte de brosse à reluire vivante. Les licornes servaient de perceuses électriques, elles avaient le pouvoir de perforer les matériaux les plus durs. J'oubliais les vampires : à l'origine on les employait comme auxiliaires médicaux chargés des prises de sang. Ils travaillaient sous la conduite des vétérinaires. C'étaient des employés zélés, pas des prédateurs. Évidemment, une fois lâchées dans la nature, ces bêtes ne savaient plus ce qu'elles devaient faire, elles ont improvisé. Les loups-garous étaient des êtres hybrides chargés de veiller sur les troupeaux, tour à tour berger ou chien selon les besoins du moment. Après, tout s'est mélangé. Bref, les monstres qui hantent l'imaginaire des Terriens proviennent en réalité des laboratoires extraterrestres. C'étaient de simples ouvriers officiant à bord des vaisseaux intergalactiques. Le cyclope, avec son œil unique, était un guetteur plus efficace que le plus puissant de vos télescopes, le...

— Ça va ! Abrège le cours, on a pigé ! intervint Gus. Je viens de trouver les pilules horrifiantes. Elles étaient planquées sous cette dalle.

Il montra un sac rempli de billes grises, aux reflets métalliques.

— Wao ! haleta Zoïd. Faites attention, c'est super dangereux. Si un humain en avalait une, il deviendrait fou de terreur en moins de 15 minutes. Seuls les monstres peuvent survivre à leur absorption, et encore, vous avez vu dans quel état on les retrouve... ajouta-t-il en désignant les caisses de chair qui frissonnaient dans les courants d'air.

Sigrid ouvrit la mallette contenant le pistolet à vaccination. La perspective de faire une piqûre à un bulldozer lui semblait démente.

— Prudence ! lui souffla Zoïd. On ne sait pas comment peuvent réagir des KRAPO ayant absorbé du *Phobos*. La drogue a perturbé leur organisme. Ils ne sont plus insensibles à la douleur, ils ont peur, ils sont colériques...

— Tu veux dire qu'ils vont peut-être nous sauter à la gorge ? compléta la jeune fille.

— Oui, haleta l'Alien. Ce n'est pas à exclure. S'ils ont choisi de se déguiser en objets, c'est qu'ils sont terriblement stressés. Tout est à craindre.

Sigrid hésita. Elle leva la tête pour examiner le bulldozer qui la dominait de sa masse énorme. Elle n'osait penser à ce qui se passerait si la « machine », sous l'effet de la panique, reprenait son véritable aspect.

« Nous serons piétinés, se dit-elle. Ce sera comme d'encaisser de plein fouet une charge de rhinocéros. »

La seringue automatique au poing, elle fit deux pas en avant. Elle eut l'impression que la « tôle » du bulldozer était agitée de frissons convulsifs, comme le flanc d'un chien craintif.

Elle allait peut-être déclencher une catastrophe...

Elle leva la main ; l'aiguille se trouvait maintenant à dix centimètres de la carrosserie de la machine. Sigrid nota la présence de poils rêches sur le capot protégeant le moteur. Le mimétisme avait beau être parfait, le monstre trahissait sa véritable nature à de menus détails.

Enfonçant la détente de l'injecteur, elle expédia dans les muscles du bulldozer une bonne dose de vaccin. Un grognement sourd monta de la bête. Un grognement qui n'avait rien de mécanique.

Sigrid fit un bond en arrière.

Serge Brussolo

— Vite, murmura Gus, occupons-nous des caisses.

Il plongea la main dans la mallette du service vétérinaire pour en tirer une nouvelle ampoule de vaccin.

— Que va-t-il leur arriver, maintenant ? s'enquit Sigrid en se dirigeant vers les caisses.

— S'ils ne sont pas trop intoxiqués par le *Phobos,* ils cesseront d'avoir peur, dit Zoïd. Ils redeviendront comme avant.

— C'est-à-dire des machines de chair dépourvues d'âme et sentiments... fit la jeune fille. Des esclaves qu'on peut faire trimer nuit et jour sans la moindre rétribution.

— Oui, admit l'Extraterrestre. Mais il n'y a vraiment pas de quoi en faire une maladie, tu sais ! *Ils n'existent pas réellement.* Ce ne sont pas de vrais animaux. Si tu achetais un marteau pour planter un clou, je suppose qu'il ne te viendrait pas à l'idée de lui verser un salaire... ou de te dire que le clou a la migraine parce que tu lui as tapé trop fort sur la tête.

— Ce n'est pas la même chose ! protesta Sigrid.

— *Si !* insista Zoïd. J'ai fabriqué des dizaines de bestioles de ce genre, je sais de quoi je parle.

Contrariée, Sigrid procéda à la vaccination des caisses. Le bois estampillé « FRAGILE » avait réellement l'apparence du bois jusqu'au moment où l'aiguille le transperçait, alors on voyait une minuscule goutte de sang perler à la surface des « planches ».

— C'est bon, lança Gus. Fichons le camp. Je ne tiens pas à assister au réveil du bulldozer.

— Attendez ! intervint Zoïd, il faut également piquer le hangar. N'oubliez pas que c'est un KRAPO, lui aussi !

Au moment de franchir le seuil de l'entrepôt, Sigrid

96

La Fiancée du crapaud

regarda par-dessus son épaule. Le bulldozer était déjà en train de changer. Ses roues se transformaient en pattes écailleuses griffues. Il tremblait et grognait, mécontent de ce qui lui arrivait. L'une des caisses rampait sur le sol en direction des jeunes gens. Curieusement élastique, elle progressait comme l'aurait fait un énorme reptile cubique. Sigrid vit une bouche hérissée de dents se dessiner juste au-dessous de la mention FRAGILE.

— Ne restons pas là, fit Zoïd en saisissant la jeune fille par le poignet. C'est la phase dangereuse... Ils sont encore capables d'éprouver des sentiments, et ils sont probablement furieux à l'idée de redevenir des KRAPO dociles.

Sigrid se laissa entraîner. Zoïd et Gus s'empressèrent de verrouiller la porte.

— Quand le vaccin aura agi, haleta l'Alien, ils seront de nouveau doux comme des agneaux.

Sigrid scruta le hangar, essayant de percer sous ce déguisement fait de tôles rouillées la véritable nature de l'animal de synthèse que l'angoisse avait conduit à se métamorphoser en entrepôt.

— On ne voit rien, bredouilla-t-elle, tu es certain que...

— Mais oui, s'impatienta Zoïd. Tu peux me faire confiance. Les yeux sont dissimulés dans ces deux fenêtres, là-haut. Les cornes ont pris l'apparence de ces cheminées. Les pattes, ce sont ces grosses canalisations qui sortent, sur les côtés. Tu te trouves en présence d'un KRAPO de type 9. Généralement, on les emploie pour remplacer des ponts effondrés, ou transporter des objets très encombrants : des moteurs de fusée, par exemple.

— Celui-là, marmonna Gus. Il lui faudra une double dose !

Serge Brussolo

*

Au cours de la semaine qui suivit, Sigrid eut l'impression d'avoir emménagé dans un asile de fous. Il ne se passait pas une journée sans que des dizaines de réclamations n'arrivent sur son bureau à l'Office de Surveillance des Monstres.

— C'est incroyable le nombre de KRAPO qui ont pris la poudre d'escampette, grommelait Gus en décachetant le courrier.

— Le scénario est toujours le même, confirma Sigrid. Ils cessent de se présenter à leur travail et s'évaporent dans la cité. Dans la plupart des cas, ils se déguisent en quelque chose de banal : un gros camion garé sur un parking, une maison abandonnée, une statue dans un square...

Les lettres de dénonciation affluaient. Elles disaient toutes la même chose :

Un immeuble a poussé en une nuit dans un terrain vague, au coin de ma rue... Je trouve cela bizarre.

J'ai remarqué sur le parking, situé en face de chez moi, des véhicules d'une marque inconnue qui ne bougent jamais. Il arrive, la nuit, que ces automobiles éternuent. Est-ce normal ?

Sigrid et Gus se devaient d'aller vérifier sur place. Ils prenaient la voiture de patrouille à toit blindé et sillonnaient les rues de la cité, l'œil aux aguets, le coffre rempli de seringues de vaccination.

Parfois, les déguisements empruntés par les monstres se révélaient approximatifs.

— Regarde, là-bas ! criait Gus quand il localisait une

imitation maladroite. Cette maison n'a pas de porte d'entrée !

— Et cette statue de Napoléon, là, dans le square, renchérissait Sigrid. *Elle a trois bras !* Deux derrière le dos, un dans le gilet.

L'esprit embrumé par les effets du *Phobos*, les créatures synthétiques bâclaient souvent les détails et commettaient des erreurs qui les trahissaient.

L'un d'eux s'était travesti en feu de signalisation, mais utilisait des couleurs — argent, or, bleu azur — dépourvues de signification pour les automobilistes !

Toutefois, leur « costume » préféré restait la maison ou l'immeuble. Selon la taille du KRAPO fugueur, cela pouvait aller du petit pavillon de banlieue au bâtiment de six étages. Ce type de déguisement était le plus difficile à démasquer ; en effet, pour compenser les destructions occasionnées par les avalanches de débris cosmiques, on construisait vite et beaucoup à Homakaïdo. Les méthodes modernes permettaient de bâtir une tour d'habitation de dix niveaux en moins d'une semaine. Pour cette raison, l'apparition de bâtiments neufs passait relativement inaperçue. *Les monstres en profitaient...*

Le jeudi qui suivit leur arrivée à Homakaïdo, Sigrid et Gus durent faire évacuer une HLM suspecte squattée par trois familles de sans-abri. Cela n'alla pas sans mal, car les occupants refusèrent obstinément de quitter les lieux.

— Nous ne faisons de tort à personne ! hurla un homme vêtu de haillons. Cette baraque était inhabitée.

Des enfants morveux s'accrochaient aux jupes de trois femmes couvertes de pansements.

— Notre immeuble a été rasé par la chute d'un moteur

tombé du vaisseau alien ! sanglota l'une d'elles. Nous avons survécu par miracle. Il faut bien que nous logions quelque part !

— C'est tout à fait légitime, fit Sigrid avec douceur, mais vous avez choisi le mauvais endroit. Cette maison n'est pas une vraie maison. En fait, vous logez à l'intérieur d'un KRAPO déguisé.

— Quoi ? hoquetèrent les sans-abri.

— Un monstre en fuite, expliqua Gus qui avait moins de patience que sa camarade. C'est dangereux. Il peut très bien vous réduire en chair à pâtée parce que vos allées et venues au long des « couloirs » lui donnent des démangeaisons.

Sigrid eut beaucoup de mal à convaincre les squatters qu'elle disait vrai. Elle dut leur faire remarquer que le papier peint était bizarrement *poilu* et que les radiateurs ressemblaient un peu trop à des *intestins* pour les persuader de quitter les lieux.

— J'adore ce boulot, s'esclaffa Gus en enclenchant une maxidose de vaccin sur l'injecteur. Si quelqu'un m'avait dit que mon travail à Homakaïdo consisterait à planter une seringue dans les fesses d'une maison, je l'aurais traité de dingue !

Alors que Sigrid enfonçait l'aiguille dans le « ciment » de la façade, une silhouette familière attira son regard, de l'autre côté de la rue.

C'était celle de l'inconnu en cape de cuir. Sous le capuchon, ses yeux artificiels brillaient d'une lueur ironique.

La jeune fille fut sur le point de lui crier « Que me voulez-vous ? » mais, dès qu'elle ébaucha un geste dans sa direction, l'étrange individu se perdit dans la foule des curieux agglutinés au bord du trottoir.

10

Cauchemars mortels

Un soir, la voiture de patrouille fut gravement endommagée par un morceau d'épave tombant du ciel. Sigrid et Gus échappèrent de peu à la mort. Sans le toit blindé, ils auraient eu la tête écrasée. Le choc fut si violent que Sigrid crut, l'espace d'une seconde, qu'un géant avait posé le pied sur le véhicule pour l'enfoncer dans le sol.

— J'aimerais bien qu'on nous file un scaphandre ! soupira Gus. Jusqu'à présent on s'en est toujours tiré, mais ça ne durera pas éternellement.

Hélas, les armures de protection urbaine étaient bien trop chères pour l'Administration, et les deux amis n'eurent droit qu'à de banales combinaisons en *Kevlar*. Peu à peu, la jeune fille se prit à envier les promeneurs engoncés dans leurs grosses coquilles jaunes ou bleues. Ils avaient l'air ridicules, certes, mais ils ne risquaient rien, *eux !*

Le soir, lorsqu'elle se retrouvait seule dans son studio, il lui arrivait de feuilleter les catalogues de la Protection Civile avec gourmandise.

Elle serait bien sortie avec Zoïd, mais — en ce moment — elle faisait un peu trop jeune pour lui. Il avait toujours

Serge Brussolo

l'apparence d'un jeune homme de 25 ans, et elle, celle d'une ado qui vient de fêter son treizième anniversaire... Cela ne facilitait pas les choses. En outre, il y avait ces damnées écailles bleues qui ne cessaient de se répandre sur son corps. Si elle avait eu le malheur de porter une jupe courte ou de découvrir ses épaules, on n'aurait pas manqué de la prendre pour une femme-poisson ou une Alien. Elle n'y tenait pas, surtout avec le métier qu'elle exerçait.

*

Le vendredi suivant, alors qu'elle rentrait chez elle après une semaine épouvantable (Gus avait failli se faire dévorer par une « maison » mécontente d'être vaccinée !) deux ombres menaçantes lui sautèrent dessus à la sortie de l'ascenseur et la plaquèrent au sol avant qu'elle ait eu le temps de dégainer son arme de service.

Elle vit tout de suite que ses assaillants portaient des gants de Latex rose en forme de mains humaines.

« Des Aliens ou des KRAPO, songea-t-elle en essayant de se débattre. J'aurais dû m'y attendre. »

Elle maudit son imprudence mais il était trop tard. Les deux créatures la traînèrent vers le studio dont ils déverrouillèrent la porte à l'aide des clefs récupérées dans le sac de leur victime.

Ils étaient beaucoup trop forts pour que Sigrid puisse leur opposer une quelconque résistance. Le masque porté par le plus grand des deux flottait sur son visage, si bien qu'il devait sans cesse le rajuster. Sous la fausse peau imitant la chair humaine, on devinait les contours d'une gueule hérissée de crêtes osseuses et d'écailles.

— Écoute, petite Terrienne, gronda-t-il. On m'appelle

La Fiancée du crapaud

Oumk... Je fabrique le *Phobos* et je le distribue. Je t'observe depuis une semaine et j'ai constaté que tu me causais beaucoup de tort. C'est dommage. Je n'ai rien contre toi, personnellement, mais je vais devoir te mettre hors d'état de nuire.

— Vous êtes un Alien ? demanda Sigrid en haletant, car les bras de la seconde créature lui broyaient la cage thoracique.

— Non, dit fièrement Oumk. Je suis un KRAPO. Je suis tombé de l'épave, comme les autres, et j'ai d'abord mendié du travail aux humains. On m'a donné un poste dans un laboratoire pharmaceutique. Un poste très dangereux, à cause des risques de contamination. Mais les KRAPO ne peuvent pas attraper de maladie, n'est-ce pas ? C'est du moins ce que les hommes se plaisent à croire. Là, lors d'un accident, j'ai absorbé par erreur un produit militaire destiné à propager la peur chez l'ennemi. *J'ai éprouvé pour la première fois de ma vie une émotion inconnue...* Jusque-là, ma seule obsession était le travail bien fait. Après l'accident j'ai commencé à me soucier de ce qui pouvait m'arriver. Je me suis protégé. La peur a fait naître en moi d'autres sentiments, plus étranges, plus envoûtants...

— Ne raconte pas ta vie, gronda l'autre créature. Tue-la et partons. Il y a trop d'humains par ici.

— Non, feula Oumk. Je veux qu'elle comprenne avant de mourir. (Et se tournant vers Sigrid, il ajouta :) J'ai décidé que mes compagnons d'esclavage devaient eux aussi avoir accès aux sentiments. C'est pour cette raison que j'ai pris le risque de m'emparer du *Phobos* pour le faire circuler, gratuitement. Je ne suis pas un revendeur de drogue. Je hais cette vile espèce. Je suis un combattant, un révolutionnaire. Grâce au *Phobos*, mes congénères ont pris conscience qu'on les exploitait comme des machines. Leur esprit s'est dégagé de la somnolence, ils ont enfin senti qu'ils existaient.

— Ça suffit, grommela son acolyte. De toute manière, elle ne peut pas comprendre. C'est une humaine, elle est née avec plus de sentiments qu'il n'en faut. Elle en a toujours eu à la pelle. Tu vas la faire ricaner avec tes belles phrases. Si tu as peur, je vais lui arracher la tête moi-même.

Sigrid se raidit. Face aux deux créatures de synthèse, elle était désarmée.

— Non, dit Oumk. Je veux qu'elle prenne du *Phobos*, elle aussi.

En entendant ces mots, Sigrid essaya de se débattre. Elle lança une ruade inutile au monstre qui l'immobilisait. Il encaissa le choc avec un ricanement.

— Tu vas avaler ce comprimé, expliqua Oumk en tirant de sa poche une pilule grise aux reflets métalliques. Tu n'auras pas la possibilité de le recracher car il se dissoudra à peine arrivé dans ton estomac. La terreur se répandra alors dans tes veines. Une terreur atroce qui te mènera aux confins de la folie. Ce qui provoque l'éveil de la conscience chez un KRAPO fait mourir de peur un humain. La vue d'un moucheron te fera hurler... Il arrivera même un moment où tu t'évanouiras d'horreur en regardant tes pieds parce qu'ils te sembleront plus monstrueux que la plus immonde des créatures du cosmos. Dans une heure tes cheveux seront blancs comme neige, dans deux tu seras folle, dans trois tu seras morte.

De sa main gauche gantée de caoutchouc rose, il saisit le visage de Sigrid et lui écrasa les joues pour la forcer à ouvrir la bouche. La jeune fille aurait voulu recracher le

La Fiancée du crapaud

comprimé, mais le monstre était habile, et elle dut se résoudre à l'avaler.

— Voilà, ronronna Oumk d'une voix qui aurait pu être celle d'un tigre satisfait. La pastille est déjà en train de se dissoudre. D'ici à vingt secondes, il ne te sera plus possible de la recracher. Au moins tu ne mourras pas idiote. Tes chefs t'ont trompée. Il ne s'agissait pas d'un sordide trafic de drogue mais bel et bien d'une révolte. La révolte des KRAPO. Ce n'est qu'un début, nous sommes bien décidés à continuer le combat !

— Assez bavardé, coupa l'autre créature, attachons-la au radiateur et partons.

Sigrid ne pesait rien entre leurs mains. En moins d'une minute elle se retrouva menottée aux éléments de fonte d'un radiateur mural. Ses agresseurs rajustèrent leurs masques de fausse chair et sortirent de l'appartement en prenant soin de verrouiller la porte.

« Je suis fichue, songea la jeune fille. Appeler au secours sera sans effet, ces appartements sont parfaitement insonorisés. À moins d'une explosion, on n'entend rien. »

Les monstres avaient été assez prudents pour lui arracher sa ceinture d'uniforme, la privant de son arme comme de son téléphone portable. Elle n'avait même pas la ressource de contacter Gus ou Zoïd.

« Ne commence pas à t'affoler, se dit-elle, l'angoisse ne ferait qu'aviver les effets de la pilule terrifiante. Efforce-toi de rester calme. »

C'était plus facile à dire qu'à faire.

Elle regarda autour d'elle. À première vue il n'y avait rien dans le studio qui puisse provoquer en elle une terreur insurmontable.

« Mais je n'en suis pas totalement sûre, admit-elle.

Serge Brussolo

Quand la drogue déformera mes pensées, je puis très bien me mettre à avoir peur de mes pantoufles. Trouver qu'elles ressemblent à deux crocodiles... Et puis il y a cette BD, qui traîne près du lit. Un manga, avec une bête ignoble en couverture. Je suis bien capable de m'imaginer que ce dessin va se détacher du papier pour venir m'arracher la peau du visage. »

Elle réalisa que de minuscules gouttes de sueur piquetaient son front. Le *Phobos* était déjà à l'œuvre dans son organisme. Elle se jura, si elle survivait, de se tenir éloignée, à l'avenir, de tout ce qui s'apparentait de près ou de loin à une seringue ou à un comprimé !

Par acquit de conscience, elle appela à l'aide de toutes ses forces sans obtenir la moindre réaction. Une demi-heure s'écoula ainsi. Elle avait les poignets en sang à force de tirer sur les menottes. Elle n'était pas assez forte pour arracher le radiateur du mur.

Elle n'osait plus regarder ses pantoufles, auxquelles elle trouvait un air de plus en plus démoniaque. La gauche, surtout, qui lui souriait avec méchanceté. Même son pyjama, jeté en vrac sur le lit, avait quelque chose de bestial. Les manches de la veste, les jambes du pantalon semblaient se tortiller comme les tentacules d'une pieuvre de tissu. Allaient-elles se nouer autour de son cou pour l'étrangler ?

Non ! Non ! Il ne fallait surtout pas évoquer ce genre de choses...

Brusquement, Sigrid perçut un bruit métallique en provenance de la porte. Elle comprit que quelqu'un était en train de forcer la serrure. Il ne pouvait en aucun cas s'agir de Gus ou de Zoïd, ils auraient sonné... *Alors qui ?*

Une silhouette se faufila dans l'appartement. Une silhouette vêtue d'une cape de cuir, le capuchon rabattu sur le visage.

« Bon sang ! haleta Sigrid. L'extraterrestre qui me suit depuis mon arrivée à Homakaïdo ! »

L'inconnu la contempla un instant, puis s'agenouilla devant elle. Son visage comme ses mains étaient de toute évidence des prothèses en caoutchouc rose de mauvaise qualité.

— Vous êtes un KRAPO, vous aussi ? balbutia Sigrid dont la vue se brouillait.

— Non, dit l'individu, je suis un Alien. Mon nom est Zark. Maître Zark. J'ai vu tes agresseurs sortir de l'immeuble. J'ai tout de suite compris qu'ils étaient venus pour toi. Je savais qu'ils allaient tôt ou tard tenter de te supprimer, tu contraries leur petit commerce.

— Détachez-moi, bredouilla Sigrid. Il faut que j'appelle Gus, mon partenaire. C'est lui qui garde les réserves de vaccin. S'il m'injecte l'antidote du *Phobos*, la drogue que m'ont fait avaler les KRAPO sera neutralisée.

— Non, répliqua Zark. Je ne te conseille pas de faire ça, ce serait une très mauvaise idée.

— Pourquoi ?

— Parce que le vaccin est conçu pour agir sur des créatures synthétiques. Il serait bien trop fort pour toi. Il neutraliserait la terreur qui va s'emparer de ton esprit dans un moment, c'est vrai, mais il détruirait à jamais ta faculté d'éprouver des sentiments. Tu deviendrais comme un KRAPO en parfait état de fonctionnement, c'est-à-dire que tu ne ressentirais plus rien, *jamais*, ni joie ni peine, ni amour ni haine, rien... Tu deviendrais comme une pierre, indifférente à tout. C'est ce que tu veux ?

Sigrid secoua négativement la tête.

— Non... Non, bien sûr... souffla-t-elle. Mais alors, que peut-on faire ?

— Il y a peut-être une solution, fit Maître Zark en fouillant dans la poche intérieure de sa cape. Je vais te donner un somnifère pour te plonger dans le sommeil. De cette manière, tu ne verras plus rien de ce qui t'entoure. Ce somnifère est également un euphorisant, c'est-à-dire qu'il va installer dans ta tête une atmosphère de joie artificielle qui devrait t'empêcher de faire des cauchemars.

— Des cauchemars ?

— Oui, écoute bien. C'est capital. Si tu fais un cauchemar, la peur que tu éprouveras en dormant te tuera aussi sûrement qu'une décharge électrique de 300 000 volts. Il faut à tout prix que tes rêves restent joyeux ou anodins. Quand tu seras endormie, essaye de te souvenir de ce précepte. Applique-toi à conserver le contrôle de ce qui se passe. C'est possible. On appelle cela le rêve lucide. Dès que tu sentiras que le rêve dérive vers le cauchemar, corrige-le. Invente-toi des armes imaginaires pour empêcher que la peur ne s'installe. Compris ?

— Je... Je crois, bredouilla Sigrid. Vous pensez que ça va marcher ?

— Je l'espère, grogna Zark. Maintenant je vais te détacher et t'étendre sur le lit. Dès que tu auras avalé le somnifère, tu sombreras dans le sommeil, et je ne pourrai plus rien pour toi. Tu devras te débrouiller seule. Si les cauchemars ne te tuent pas, l'effet du *Phobos* aura cessé à ton réveil.

— Merci, souffla la jeune fille. Je ne comprends pas pourquoi vous m'aidez.

— Non, gronda la créature à la cape de cuir, ne me remercie pas. *Je ne suis pas ton ami.* Quand tu auras

La Fiancée du crapaud

compris pourquoi je te viens en aide, tu me maudiras. J'ai besoin que tu restes en vie, c'est tout. Tu as été choisie pour une mission dangereuse... et fort déplaisante, que tu n'auras pas la possibilité de refuser. Tu en sauras davantage si tu survis à l'action chimique du *Phobos*. Alors, pour ton malheur, tu comprendras que je suis ton pire ennemi.

— Je ne comprends rien à ce que vous me racontez, gémit Sigrid.

— Pour l'instant, ça n'a pas d'importance, trancha Zark, avale ce comprimé et dors. Je ne vais pas perdre mon temps à t'expliquer de quoi il retourne alors qu'un cauchemar va probablement te tuer dans moins d'une heure. Dors, et rappelle-toi mes conseils.

La jeune fille avala la pastille que l'Alien avait glissée entre ses lèvres.

*

Ses paupières se fermèrent, et, pendant un siècle et demi, elle eut l'illusion de flotter dans les airs accrochée à un parachute de guimauve rosâtre parfumée au citron.

« C'est le rêve, se dit-elle. C'est le rêve qui commence. »

Sous ses pieds, un village de dessin animé apparut. Une agglomération de chaumières aux couleurs irréelles. Les petites maisons sortaient de terre une à une, tels des champignons. Un oiseau la frôla, c'était en fait un origami exécuté à partir d'une feuille de cahier d'écolier. « L'atterrissage aura lieu dans quinze secondes, lui cria-t-il d'une voix de trompette bouchée. La température au sol est celle du gruyère par temps chaud. Chaque semaine comporte deux saisons. L'été commence le samedi et se termine le lundi, l'hiver s'installe à partir du mardi et dure

jusqu'au vendredi. On est prié de s'habiller en consé-
quence. »

C'était stupide mais pas méchant. Sigrid s'appliqua à
chasser toute angoisse de son esprit et à développer des
pensées positives. Elle toucha le sol sur la place du village,
sans ressentir la moindre secousse. Le parachute se changea en une pluie de pétales de rose qui recouvrit ses
épaules.

La petite ville était déserte, elle avait quelque chose d'un
décor en carton-pâte. Avisant une pharmacie, Sigrid s'y
précipita. Une poupée de porcelaine géante trônait derrière
le comptoir. Une voix enregistrée sortit de son ventre, elle
disait :

— Bonjour ! Que puis-je pour vous ? Aujourd'hui nous
faisons des promotions sur les pastilles pour la toux. Si vous
en prenez 3 tonnes, je vous accorde une remise de 15 %
et je vous offre cet ours en peluche magique qui fera la
vaisselle à votre place.

— Je voudrais un vaporisateur de gentillesse, improvisa
Sigrid. Vous savez... on s'en sert pour asperger les monstres
et ils deviennent adorables.

— Oui, oui, fit la poupée. J'ai ça en rayon. Petit modèle ?
Grand modèle ?

— Le grand ! lança Sigrid. Avez-vous du sirop de joie ?

— En pilules ou en pommade ?

— En pilules, s'il vous plaît. Combien vous dois-je ?

— Trois grimaces et deux sourires, annonça la poupée.
Ou alors, si vous payez en pizzas, une part tomate-anchois
et deux parts chorizo-poivron.

Sigrid s'exécuta, fermement décidée à ne pas s'étonner
de trouver des morceaux de pizza dans son porte-monnaie.
Elle sortit de la pharmacie ses emplettes sous le bras et

contempla la ville qui s'étendait jusqu'à l'horizon. Aucune maison n'avait la même taille, certaines étaient à peine plus grosses qu'une valise, d'autres atteignaient la hauteur d'une montagne.

À la devanture de la banque, une publicité proclamait : « Confiez-nous vos fromages, nous en ferons des lingots de chocolat fondant ! »

« Je vais me contenter de marcher droit devant moi, pensa Sigrid. Je dois demeurer joyeuse et sereine. À aucun moment je ne dois penser que je suis menacée. Si je m'imagine être en danger, le danger se matérialisera aussitôt. *Mon angoisse fera naître l'agresseur.* Si, au contraire, je reste calme, rien ne se produira. »

Elle décida d'en rajouter dans la niaiserie, et s'appliqua à mettre du rose partout. Il suffisait qu'elle pense : « Ce serait mieux si les toits étaient en sucre d'orge », pour que les toits se changent en friandises. Ces enfantillages lui occupaient l'esprit. Elle fit pousser des fleurs qui chantaient en chœur.

« Je voudrais des chats-météo ! décida-t-elle. Les rayures de leur pelage changeront de couleur en fonction du temps qu'il fera le lendemain. »

Les chats se matérialisèrent sur le rebord des fenêtres. Ils somnolaient, le corps zébré de raies bleues.

Sigrid essayait de cultiver son euphorie, mais un besoin obscur la poussait à regarder par-dessus son épaule. Elle savait qu'elle ne devait pas y céder, hélas c'était plus fort qu'elle. Quand elle jeta un coup d'œil derrière elle, elle s'aperçut avec angoisse que la ville s'effaçait dans son dos au fur et à mesure qu'elle avançait.

« Comme si j'étais poursuivie par une gomme géante... » songea-t-elle. Elle s'en voulut aussitôt d'avoir pensé cela, car il lui sembla qu'une gomme énorme se formait dans le lointain. *Une gomme de la taille d'un immeuble de dix étages.*

— Non ! Non ! pas de ça ! cria Sigrid, et saisissant son vaporisateur de gentillesse, elle répandit dans les airs une giclée de produit magique qui sentait la tarte aux pommes. La gomme monstrueuse disparut.

Son cœur battait trop vite, elle aurait voulu recouvrer sa sérénité, toutefois la peur cheminait en elle. Sur le dos de sa main, ses veines changeaient de couleur. D'abord bleuâtres, elles viraient au noir, dessinant de vilaines ramifications sur son poignet et son avant-bras.

« Non ! Non ! » se répéta Sigrid.

Elle réalisa que la lumière baissait. Levant la tête, elle vit que le ciel était à présent occupé par une monstrueuse poêle à frire rouillée et pleine de trous.

« C'est une représentation onirique[1] de l'épave du vaisseau alien, pensa-t-elle. Je ne dois pas le laisser empoisonner mon espace. »

Dans le ciel, la poêle s'émiettait, de gros morceaux de métal s'en détachaient et tombaient en sifflant. Sigrid leva son atomiseur de gentillesse et se mit à vaporiser avec ardeur.

— Je veux... cria-t-elle. Je veux que les débris se métamorphosent en tranches de cake aux fruits !

Elle serra les mâchoires, concentrant toute son énergie mentale sur le prodige réclamé. Les débris métalliques prirent l'apparence de parts de gâteau. Ils explosèrent en touchant le sol, aspergeant Sigrid de raisins secs et de fruits confits.

---

1. Onirique, se dit de tout ce qui entretient des relations avec l'univers des rêves.

La Fiancée du crapaud

La jeune fille poussa un soupir de soulagement.

— Jusqu'à présent ça marche, soupira-t-elle. Et ça marchera tant que j'y croirai.

Elle reprit sa promenade. De temps à autre, les couleurs fonçaient, le rose devenait gris, le bleu tournait au noir. Les chats se changeaient en tigres ou en sphinx menaçants. Un coup de vaporisateur y remédiait.

« Il ne faut surtout pas penser que la bombe pourrait se vider, songea Sigrid. Elle est pleine, oui, elle est pleine à ras bord... *elle est même inépuisable !* »

Malheureusement, le *Phobos* poursuivait son travail, et la jeune fille éprouvait de plus en plus de difficulté à voir tout en rose. Des écailles bleues couvraient ses bras, ses jambes, sans cesse plus nombreuses, et elle voyait venir le moment où elle se changerait en poisson. Un gros poisson échoué, là, sur le trottoir, loin de tout point d'eau... *et que les chats-météo se feraient une joie de dévorer.*

Non... Non, ne pas penser à cela.

Elle réprima l'envie de se gratter car elle avait peur d'entendre ses ongles crisser sur les écailles proliférant sur ses épaules.

« Je vais me changer en sirène », gémit-elle dans une bouffée d'angoisse.

Déjà, les matous avaient sauté des rebords de fenêtres pour lui emboîter le pas. Ils s'approchaient d'elle en miaulant de façon insistante, et se frottaient à ses mollets.

Sigrid retourna contre elle le vaporisateur et s'aspergea de la tête aux pieds. Les écailles disparurent, et elle se

113

Serge Brussolo

retrouva déguisée en princesse de conte de fées, avec une longue robe, un diadème scintillant complètement ridicule.

— Ça ne marchera pas une deuxième fois, lui déclara l'un des chats avec un accent belge très prononcé. Le vaporisateur est vide. Maintenant tu vas rapetisser. Quand tu seras changée en sardine, je t'avalerai.

— Tu n'existes pas ! lui cria Sigrid.

— Bien sûr que si, puisque tu m'as inventé ! rétorqua l'animal.

« De l'eau... décida la jeune fille. Je veux qu'une piscine apparaisse. Si je deviens poisson, j'y plongerai. Les chats ne pourront pas m'y suivre. »

Une fosse apparut au milieu de la route, un trou de la taille d'un bassin olympique, que remplissait une eau claire... hélas habitée par une douzaine de requins.

— Tu vois, triompha le matou. Une moitié de toi veut survivre, mais l'autre moitié est contaminée par le *Phobos* et veut mourir. C'est épuisant de toujours lutter, et tu n'es pas près de te réveiller...

— Je suis sur cette route depuis des heures ! gémit Sigrid.

— Non, corrigea le chat. Seulement dix minutes. Le temps du rêve n'est pas celui de la réalité.

Agacée, Sigrid voulut neutraliser le félin d'une giclée de produit à bonheur, mais seule une nuée de cafards grésillants s'échappa du vaporisateur.

« Cette fois je suis bel et bien fichue... » constata-t-elle.

Les chats l'encerclaient en se léchant les babines, les écailles lui couvraient le cou, les joues, le front... et elle rapetissait de manière alarmante.

Alors qu'elle se préparait à mourir, quelque chose

La Fiancée du crapaud

d'étrange se produisit. Les matous se mirent à danser comme des petits rats de l'Opéra, les requins se métamorphosèrent en poissons rouges, et les écailles, sur sa peau, prirent l'apparence de simples taches de rousseur.

Dans le ciel, la poêle à frire rouillée ne s'émiettait plus, elle venait de se changer en un million d'oiseaux gazouillants.

Alors, une main sortit de terre, saisit Sigrid par l'épaule et la secoua doucement.

*

La jeune fille ouvrit les yeux. Gus se tenait à son chevet, la main posée sur l'épaule de son amie.

— Enfin ! soupira Zoïd debout derrière le rouquin. Elle se réveille.

— C'est... c'est la réalité ? demanda Sigrid.

— Oui, ne crains rien, confirma Gus. Tu dors depuis vingt-quatre heures. Comme tu ne répondais pas au téléphone je suis venu voir ce qui se passait. Zoïd a tout compris. Nous t'avons injecté un super euphorisant pour t'aider à combattre la peur et t'éviter d'être assassinée par tes propres cauchemars. Mais ce n'était pas joué d'avance. Si tu n'avais pas tenu tête à tes propres démons, tu serais morte, tuée par toi-même !

— Merci, haleta la jeune fille. Il s'en est fallu d'un cheveu. J'ai vraiment dormi vingt-quatre heures ?

— Oui, fit Zoïd, si tu n'en as pas eu l'impression c'est que l'horloge des rêves et celle de la réalité ne concordent pas.

11

Ce que disait la chose, à l'intérieur du miroir...

L'agression dont Sigrid avait été victime était parvenue aux oreilles de la Direction, il fut décidé que la jeune fille et son camarade de patrouille seraient momentanément orientés vers un service plus tranquille, où ils échapperaient aux menaces des trafiquants.

C'est ainsi que les deux jeunes gens se retrouvèrent mutés à l'atelier de fabrication des masques de caoutchouc réservés aux KRAPO jugés trop laids par la population.

Les déguisements étaient fabriqués sur mesure par une machine dans laquelle on entrait la photo du monstre à *relooker*. Les masques, une fois cuits et secs, sortaient à l'autre bout de la chaîne. Aucune créature de synthèse n'ayant la même physionomie, il était en effet impossible d'envisager une fabrication en série de ces déguisements obligatoires.

Sigrid n'aimait pas ce travail. Elle ne comprenait pas

Serge Brussolo

pourquoi les gens d'Homakaïdo obligeaient les KRAPO à s'affubler de faces de latex stupidement rassurantes.

— Bon sang ! lança-t-elle un soir. Ils exploitent déjà les monstres comme des esclaves, ils pourraient au moins faire un effort pour tolérer leur physionomie !

Gus lui fit signe de se taire. La Direction n'aimait pas qu'on critique ses décisions.

Le poison du *Phobos* courait encore dans les veines de Sigrid, et elle était parfois sujette à de brusques accès de terreur. Ainsi, un stylo posé sur un bloc-notes pouvait lui paraître soudain terriblement menaçant. Elle croyait le voir se tortiller comme un serpent. À d'autres moments, la sonnerie du téléphone évoquait pour elle le hurlement d'une femme égorgée, et elle sentait la chair de poule lui hérisser la nuque.

« Ça finira par passer... » se répétait-elle en serrant les dents.

Heureusement, ces éclairs de frayeur ne duraient jamais plus d'une dizaine de secondes.

Afin d'oublier ces désagréments, elle essayait de se concentrer sur son travail, mais les masques de caoutchouc alignés sur les étagères la mettaient mal à l'aise ; ils ressemblaient un peu trop à des têtes coupées... Elle avait l'obscure certitude qu'elles allaient finir par lui crier des injures ou des menaces.

Les paroles mystérieuses prononcées par Zark tournaient dans l'esprit de Sigrid, y éveillant des échos inquiétants. Qu'avait-il dit, au juste ?

Je ne suis pas ton ami. Quand tu auras compris pourquoi je te viens en aide, tu me maudiras.

Voilà qui n'annonçait rien de bon !

118

La Fiancée du crapaud

N'avait-il pas ajouté que Sigrid avait été *choisie* ? Mais choisie pourquoi ? Et par qui ?

Tout cela restait très mystérieux.

*

Comme le service de surveillance leur avait ordonné de déménager, ils avaient dû s'installer dans un dortoir installé au 6e sous-sol. Cette décision n'avait rien d'amusant, car la fille qui dormait à gauche de Sigrid ronflait de manière abominable.

Depuis son aventure dans l'univers des rêves, Sigrid avait peur de s'endormir et de retrouver le cauchemar où elle avait failli être dévorée par des chats à rayures bleues, si bien qu'à peine assoupie, elle ne cessait de se réveiller, et cela jusqu'au lever du jour.

Le mardi matin, elle se leva en bâillant, ayant passé une fort mauvaise nuit. Arrivée à l'atelier de confection des masques, elle constata que Gus n'était pas encore là. Au bout d'une demi-heure, elle cessa d'entasser les mains de caoutchouc dans les caisses d'expédition et fronça les sourcils. L'absence du jeune homme était pour le moins curieuse, car, formé à l'école de la marine, il était, comme elle, d'une remarquable ponctualité.

Sigrid décrocha le téléphone et appela le dortoir des garçons. On lui répondit que Gus n'avait pas dormi là. Restait Zoïd... Gus était peut-être sorti en boîte... Ayant la flemme de regagner le dortoir, il avait campé chez le jeune Alien...

Sigrid forma un nouveau numéro sur le clavier. Mais Zoïd lui expliqua qu'il n'avait pas vu Gus depuis trois jours.

Serge Brussolo

Et tant qu'à sortir en boîte, il aurait préféré le faire avec Sigrid.

La jeune fille raccrocha, de plus en plus inquiète.

La matinée s'écoula sans qu'elle obtienne la moindre nouvelle de son camarade.

« Il a peut-être eu un accident, se dit-elle. J'espère qu'il ne s'est pas fait aplatir par une tôle tombée du ciel. »

De plus en plus angoissée, elle appela les hôpitaux. De toute évidence Gus ne figurait pas sur la liste des blessés.

Tout à coup, son portable sonna. Elle le colla vivement à son oreille.

— Tu sais qui je suis, dit l'étrange voix de Maître Zark. Maintenant que je t'ai sauvé la vie, tu m'appartiens. Retourne dans ton studio sans attendre. *Et regarde ton image dans la glace...*

— Quoi ? balbutia la jeune fille.

Mais l'Extraterrestre à la cape de cuir avait déjà raccroché.

Sigrid prit son arme et quitta le bâtiment le plus discrètement possible pour se rendre chez elle, dans le studio qu'elle occupait jusqu'à ce que le chef de service lui ordonne de se réfugier au dortoir du sous-sol. Ses affaires s'y trouvaient encore car elle n'avait emporté que le strict nécessaire.

Elle entra dans le logement, pistolet au poing.

Il n'y avait personne... Du moins en apparence, car lorsqu'elle pénétra dans la salle de bains, elle vit le reflet de Zark bouger dans le miroir.

Il n'était pas là, seule son image dansait, prisonnière de la glace, comme une empreinte laissée par un fantôme.

Sigrid n'en fut pas outre mesure étonnée. Elle connaissait

La Fiancée du crapaud

ce truc, un gadget importé par les Aliens quelques années auparavant. À l'aide d'un minuscule projecteur on enregistrait un hologramme parlant sur une surface réfléchissante. Le « fantôme » restait là trois ou quatre heures, à radoter son message, puis s'évaporait.

Elle s'avança à la rencontre de l'image de Zark inscrite dans la pellicule argentée du miroir.

— Je t'avais prévenue, dit le reflet. À partir de cette seconde tu vas me détester. Ne cherche pas Gus. Tu ne le trouveras pas. Je l'ai enlevé. Il est retenu prisonnier, quelque part, sous la surveillance de robots incorruptibles. Dans une semaine, si tu ne m'as pas apporté ce que je désire, mes androïdes lui administreront une piqûre mutagène qui le fera se changer en araignée, et cela, de manière irréversible. On nomme cela « le virus amazonien ». Ne préviens pas la police, tu perdrais du temps. Demande plutôt un rendez-vous à Sara Firman, elle travaille comme expert en assurances chez *Sweeton & Sweet*, une grosse compagnie. Tu trouveras sa carte de visite dans le tiroir de ta table de chevet. Cette chère Sara attend ton coup de fil. Ne tarde pas. Elle compte sur toi... *et Gus également.* Je crois que l'idée de se transformer en une tarentule de 50 kilos ne l'emballe guère.

Sigrid était abasourdie. *Gus enlevé ?* Ça n'avait aucun sens, et pourtant...

Elle resta un long moment à contempler le spectre qui radotait au fond du miroir. Quand l'image s'effaça, la jeune fille s'ébroua. Elle devait se ressaisir et passer à l'action sans attendre.

Elle décida de ne pas avertir les autorités tant qu'elle n'en saurait pas davantage.

Serge Brussolo

De retour à l'atelier, elle alluma l'ordinateur et lança une recherche générale pour localiser Gus. En tant que soldat, celui-ci portait en effet, implantée sous la peau, une puce électronique permettant de savoir où il se trouvait à n'importe quelle heure du jour ou de la nuit.

L'ordinateur travailla longtemps, en pure perte. Gus demeurait introuvable.

C'était à croire qu'il avait disparu de la surface de la Terre !

12

Le virus amazonien

Sigrid avait l'impression d'être un poisson échoué sur le sable. Un animal nu et fragile se déplaçant au milieu d'un bataillon de scaphandriers. L'avenue était pleine d'armures de protection urbaine. Sigrid, vêtue d'une banale combinaison en *kevlar*, un petit parapluie de fer à la main, éprouvait un étrange sentiment de vulnérabilité. Jusqu'à présent, elle n'avait jamais eu l'occasion d'explorer le quartier chic d'Homakaïdo. Les monstres en fuite ayant plutôt tendance à trouver refuge dans les ruines des zones défavorisées. Ici, les immeubles avaient très peu souffert des chutes de débris cosmiques. On n'avait pas l'impression de se déplacer sur un champ de bataille.

Autour de Sigrid, des scaphandriers faisaient du lèche-vitrines, sortaient des pâtisseries un carton de tartelettes à la main. À la terrasse des cafés, d'énormes armures de couleurs vives buvaient du chocolat au moyen d'une « paille » télescopique jaillissant du bocal qui leur servait de heaume.

Sigrid regarda l'heure. Sara Firman — qu'elle avait appelée une heure auparavant — lui avait donné rendez-vous au numéro 23.

— C'est le siège de la compagnie, avait-elle lancé, don-

Serge Brussolo

nez mon nom au portier, je viendrai vous chercher. Si j'en juge par votre voix, vous paraissez bien trop jeune pour qu'on vous laisse entrer sans être accompagnée d'un adulte. Et cela, même si vous exhibez votre carte officielle de dresseuse de monstres.

De telles réflexions exaspéraient Sigrid, mais elle serra les dents. Pour l'heure, elle n'était pas en mesure d'imposer sa loi.

À la hauteur du 23 elle repéra un alignement de lettres chromées qui formait les mots :

SWEETON ET SWEET. Assurances.

La jeune fille poussa la porte de verre et entra dans le hall. Un gardien déguisé en amiral de la flotte se précipita à sa rencontre avec l'intention de la refouler. On n'admettait pas les enfants ici, bien évidemment... Sigrid lui tendit la carte de Sara Firman et partit s'asseoir dans l'un des fauteuils réservés aux visiteurs. La moitié du hall était occupée par le vestiaire destiné aux armures de protection urbaine. Les scaphandres, alignés le long du mur, évoquaient la galerie d'exposition d'un musée militaire. Tandis que le gardien téléphonait, Sigrid attrapa un magazine sur la table basse. Elle ne cessait de penser à Gus. Où était-il ? Ses ravisseurs l'avaient-ils maltraité ?

Une femme apparut. La trentaine. Grande, mince, les cheveux très noirs. Jolie mais nerveuse. Son sourire paraissait artificiel.

— Bonjour, dit-elle. Je suis Sara Firman. C'est avec moi que tu as rendez-vous. Tu parais bien jeune pour tes vingt ans. Les adultes doivent éprouver certaines difficultés à te prendre au sérieux, non ?

Comme Sigrid ne répondait pas, son interlocutrice déclara :

124

La Fiancée du crapaud

— Alors, comme ça, tu es une spécialiste des monstres ?
À ce qu'on raconte, tu passes beaucoup de temps en leur
compagnie, tu serais même très copine avec eux, c'est
vrai ?

— Je ne les considère pas comme des esclaves, dit
sèchement Sigrid. Et je ne les trouve pas répugnants. Je
suppose que ça facilite les contacts.

— Bien, murmura Sara Firman. Dans ce cas tu pourras
peut-être m'aider. J'ai besoin de quelqu'un qui soit capable
d'approcher un monstre très dangereux. Une véritable
machine de guerre.

Sigrid avait l'impression de passer un examen. La colère
faisait rougir ses oreilles. Elle détestait qu'on la traite en
petite fille. Elle se força à rester calme.

— Comme tu le sais, reprit son interlocutrice, la plupart
des monstres ont réussi à trouver des emplois très pointus.
Pour ma part, je m'intéresse à ceux qui se sont fait embau-
cher en tant que coffres-forts dans les grandes banques.

Sigrid écarquilla les yeux.

— *Vous voulez dire qu'on range des billets dans leur
ventre ?* bredouilla-t-elle.

— Hé oui, ma petite, soupira Sara Firman, on n'arrête
pas le progrès. Les coffres vivants sont pour la plupart des
animaux de synthèse créés en laboratoire par les Aliens, je
ne t'apprends rien, n'est-ce pas ? On s'est aperçu qu'à la
différence des coffres-forts classiques, ces organismes se
défendent avec une férocité sans égale. Ils ne cèdent jamais
un pouce de terrain, et ne baissent pas les bras tant qu'ils
n'ont pas anéanti leurs agresseurs. Leurs pouvoirs dépassent ce qu'on est capable de fabriquer sur la Terre.

— Qu'attendez-vous de moi ? s'impatienta Sigrid. Je
veux juste retrouver Gus. Je me fiche bien de vos histoires.

Sara Firman blêmit.

— Tu ferais bien de te montrer un peu moins insolente, si tu veux revoir ton copain vivant, siffla-t-elle. Les gens pour qui nous travaillons sont extrêmement dangereux. Clarifions les choses : *je ne suis pas leur complice...* On me fait chanter. J'obéis contre mon gré. Ils m'ont choisie parce que je suis dans les assurances et que mon boulot consiste justement à inspecter les installations de sécurité des banques.

Sigrid hocha la tête.

— D'accord, fit-elle, je comprends mieux. Ils ont besoin de vous pour obtenir des renseignements sur un coffre-fort vivant, en vue d'un cambriolage.

— Exact, soupira la jeune femme. Je ne suis pas ton ennemie. Je n'ai qu'une hâte, en finir avec tout cela et ne plus entendre parler de ces gens.

— Je n'ai pas très envie de devenir une voleuse, objecta Sigrid.

— Moi non plus, riposta Sara, mais je n'ai pas le choix. Tu veux revoir ton copain Gus, n'est-ce pas ? Moi, c'est ma petite fille, Karen, que j'aimerais récupérer. Ils l'ont enlevée il y a trois jours. Si je ne collabore pas, ils lui injecteront un virus amazonien qui la transformera en araignée géante. Il n'existe pas d'antidote pour ce genre de piqûre.

Sa voix trembla sur ces derniers mots, et Sigrid vit qu'elle retenait ses larmes.

— O.K., soupira-t-elle, essayons de nous entraider en attendant de trouver mieux. Quel sera mon rôle dans cette affaire ?

Sara se ressaisit.

— Tu m'assisteras au cours de la visite de contrôle,

La Fiancée du crapaud

expliqua-t-elle. Je jouerai le rôle de l'assureur qui prend conseil d'un spécialiste. Tu seras ce spécialiste.

Elle entreprit d'allumer une cigarette qui grésilla en laissant pleuvoir des brins de tabac enflammés. Ses mains tremblaient.

— Viens, murmura-t-elle nerveusement, allons discuter de ça chez moi. Ce hall n'est pas sûr, le portier pourrait nous entendre.

Elle se redressa et marcha vers la sortie. Sigrid, étonnée, jeta un rapide coup d'œil aux scaphandres alignés le long du mur.

— Oh ! s'exclama Sara en remarquant son hésitation, tu croyais que j'oubliais mon armure ? Je n'en porte pas ! Je suis allergique à ce genre d'emballage. On appelle ça de la claustrophobie. La compagnie de Protection Civile m'a fait don de son dernier modèle, le plus cher, le plus performant, pour me remercier d'en avoir validé l'expertise, mais je suis incapable de l'enfiler. Je l'ai relégué au fond d'un placard. Quand je rentre là-dedans, j'ai l'impression d'être une momie dans un sarcophage. C'est affreux.

Dès qu'elles furent dans la rue, Sara reprit ses explications.

— Les monstres qu'on recrute pour jouer le rôle de coffre-fort vivant sont de drôles de cocos, dit-elle. Il y en a de toutes sortes. L'avantage principal de cette technique de mise à l'abri réside dans la grande résistance aux agressions de ces animaux, et dans l'extrême agressivité qu'ils déploient dès qu'on fait mine de les fracturer. Ces bestioles ont, la plupart du temps, une vie végétative. On dirait qu'elles dorment. Mais quand elles se réveillent, mieux vaut ne pas se trouver dans les parages.

Serge Brussolo

— Vous avez l'air de savoir de quoi vous parlez, observa Sigrid.

— Tu veux sûrement comprendre pourquoi je t'inflige ce cours de sciences naturelles, n'est-ce pas ? s'enquit Sara. C'est tout simple : la Banque des Dépôts Spéciaux désire être assurée par ma compagnie, et elle compte faire avaler ses trésors par un coffre vivant particulièrement redoutable. Le nom de code de cet animal est « le crapaud ».

Sara se pencha pour ouvrir la portière d'une longue voiture noire au profil de requin métallique.

— Monte, ordonna-t-elle, je préfère ne pas me déplacer à pied. Il y a pas mal de débris qui continuent à tomber du ciel. Le toit de cette automobile est blindé, nous y serons en sécurité.

Sara se glissa derrière le volant.

Sigrid s'enfonça dans le siège. Elle aimait l'odeur du cuir. La voiture filait au ras du bitume sans qu'on perçoive les trépidations du moteur.

— Parlez-moi de la B.D.S., fit Sigrid.

— La Banque des Dépôts Spéciaux stocke de l'argent sale, murmura Sara, elle est connue pour servir d'abri aux trésors des trafiquants de drogue intergalactiques. Tous les tyrans extraterrestres qui ont fichu le camp, une révolution aux fesses, viennent y planquer leurs lingots. Les caves de la boîte contiennent plus de richesses que la caverne d'Ali Baba. C'est pour ça que le directeur veut réduire les risques de hold-up en utilisant la nouvelle génération des coffres-forts vivants. Il nous attend demain matin pour la visite de contrôle...

— En quoi consistera notre travail ?

— À jouer les parfaits fonctionnaires et à poser le maximum de questions. C'est toi la spécialiste des monstres,

128

La Fiancée du crapaud

ouvre l'œil et enregistre le plus d'informations possibles. Tu devras te débrouiller pour localiser le talon d'Achille de notre crapaud. Ou plus exactement : le défaut de sa cuirasse.

— Comment cela pourrait-il être possible, puisque ces chambres fortes sur pattes sont inviolables ? demanda Sigrid.

— Un coffre n'est jamais sûr à 100 %, répondit Sara. Il existe toujours un moyen de le prendre en défaut, mais ce moyen est souvent si compliqué, si dangereux, qu'il décourage le voleur le plus habile. Les coffres vivants sont des monstruosités qui font dresser les cheveux sur la tête.

— Je ne suis pas biologiste, rétorqua Sigrid. Je ne fais que jouer le rôle de *baby-sitter* auprès des monstres angoissés. Je ne suis pas sûre d'être à la hauteur.

— Lorsqu'il s'agit de planquer un trésor de guerre, on sort généralement l'artillerie lourde, continua Sara sans prêter attention aux protestations de la jeune fille aux cheveux bleus. À ce qu'on m'a dit, la B.D.S. s'est payé une gargouille absolument effroyable. J'espère qu'à force de copiner avec les monstres, tu as percé quelques-uns de leurs petits secrets. Sinon, les choses risquent de tourner mal pour toi. Car c'est toi — *et toi seule* — qui devras t'emparer du trésor.

Sara engagea la voiture sous un porche et freina dans une cour intérieure envahie par une étrange végétation composée de roses chantantes. Les rouges avaient une voix de baryton, les jaunes faisaient office de soprano.

— On y est, dit-elle.

Elles descendirent du véhicule. Sara paraissait sur le qui-vive. Elle regardait fréquemment par-dessus son épaule pour s'assurer qu'on ne les suivait pas.

— Il faut faire attention, souffla-t-elle. *Ils* sont partout. Je crois qu'ils ont caché des micros et des caméras chez moi. Surveille tes paroles. Je ne veux pas qu'ils fassent du mal à ma fille. À présent montons, je vais te montrer les plans de la banque. Il faut que tu connaisses parfaitement la disposition des locaux pour pouvoir juger des risques.

Elle pianota un code sur une porte blindée coulissante et invita Sigrid à pénétrer dans un immense loft peint en noir. Un peu partout trônaient les photos d'une petite fille brune au sourire mélancolique, d'environ 6 ans. Karen, sans doute...

Sara surprit le regard de Sigrid.

— Son père était dans les Forces Spéciales, murmura-t-elle d'une voix chargée de lassitude. Il est mort pendant la révolte des mineurs de Tau-Céti. Son croiseur a été torpillé par les rebelles. Karen avait un an. Elle ne se souvient même pas de lui.

Un grand placard bâillait tel un sarcophage sur un scaphandre bardé de chromes et d'antennes. Dans la lumière rare qui filtrait des épais rideaux rouges masquant les fenêtres, l'armure avait l'air d'un sarcophage.

— Ah, ricana Sara, tu regardes l'engin ? C'est le dernier bébé des ateliers de la protection civile. Parfaitement étanche, il vous assure deux semaines d'oxygène. Ce qui peut être très utile en cas de naufrage, de fuite de gaz ou d'émanations toxiques industrielles. Sa carapace est bien sûr à l'épreuve des balles et des explosions. Le casque est muni d'un écran vidéo contenant deux cent soixante films préenregistrés. Les haut-parleurs diffusent en stéréo une discothèque miniaturisée de deux mille titres. Une réserve de tablettes nutritives/hydratantes permet de vivre en autarcie pendant trente jours. Le capitonnage interne antibacté-

La Fiancée du crapaud

rien assure la dissolution des déjections naturelles : sueur, urine... caca. Un compensateur de choc vous autorise à recevoir un autobus dans le ventre ou un avion sur la tête sans que votre colonne vertébrale ne s'éparpille aussitôt. On me l'a offert pour me remercier d'en avoir validé l'expertise, mais je n'ai jamais pu me résoudre à entrer dedans. Je suis claustrophobe. J'aurais l'impression de m'enfermer dans un cercueil. Dès que j'aurai récupéré Karen je passerai une annonce pour le vendre, cela me fera un peu d'argent.

Sigrid tendit la main pour effleurer la carcasse coincée dans le placard. Le contact évoquait davantage le plastique que l'acier.

— Allez, ordonna Sara, laisse cette armure tranquille, viens plutôt examiner ces plans. Nous n'aurons pas trop de l'après-midi pour en venir à bout.

13

Un sandwich électrique

La Banque des Dépôts Spéciaux occupait une tour cylindrique haute d'une centaine de mètres. Sigrid avançait en écoutant les échos du corridor déformer le bruit de ses pas.

Un instant plus tôt, le directeur, un petit homme rondouillard, les avait accueillies, Sara et elle, avec la froideur ironique d'un élève surdoué regardant s'avancer un examinateur à l'intelligence fort moyenne.

— Vous ne parviendrez pas à nous prendre en défaut, avait-il lancé d'emblée à Sara Firman. Notre système est parfaitement au point. L'animal qui servira de coffre-fort est installé au fond d'une crypte dans le sous-sol de la tour. Une ancienne caverne aménagée en bunker. Comme je vous l'ai déjà précisé, la bête servira à stocker des trésors composés d'or et de pierres précieuses. Ce butin nécessite une mise à l'abri particulièrement efficace, et nous oblige à employer ce qui se fait de mieux en matière de coffre vivant.

Le petit homme trottinait dans son costume trois pièces en laine de chaton albinos. Il pressa le bouton d'appel d'un

Serge Brussolo

ascenseur fort banal, puis, quand la porte s'ouvrit, s'effaça pour laisser passer ses visiteuses.

— Vous allez voir, jubilait-il, ce « crapaud » est véritablement affreux ! Il pèse environ 6 tonnes. Son poids excessif provient de la carapace osseuse qui le recouvre et le met à l'abri des explosions, rayonnements, fuseaux thermiques et vrilles lasérisées employés par les perceurs de coffres. C'est un animal de synthèse créé par les Aliens. Sa longévité est époustouflante puisqu'on l'estime à trois siècles. Cela tient à la vie végétative qu'il mène en temps ordinaire. Sa conscience est réduite à un ensemble de fonctions mécaniques, elle ne laisse pas place aux états d'âme. Une telle bête peut se passer de nourriture pendant un an et ne rejette aucun déchet...

L'ascenseur freina brutalement. L'atmosphère des caves empestait la moisissure. On se serait cru dans une galerie de mine étayée à l'aide de poutrelles d'acier. Des gravats encombraient le sol.

— Comme vous le voyez, reprit le banquier, l'accès à la crypte n'est pas protégé ; nous venons d'emprunter un ascenseur comme on en trouve dans n'importe quel immeuble. Un voleur pourrait s'y glisser sans mal, c'est vrai, mais il ne tarderait pas à le regretter ! Nous n'avons pas jugé utile de défendre ce passage dans la mesure où l'animal embusqué dans la caverne est dressé pour tuer tout inconnu qui commettrait l'erreur de se risquer sur son territoire sans prononcer le mot de passe « magique » l'autorisant à pénétrer en ce lieu.

Sigrid se sentait mal à l'aise. La galerie de mine débouchait dans une caverne vaste comme une cathédrale. Au centre de ce dôme de pierre grise se tenaient une effroyable

La Fiancée du crapaud

créature et... *une petite fille d'environ 6 ans, aux cheveux argentés.*

La bête, de la taille d'un dinosaure adulte, semblait issue du mariage cauchemardesque d'un crapaud et d'une araignée-crabe. L'enfant, elle, était nue, seulement vêtue de sa chevelure métallique qui lui tombait à mi-cuisses.

Sigrid aspira une bouffée d'air moisi. Le monstre se confondait avec la pierre tant sa carapace évoquait la roche. Les yeux et la bouche étaient indiscernables dans ce paysage de pustules. Les pattes postérieures ressemblaient aux cuisses d'une grenouille géante. Le torse se terminait par deux bras écailleux munis de griffes démesurées.

Sigrid jeta un coup d'œil furtif à Sara. L'experte en assurances affichait une expression terrifiée.

— C'est la première fois que je vois un coffre vivant de cette taille, lâcha-t-elle d'une voix mal assurée. D'habitude, ils sont plus petits.

— N'est-ce pas ? exulta le banquier. Je crois que son aspect extérieur est déjà amplement dissuasif, mais ses possibilités ne s'arrêtent pas là. Je pense que vous voulez des détails techniques ? Eh bien, allons-y !

Bombant le torse, il s'avança dans l'arène comme un présentateur de cirque.

— Actuellement cet animal est vide, commença-t-il, par conséquent vous ne risquez rien à le toucher.

Le petit homme tapa familièrement du poing sur le flanc du monstre.

— Le moment venu, nous lui ferons avaler un trésor enfermé dans des cassettes métalliques, continua-t-il. Chacune de ces cassettes sera enveloppée dans un revêtement « gastro-résistant ». On nomme ainsi une matière impos-

Serge Brussolo

sible à digérer. Je veux dire que le butin avalé par la bête restera prisonnier de sa poche stomacale sans courir le risque d'être aussitôt dissous par les sucs digestifs.

— Si j'ai bien compris, hasarda Sigrid, le crapaud aura l'estomac plein mais ne pourra jamais se nourrir de ce que vous lui aurez fait manger ?

— Exact, ma petite. Les cassettes stagneront à mi-chemin du tube digestif. En un lieu où personne ne pourra les atteindre. Les sucs acides sécrétés par l'estomac s'acharneront sur elles sans jamais les ramollir.

— Mais... bégaya Sara, n'y a-t-il pas un risque que le monstre écrase les coffrets entre ses crocs lorsque vous lui ferez avaler le trésor ?

— Non, il ne mâchera pas les cassettes, assura le banquier. Il se contentera d'ouvrir la bouche et son assistante, cette jeune personne que vous voyez là (il désigna l'étrange petite fille) se chargera d'acheminer le trésor dans son tube digestif. Elle mettra le paquet en lieu sûr car elle est la seule à n'avoir rien à craindre du monstre. La seule qu'il ne réduira pas en pièces lorsqu'elle se faufilera entre ses dents.

— Cette fillette ? murmura Sara. Je me doutais bien qu'elle n'était pas seulement ici pour compenser la laideur de la gargouille, quel est son rôle exact ?

— Nous la surnommons la fiancée du crapaud, dit le directeur de la B.D.S. En réalité *c'est la clef du coffre vivant...*

— Quoi ? hoqueta Sara.

— Je vous rassure tout de suite, coupa le petit homme, ce n'est pas un véritable être humain. Il s'agit encore une fois d'un animal de synthèse, mais les Aliens qui l'ont

La Fiancée du crapaud

fabriqué ont jugé plus amusant de lui donner cet aspect innocent.

— C'est un... *animal ?* chuchota Sigrid.

— Oui. Enfin... une créature artificielle. Ses capacités intellectuelles sont celles d'un petit robot, mais elle n'a aucune existence affective. Si je voulais faire une comparaison, je dirais qu'elle est aussi sentimentale qu'un fer à repasser. Ne comptez pas sur elle pour vous embrasser sur les deux joues.

— Oh ! Très drôle ! persifla Sara. Vous voulez dire que c'est une machine construite avec de la peau et des os au lieu de fer et de boulons, c'est ça ?

— Oui. Ne tenez pas compte de son aspect. Ne la considérez surtout pas comme une enfant réelle, ce n'est qu'un assemblage chargé de véhiculer un certain nombre de comportements programmés.

L'étrange fillette fixait le groupe sans émotion apparente. Ses yeux semblaient ceux d'un jouet en peluche. Sa peau, excessivement blanche, laissait apercevoir le réseau bleuâtre des veines.

« Une chair de poisson, songea Sigrid. On dirait qu'on l'a modelée à partir d'une truite cuite au court-bouillon. »

Les cheveux argentés qui recouvraient le torse de l'enfant lui donnaient l'aspect d'une sirène tout juste sortie de l'eau.

— C'est une clef, répéta le directeur en essuyant ses lunettes. Rien de plus.

— Soyez plus clair ! supplia Sigrid. Vous voulez dire qu'elle est la seule capable de déverrouiller les mâchoires du monstre ?

— Oui. Comme vous dites, confirma le banquier. Elle ouvre et ferme la gueule du crapaud comme on ouvre et

Serge Brussolo

ferme une porte. Sans elle, pas moyen de récupérer le trésor.

— Comment procède-t-elle ? Par télépathie ?

— Non. Elle tire sur les nerfs de la gargouille comme on tire sur les ficelles d'une marionnette pour l'amener à adopter une attitude définie.

— Oh, je comprends, fit Sigrid. Elle sait par exemple qu'en faisant vibrer telle fibre nerveuse elle forcera le KRAPO à ouvrir la gueule, qu'en pinçant telle autre, elle plongera la bête dans le sommeil.

— O.K., intervint Sara, mais pour accéder à ces... commandes, il faut qu'elle loge *à l'intérieur de la gargouille* !

— Tout à fait, lança le directeur de la B.D.S., d'ailleurs elle y habite en permanence. Elle a été conçue pour vivre en toute impunité au creux du tube digestif. Sa peau résiste aux sucs gastriques. Elle peut ramper d'un bout à l'autre de l'animal sans craindre d'être digérée ! Vous comprenez l'astuce ? *La clef qui permet d'accéder au trésor se trouve au fond du coffre verrouillé !*

— C'est dingue ! lâcha Sigrid.

Elle contemplait la fillette en essayant de ne pas béer de stupéfaction. Ainsi cette petite chose pouvait vivre dans le ventre du crapaud comme une taupe au fond de sa galerie ? Elle rampait de tubes en conduits, pataugeant dans les sécrétions gastriques, s'orientant à tâtons dans le labyrinthe des organes. Elle donnait un coup de pied dans une glande et la bête ouvrait la gueule, elle pinçait un nerf et la gargouille s'endormait, elle étranglait une veine, et le dragon devenait fou furieux. Une marionnettiste, soit, mais dont le pantin articulé pouvait détruire une ville en l'espace d'un clin d'œil !

La Fiancée du crapaud

Sigrid fit un pas en avant, tendit la main en direction de l'enfant. Aucune étincelle d'intérêt ne traversa les yeux de la fillette.

— Elle n'éprouve rien, répéta le banquier, ce n'est qu'un assemblage d'organes rudimentaires. Une sorte d'ordinateur bricolé à partir de boyaux et de tissu musculaire. Elle se nourrit d'énergie pure, comme le crapaud. Lorsqu'elle n'est pas en fonction, elle entre en hibernation.

— Ainsi vous allez la faire descendre dans le ventre du monstre ? dit Sara d'une voix mal affermie.

— Oui, elle grimpera dans la gueule du crapaud. Elle y sera enfermée comme un soldat dans un char d'assaut. Le moment venu, nous lui passerons les cassettes contenant les joyaux et elle les acheminera dans l'estomac de la bête, en rampant au long du tube digestif. Auparavant, elle aura emballé les boîtes dans une enveloppe résistant aux sucs digestifs. Une sorte de couverture qu'elle aura tricotée à partir de sa chevelure.

— De ses cheveux ? bredouilla Sigrid.

— Oui. Ce sont en réalité des algues à prolifération rapide. Si elle les arrache, les mèches repoussent en l'espace de cinq secondes. Lorsqu'elle les tricote, elle fabrique une couverture dans laquelle on peut aisément empaqueter une mallette remplie de diamants. Sans cet emballage, la mallette serait dissoute en trois minutes par les acides ruisselant sur les parois de l'estomac.

— Mais comment communiquerez-vous avec elle ? Comment lui ferez-vous savoir qu'elle doit procéder à l'ouverture du crapaud ?

— Les dates d'ouverture ont été fixées à l'avance. À chacune de ces échéances, la « fiancée » ouvrira la gueule du monstre et attendra nos ordres. Ces ordres seront précédés d'un mot de passe. Si elle ne reconnaît pas ce mot, elle ordonnera au crapaud de refermer immédiatement les mâchoires... *et de détruire les intrus.*

— Ce n'est pas un système très souple, observa Sara Firman.

— On ne peut pas être souple quand on abrite assez de richesses pour acheter la moitié de la galaxie ! rétorqua le petit homme. Nos clients préfèrent savoir leurs biens en sécurité. Nous ne fonctionnons pas comme un vulgaire distributeur de billets, chère amie !

Sigrid se passa la main sur le front. Elle transpirait.

— Un pareil dinosaure doit consommer une invraisemblable quantité de nourriture, observa Sara, je vois mal comment vous pourrez faire face à ce problème. On ne peut pas être banquier et gardien de zoo !

Le petit homme grassouillet hennit de manière déplaisante.

— Ma chère ! s'exclama-t-il, il n'est pas question que je transporte des carcasses sanglantes sur mon dos ! Non, cette bête est pourvue d'un double système digestif. Le premier comporte une gueule, un estomac, un intestin, etc. Nous l'utilisons pour stocker les trésors qu'on nous confie, je vous l'ai déjà dit. Ce système primitif peut éventuellement servir à dévorer les voleurs qui commettraient l'erreur de s'introduire ici. Les sucs digestifs sécrétés par notre ami crapaud ont la faculté de dissoudre en dix minutes une masse protéinée correspondant à 80 kilos de chair humaine.

— Et le second système d'alimentation ? s'enquit Sigrid.

— C'est celui auquel nous avons recours pour nourrir quotidiennement le monstre, expliqua le banquier. Il est

La Fiancée du crapaud

simple, propre. Il consiste à fournir au crapaud une décharge énergétique dont il s'imprègne, telle une pile rechargeable.

— Et comment se présentera ce sandwich électrique ? s'enquit Sigrid.

Le directeur leva le bras, désignant une trappe au sommet de la voûte, très loin au-dessus de sa tête.

— Vous voyez ce panneau ? dit-il avec un affreux sourire, tous les jours nous l'ouvrons pour larguer une bombe dans la crypte.

— Une bombe sur l'animal ! s'exclama Sara en blêmissant. Vous êtes complètement fou ! Vous allez détruire le monstre et ce qu'il contient !

— Pas du tout, chère amie, ricana le directeur. Cette bombe explosera en touchant le sol, bien sûr, mais l'énergie de la déflagration sera aussitôt *avalée* par la bête. C'est là l'aspect novateur du procédé. L'explosion sera totalement gobée par le monstre. Il s'en imprégnera goulûment, si bien que le souffle destructeur et l'onde de choc n'auront pas le temps d'exercer le moindre ravage aux alentours. À peine épanouis, ils seront aspirés par le crapaud ! Vous avez entendu parler des dragons *cracheurs* de feu ? Le nôtre est plutôt un *mangeur* de feu, si je puis me permettre cette plaisanterie.

— Votre bestiole va donc se recharger comme une batterie, fit rêveusement Sigrid, de cette manière vous vous débarrasserez des corvées alimentaires et notamment du problème des déjections. Je me trompe ?

— Non. Les bêtes nourries par imprégnation énergétique ne rejettent pas de crottes. C'est un point capital dans un espace clos comme celui dans lequel nous nous trouvons.

Serge Brussolo

Sara porta la main à son front, gagnée par le vertige.

— Je n'en reviens pas, admit-elle, vous avez installé une soute à bombes dans les caves de la banque ?

— Affirmatif. Nous l'avons en tout point copiée sur le modèle d'un ancien bombardier. Un pilote automatique déclenche le largage à heure fixe. Nous n'avons qu'à nous soucier de remplir la soute avec des explosifs, c'est tout. Cette manière de procéder est tout à fait révolutionnaire.

— Vous l'avez déjà expérimentée ? demanda Sigrid.

— Bien sûr. Le souffle des explosions est si vite avalé que les sismographes installés au rez-de-chaussée de nos bureaux n'ont pas détecté la plus petite secousse ! Nous bombardons nos propres fondations sans courir le moindre risque, ma chère enfant. Et à chaque explosion cette charmante gargouille se gave d'énergie pure comme vous avalez une crème au chocolat.

— Mais si vous vous trouviez à court de bombes, s'enquit Sara, elle dépérirait ?

— Pas du tout. En cas de malheur elle peut jeûner un an sans rien perdre de ses capacités défensives.

Il y eut un moment de silence. Sigrid était abasourdie. Elle ne pouvait s'empêcher de regarder le carré brillant de la trappe au-dessus de sa tête. Le dispositif dépassait tout ce qu'elle avait imaginé. Jamais elle n'aurait pensé qu'on pût mettre au point un système aussi fou.

— O.K., capitula Sara. Avant de rendre mon verdict il me faudrait des échantillons de carapace et quelques gouttes de suc digestif. Je veux m'assurer qu'il attaque bien tous les matériaux existants.

— Impossible, siffla le banquier. Aucun secret de fabrication ne peut franchir les limites de cette enceinte. Je m'y

La Fiancée du crapaud

oppose. Si vous insistez, nous contacterons une autre compagnie d'assurances.

Sara s'agita.

— Ne vous froissez pas, intervint-elle, nous cherchons simplement à faire notre métier.

— Je sais, mais n'en jetez pas trop, coupa sèchement le petit homme, nous souscrivons une assurance parce que la loi nous y oblige, en fait nous sommes convaincus de ne courir aucun risque. *Notre système de protection est parfait.* Personne ne peut s'introduire ici. Une seule erreur, et la gargouille vous détruit. Je ne vois pas qui voudrait s'aventurer dans un tel piège !

Sara baissa la tête. Elle semblait avoir soudain perdu toute assurance.

— La visite est terminée, lança enfin le directeur de la B.D.S., remontons, voulez-vous ? Nous discuterons paperasse dans mon bureau.

— Quand le crapaud avalera-t-il le butin qu'on lui destine ? demanda Sigrid.

— À la minute même où nous aurons signé ce contrat. C'est un préalable légal qu'il nous faut malheureusement respecter. En fait votre compagnie ne court aucun risque. Nous devrions, normalement, acquitter une prime dérisoire !

Le petit groupe gagna l'ascenseur. Sigrid prêta une attention distraite aux discussions juridiques qui suivirent. Les images enregistrées dans la crypte tournaient dans son cerveau à un rythme accéléré. Elle revoyait le crapaud, la petite fille sans âme, la trappe métallique de la soute à bombes. Jamais elle n'aurait imaginé qu'un tel dispositif fût possible. Apparemment la B.D.S. avait tout prévu. Pénétrer dans la crypte relevait du suicide.

Serge Brussolo

Apparemment... Le mot résonnait sous son crâne comme un écho qui refuse de s'éteindre. Sans qu'elle sache pourquoi, une voix intérieure lui murmurait qu'il existait cependant une faille dans ce déploiement de force. Une faille minuscule mais qui pouvait compromettre tout l'édifice.

« C'est idiot ! grogna-t-elle mentalement, apparemment il n'y a aucune possibilité. Aucune. »

Les palabres prirent fin au bout d'une heure. Sara remballa ses papiers et salua le banquier.

Sigrid lui emboîta le pas. Quand elles furent au pied de la tour, la jeune femme laissa échapper un soupir.

— Alors, fit-elle, qu'en penses-tu ? C'est une forteresse imprenable, non ?

— Je dirais plutôt un château pour films d'épouvante. Une enfant zombie, un dragon, des bombardements à heure fixe. À part des kamikazes, je ne vois pas qui pourrait tenter un hold-up dans cet enfer !

— *Mais toi*, ma pauvre chérie ! souffla Sara en lançant à la jeune fille un regard empreint de dureté. Il va falloir te creuser les méninges.

Sigrid ne répliqua pas, mais elle savait d'ores et déjà que son esprit avait enregistré un défaut dans le processus défensif de la B.D.S. Elle attendrait calmement que jaillisse la solution.

Sara retournait au siège de la compagnie. Elle proposa à Sigrid de la raccompagner dans le centre-ville pour lui épargner les chutes de boulons tombant du ciel ; la jeune fille refusa, elle préférait réfléchir en marchant.

Elles se séparèrent. Sigrid déambula plus d'une heure en un état second. La scène de la crypte défilait dans son esprit

144

La Fiancée du crapaud

comme un film monté en boucle : les gargouilles, la gamine zombie, la soute à bombes... Elle devait trouver la solution. Pour Gus, et pour la fille de Sara Firman, tous deux aux mains de Maître Zark.

14

Un bifteck qui pense

La carapace du monstre raclait les parois de la crypte, émiettant les rochers dans un bruit de tremblement de terre. Sa cuirasse osseuse semblait elle-même taillée dans la pierre la plus dure. Une pierre conçue pour moudre les murailles des forteresses, pour traverser l'espace sans souffrir du frottement des météorites. On la sentait capable de dévaler les pentes d'une éternelle avalanche sans jamais s'émousser. La bête tournait en rond dans le sous-sol de la banque, donnant des coups de tête dans les fondations du bâtiment. Ces chocs sourds se répercutaient jusqu'en haut de la construction, faisant trembler les antennes de télévision sur le toit. Aux étages supérieurs, les locataires se recroquevillaient un peu plus à chaque vibration. Cuillères et fourchettes cliquetaient au fond des tiroirs ; les lustres oscillaient, les parquets gémissaient. Toute la tour frémissait de l'impatience du crapaud. On savait que cette nuit il faudrait dormir au milieu de ce tremblement général en faisant semblant de ne rien remarquer « *pour ne pas effrayer les enfants* ». Mais on n'ignorait pas qu'il y aurait toujours un gosse pour lancer d'une voix aigrelette :

— Dis, maman, pourquoi elle bouge, la maison ? C'est

Serge Brussolo

le dragon de la cave qui court encore derrière la petite fille pour la manger ?

Alors les mères serreraient les gamins contre leur poitrine en murmurant des mots incohérents, destinés à chasser la peur. Alors les pères maudiraient une fois de plus la B.D.S. Le bâtiment n'était plus qu'un donjon érigé sur les profondeurs d'une terrifiante oubliette. Une tour lestée à sa base par un empilement de bombes, et se tenant en équilibre sur la bulle creuse d'une caverne habitée par une gargouille. De plus en plus fréquemment des scènes de ménage éclataient. Une femme se dressait soudain contre son mari, à bout de nerfs.

— Il faut déménager ! hurlait-elle, on ne peut pas vivre ici. Écoute donc ce bruit ! J'entends le cliquetis des fourchettes dans le tiroir du bahut, le tintement des pendeloques du lustre qui s'entrechoquent, et j'additionne les allers-retours de cette *chose* qui s'impatiente au fond de la terre ! Il faut partir, tu comprends ? Un jour elle en aura assez d'attendre, *elle sortira* ! Tu veux que nous soyons là quand cela se produira ?

*

Dans la crypte, le KRAPO ouvrit lentement sa gueule reptilienne. Et cette brusque béance évoquait la fissure d'un pan de roche fracassé par un tremblement de terre. Son museau se changea soudain en caverne. Dans un concert de clapotis, la fillette aux yeux vides escalada le tunnel élastique du tube digestif. Elle émergea au fond du gosier, engluée de sécrétions, rampant sur le matelas de la grosse langue. Nue, le corps enduit de bave, elle progressait vers la barrière des dents sans manifester la moindre

La Fiancée du crapaud

crainte. Elle habitait le monstre, comme le pilote d'un char d'assaut... ou encore un matelot naviguant dans un sous-marin. Parasite minuscule, elle régnait sur l'empire organique de cette machine de destruction. Elle était le commandant de bord d'un véhicule fait de chair et de sang. Elle vivait au centre d'un moteur formidablement compliqué. De temps à autre, elle activait une glande, elle tordait un nerf pour faire bouger le pachyderme et le préserver de l'ankylose. Elle s'amusait de sa démarche pataude qui faisait trembler le sol. Elle lui ordonnait de bâiller de la même façon qu'on commande à un tank de lever son canon. Alors elle remontait vers la lumière, rampant dans les coursives des entrailles pour s'allonger sur la langue de la bête, telle une baigneuse sur un matelas pneumatique. Elle regardait la crypte, accoudée aux crocs du monstre. Elle contemplait l'univers de la caverne et rêvait d'espaces infinis. La chaleur montant de l'estomac du crapaud caressait ses fesses et son dos nus. Cela sentait la boucherie, le *roastbeef* cru, mais la fillette n'en éprouvait aucun dégoût. Elle s'agenouillait sur la langue de la gargouille tandis que la carapace dorsale du KRAPO émiettait les rochers. Quelquefois, quand l'ennui faisait bouillonner en elle des pulsions mauvaises, elle contraignait l'animal à donner des coups de tête dans la paroi pour faire trembler les murs, bouger la tour... Elle ricanait en songeant à ceux des étages supérieurs. Elle s'amusait de leur peur. Elle les imaginait, l'oreille collée aux cloisons.

Boum... Boum...

Le crapaud, transformé en bélier, frappait le roc, ébranlant la peau des trottoirs, faisant vibrer les réverbères et frissonner les vitrines.

Boum... Boum...

Serge Brussolo

Un jour, au terme d'un après-midi plus interminable que les autres, elle déclencherait un séisme, pour tromper l'ennui, pour écouter le bruit que ferait l'immeuble en s'écroulant.

Ils croyaient tous qu'elle n'avait pas d'âme, que son cerveau contenait 12 réflexes soigneusement conditionnés. Que son Q.I. ne dépassait pas celui d'une tartelette au citron.

Ils se trompaient. Elle n'était pas comme les autres KRAPO. Il y avait eu une anomalie, quelque part.

Elle pensait. Lentement, avec une ankylose due au manque d'habitude, soit, mais elle pensait. Elle éprouvait... *des choses.* Des mouvements incontrôlables qui la rendaient triste ou mauvaise, selon l'heure.

Tout cela était ex-trê-me-ment compliqué. Trop compliqué pour son cerveau mal entraîné. Pour l'instant elle ne pouvait guère penser plus d'une heure par jour sous peine d'endurer d'affreuses migraines. Elle s'autorisait une existence cérébrale au cours des brèves récréations prises dans la gueule du monstre. Là, accoudée à la balustrade des crocs brillants, elle s'entraînait à faire remuer cette boule grise logée dans son crâne. C'était difficile, car les circonvolutions de cette matière gluante ressemblaient davantage aux corridors d'un labyrinthe désert qu'aux méandres d'un cerveau en état de marche.

La fillette hésitait à aller plus avant. Elle piétinait à l'orée de sa conscience comme un gosse apeuré au seuil d'une immense caverne remplie d'échos. Le vide lui faisait peur. Elle se demandait si elle serait un jour capable de hurler assez fort pour que son cri emplisse tout l'espace de ce dôme inoccupé.

La Fiancée du crapaud

*

Elle se souvenait parfaitement de sa « naissance », lorsque les Aliens l'avaient créée dans le secret de leur laboratoire. Elle se rappelait leurs visages bleuâtres penchés au-dessus du bac où elle commençait à palpiter, tas de gelée auquel on n'avait encore donné aucune forme définitive. Elle avait des yeux, un cerveau, *mais pas de corps*. Ces organes flottaient dans l'épaisseur de la masse cellulaire en formation, tels des raisins dans la pâte d'un flan qu'on va bientôt mettre à cuire. Ils captaient déjà des images, essayant désespérément de les étiqueter. Les voix s'étaient gravées en elle comme sur une bande magnétique :

— *Si on en faisait un personnage de bande dessinée ?* disait un grand type aux oreilles pointues et à la blouse blanche constellée de taches, *ce serait marrant, non ? On livre les gargouilles avec un petit bonhomme plutôt drôle qui gommerait l'aspect horrifiant des coffres. Moi je trouve que c'est une bonne idée. Les Terriens adorent les BD. Ils sont un peu stupides.*

— *Les commerciaux ne veulent pas en entendre parler,* répliquait alors un homme chauve nanti d'un troisième œil au milieu du front. *Nous fabriquons des coffres-forts, pas des tirelires pour les gosses !*

— *Qu'est-ce qu'ils veulent alors ? Un monstre encore plus hideux que les gargouilles ?*

— *Non, je suis d'accord pour l'idée d'un contraste adoucissant. Quelque chose de plaisant à l'œil.*

Ils avaient discuté ainsi une éternité. Certains penchaient pour un animal : un singe, par exemple, ce proche cousin de l'Homme. D'autres songeaient à un humanoïde stylisé, à l'aspect rassurant.

— *Non,* avait tranché une femme aux mains écailleuses, *surtout pas de personnages de dessin animé. On nous prendrait pour des loufoques. Pourquoi pas une petite fille ? Quelque chose qui tiendrait le milieu entre la sirène et l'elfe. Jolie à regarder mais un peu irréelle. Les Terriens aiment les contes de fées.*

Ils s'étaient tous penchés sur le bac de gelée vivante.

— *Tu crois qu'on peut transformer ce bifteck pensant en quelque chose de joli à regarder ?* avait grogné l'un des hommes avec une vilaine grimace.

— *Tu es dégueulasse,* avait protesté la femme, *tu parles d'un organisme que nous venons de faire naître.*

— *Tu tombes déjà dans le piège du romantisme,* vociféra le garçon ; *nous l'avons fabriqué, pas fait naître ! C'est comme si tu avais construit un moteur avec des tuyaux de chair et des boulons de cartilage. Ce n'est même pas un bifteck pensant, c'est un ordinateur bricolé avec de la viande ! Ce truc est totalement dépourvu de sentiments.*

La fillette écoutait résonner ces paroles sous son crâne. Sa tête était un hangar presque vide où se répercutaient les échos de ses rares pensées. On lui avait appris à exécuter des gestes, à adopter certaines attitudes. On avait planifié sa vie en fonction du rôle qu'elle aurait à jouer dans le ventre du crapaud, mais cela laissait encore beaucoup de cases blanches, d'alvéoles vierges dans sa cervelle trop grande.

Il y avait en elle un monstrueux appétit, une exigence qu'elle ne savait nommer. Un tourbillon agitait le centre

La Fiancée du crapaud

de son crâne. Elle devinait que quelque chose de fondamental lui échappait. Quelque chose que LES AUTRES possédaient. Elle les jalousait, elle, l'ordinateur de chair. Elle les *détestait.* Ce sentiment lui tenait chaud parce qu'il prouvait sa capacité affective. Elle le cultivait avec soin, l'entretenait telle une tribu préhistorique veillant sur la flamme naissante d'un bivouac. Elle avait peur de le voir disparaître. Elle existait par la haine, et cela lui suffisait. Quand l'engourdissement mental s'emparait de son esprit, quand elle se sentait redevenir une machine et que sa tête s'emplissait d'un grésillement de parasites, elle réécoutait les enregistrements des conversations préludant à sa naissance. Elle s'imprégnait du mépris contenu dans chaque mot *: Bifteck pensant... Machine de viande... Cette chose... Ce truc...*

Aujourd'hui, elle existait en dépit d'eux, à leur insu ! Il lui fallait simplement du temps. Le temps d'apprendre à se servir de la boule grise qu'on lui avait fourrée dans la tête. Et pour cela elle devait se maintenir en vie, sauvegarder l'étincelle de sentiment qui palpitait en elle. Si ce lumignon s'éteignait, elle perdrait toute chance d'être autre chose qu'un tas de gélatine déguisé en petite fille.

Il fallait qu'elle s'applique à les haïr, à chaque instant, à chaque minute. Un jour ou l'autre elle découvrirait à quoi servait ce sentiment... Pour le moment il palpitait en elle et la préservait du somnambulisme auquel on l'avait prédestinée.

Elle attendait, tapie dans le ventre de la bête. Recroquevillée sur elle-même, suçant son pouce pour ressembler à une vraie petite fille. Et la chose grandissait en elle. Une

Serge Brussolo

flamme rouge qui éclairait le hangar vide de son esprit. Un jour elle leur prouverait...

*

La fillette aux yeux vides se laissa glisser sur la langue du monstre pour gagner le fond du gosier. La salive facilitait la descente et elle tomba presque aussitôt dans le tunnel de l'œsophage. Son nez avait été conçu de manière qu'elle ne soit pas indisposée par la puanteur régnant dans le ventre du crapaud. Elle fila sur le toboggan de chair, au milieu des éclaboussures de salive. Le monstre referma ses mâchoires, tel un sous-marin dont l'unique écoutille se rabat avec un bruit sourd.

15

Cours du soir

Sigrid s'assura qu'on ne la suivait pas. Elle marchait vite, rasant les murs.

Elle avait décidé d'aller demander conseil à Zoïd ; après tout, elle avait sauvé son album à souvenirs de la destruction. Zoïd lui devait un service, il ne la trahirait pas.

Depuis qu'elle avait quitté Sara, la jeune fille avait réfléchi à un certain nombre de choses. Un plan commençait à se dessiner dans son esprit.

Elle arriva bientôt en vue de l'immeuble où logeait le jeune extraterrestre.

« Si quelqu'un peut m'aider, c'est bien lui, pensa-t-elle. Il m'a dit qu'il avait travaillé dans un laboratoire fabriquant des KRAPO. Il doit tout savoir des points faibles de ces bestioles ! »

La porte s'ouvrit avant qu'elle ait eu le temps d'appuyer sur la sonnette.

L'Alien se tenait sur le seuil, avec son sourire maladroit, mais charmant, qui ressemblait presque à une grimace.

— Je sais pourquoi tu es ici, chuchota-t-il. Pas la peine de m'expliquer. Les monstres bavardent entre eux, tu sais.

Serge Brussolo

C'est à ça que sert la télépathie. On m'a aussi raconté que tu étais allée expertiser le coffre vivant à la B.D.S. Tu es venue pour que je te parle des gargouilles, non ? Entre donc. J'ai acheté un canapé, pour faire comme les Terriens. C'est drôle, les canapés. Ça a quatre pieds, comme une vache, mais ça ne s'en sert pas pour marcher. Je croyais qu'il allait se promener d'un bout à l'autre de l'appartement, mais non, il ne bouge jamais. Peut-être est-il malade ? Peut-être est-il mort ? Le vendeur a sans doute profité de ma naïveté pour me vendre un meuble en mauvaise santé...

Croyait-il à ce qu'il disait ? Sigrid ne put le déterminer. Les Aliens avaient souvent un humour bizarre qui ne faisait rire qu'eux.

Elle lui expliqua brièvement que les canapés étaient d'un naturel casanier et ne remuaient guère, puis elle s'assit. Elle avait hâte d'exposer le motif de sa visite.

— Je suis toute seule, conclut-elle. Je ne peux pas prévenir la police. Les ravisseurs contamineraient aussitôt Gus et Karen, la petite fille de Sara Firman. Mais c'est du délire, personne ne peut monter un coup comme ça ! Ce serait un véritable suicide...

Zoïd fit entendre un rire étrange.

— Allons, chuchota-t-il. Si tu es ici, c'est que tu as déjà une idée, pas vrai ?

Sigrid le regarda. Elle hésitait.

— Premier point, attaqua Zoïd d'un ton professoral, comment feras-tu pour t'introduire dans la banque ? Durant la nuit, le hall et les bureaux sont sous la surveillance de robots gardiens puissamment armés. Tu serais réduite en poussière par leurs canons lasers avant d'avoir pu te glisser dans l'ascenseur menant à la crypte.

La Fiancée du crapaud

Sigrid hocha la tête.

— Je ne pensais pas à envahir les locaux par la fenêtre des toilettes, tu sais ? fit-elle. Pas question d'entrer par effraction. *Je me ferai livrer...* Officiellement.

— Livrer ?

Zoïd avait sursauté.

— Tu sais comment ils nourrissent la gargouille ? reprit Sigrid.

— Avec du feu, des flammes, des explosions...

— Exact. Cette énergie, ils l'obtiennent en bombardant la crypte depuis les sous-sols de la banque. Ils laissent tomber des torpilles sur la tête du crapaud.

— Et alors ? s'impatienta l'Alien.

— Alors je suis prête à parier qu'ils n'auscultent jamais les bombes, expliqua la jeune fille. Ils les achètent à l'arsenal ; des robots les livrent, un point c'est tout... Si je me dissimulais au creux d'une torpille, à la place des explosifs, je serais automatiquement descendue par les livreurs dans la soute de largage. Je n'aurais qu'à attendre patiemment que vienne mon tour d'être jetée en pâture au monstre.

— Amusant ! ricana l'extraterrestre. Et comment survivras-tu à une chute de 40 mètres ?

— Je me recroquevillerai à l'intérieur de la bombe vidée de ses explosifs. Auparavant, j'aurai enfilé un scaphandre de protection urbaine. Un scaphandre capable de résister aux chocs les plus extrêmes. Quand je tomberai dans la caverne, *l'armure encaissera la secousse à ma place.*

Zoïd haussa les sourcils, perplexe.

— Par les anneaux de Saturne, souffla-t-il, il faudrait que tu aies sous la main un super modèle, ma jolie. Une armure de premier choix. Je suppose qu'ensuite tu te laisseras avaler par la gargouille ?

Serge Brussolo

— Oui. Je plongerai dans son estomac, et j'entrerai dans la caverne d'Ali Baba, là où sont entassées les malles remplies de diamants. Je forcerai la bête à ouvrir les mâchoires et j'en sortirai pour gagner l'ascenseur. Une fois dans la cabine, je grimperai au rez-de-chaussée. À l'ouverture des bureaux, je n'aurai qu'à me mêler aux clients pour gagner la sortie.

— Attends, intervint Zoïd, il y a beaucoup de choses qui ne vont pas dans ton raisonnement. Si tu te fais avaler par la bête, tu seras très vite digérée par les sucs gastriques de son estomac. Aucun scaphandre, même le plus perfectionné, ne résistera aux sécrétions acides au-delà de trente minutes. Elles vont dévorer la cuirasse en un temps record. Tu la verras devenir molle, se dissoudre, et tu te retrouveras toute nue dans l'estomac du monstre. Inutile de préciser qu'une fois dépouillée de ton armure tu ne mettras pas longtemps à fondre !

— Tu vois une solution ? s'enquit Sigrid.

— Oui, souffla Zoïd. Il faudrait que tu puisses saboter la bête de l'intérieur en agissant sur ses nerfs, de manière à la rendre inoffensive. De cette façon, tu pourras la forcer à ouvrir la gueule, en sortir très vite, et courir vers l'ascenseur sans qu'elle se lance à ta poursuite. En fait, l'idéal, ce serait de la faire tomber en syncope... C'est compliqué ; tu as des connaissances en physiologie extraterrestre ?

— Un peu. À quoi penses-tu ?

— À la possibilité de provoquer une crise cardiaque chez le crapaud.

— Une grenade ne suffirait pas ? proposa la jeune fille. Si elle explose dans le ventre de la bête, il me semble que...

— Non ! Réfléchis un peu ! Ce monstre se nourrit d'énergie pure. Le souffle de ta grenade sera digéré comme

La Fiancée du crapaud

un pain au chocolat par un écolier. Le seul moyen, c'est d'intervenir directement sur l'anatomie de l'animal, de pianoter sur ses nerfs la formule qui le tuera « naturellement ».

— Tu crois que j'aurai le temps de provoquer un infarctus chez un monstre pareil avant d'être digérée par son estomac ?

— C'est possible si tu apprends bien ta leçon. Une fois la bête morte, il te suffira d'entrebâiller ses mâchoires avec un levier, et de ramper entre ses crocs pour t'extirper du piège. Tu gagneras alors l'ascenseur pour quitter la banque. Ce sera facile puisque tout le monde porte un scaphandre dans ce quartier. L'anonymat est garanti.

— Exact, fit Sigrid. Et pendant que je serai dans l'ascenseur, j'en profiterai pour cacher les diamants à l'intérieur de l'armure.

— Ça me semble parfait, observa Zoïd.

Sigrid arpentait nerveusement l'appartement.

— Il y a encore un problème, observa-t-elle. À l'intérieur de la gargouille il y a cette créature qu'ils appellent « la fiancée »... Comment réagira-t-elle à mon intrusion ?

— Elle ne réagira pas, éluda Zoïd. C'est un tas de viande sans intelligence, tout juste programmé pour accomplir un certain nombre de gestes. Elle te regardera bouche bée. Ce que tu vas faire ne correspond à aucun des schémas implantés dans son cerveau. Ne t'occupe pas d'elle. Le seul vrai problème, ce sont les cours de physiologie que je vais devoir te dispenser. Seras-tu capable de les mémoriser ? Le cerveau des Terriens est si limité. Je ne voudrais pas être à l'origine de ta mort. Je t'aime bien, tu sais ?

— Ça fait plaisir à entendre, je n'ai pas tellement d'amis.

— Assez de sentimentalité ! bougonna Zoïd. Avant toute chose, es-tu sûre de pouvoir te procurer un excellent sca-

Serge Brussolo

phandre de protection urbaine ? Il faut vraiment du top niveau, pas de la cuirasse de ménagère...

— Ça ira, confirma Sigrid, j'en ai un sous la main. (Elle pensait à l'armure dernier modèle trônant dans le vestibule de Sara Firman.)

Zoïd partit fouiller dans les rayons de sa bibliothèque. Il déplaçait les livres en ahanant, comme s'il s'était agi de grosses briques.

— Écoute, dit-il, je ne veux pas te mentir. Je n'ai pas travaillé sur le projet des gargouilles, mais j'ai composé assez d'animaux synthétiques pour savoir que leur physiologie est presque toujours calquée sur le même principe. Il y a bien sûr un risque. Les gens des labos ont pu procéder à **des** innovations.

— Je n'ai pas le choix, coupa Sigrid, dépêche-toi.

Zoïd s'approcha enfin, les bras chargés de livres, de brochures qu'il étala sur le tapis. Un paysage de glandes, de nerfs, de veines, envahit peu à peu le plancher.

— Ce n'est pas réellement compliqué, commenta Zoïd, un Alien peut apprendre à piloter un animal synthétique en un week-end, mais je suis moins optimiste en ce qui concerne les possibilités d'une jeune Terrienne. Je ne vais pas entrer dans les détails ; pour simplifier, imagine que la bête est une gigantesque marionnette à fils. Les nerfs sont les ficelles qui la font bouger. C'est sur eux que tu devras agir. Avec un peu d'habileté, tu contrôleras le KRAPO comme un simple pantin.

L'index de Zoïd courait sur les cartes, les plans. Les animaux écorchés se succédaient.

— Là, il te faudra creuser, insistait-il. En pinçant ces nerfs, tu augmenteras tellement les battements de cœur du

160

La Fiancée du crapaud

monstre qu'il fera une crise cardiaque et tombera raide mort.

— O.K., soupira Sigrid au bout d'une heure d'explications embrouillées, entasse-moi cette littérature dans un sac. Je vais m'y mettre dès demain. Auparavant, il faut que je me procure le scaphandre. Sans lui, rien n'est possible.

— Tu vas dévaliser la boutique d'un revendeur ? Méfie-toi, elles sont surveillées...

— Non j'ai un autre moyen, chuchota Sigrid en songeant à Sara Firman.

— Et l'arsenal, les bombes ? insista l'Alien. Tu y as pensé ?

— Oui. Je connais bien le dispositif de sécurité. En tant que conseillère de la compagnie d'assurances, j'ai eu le dossier en main. De ce côté-là, pas de problème.

Ils se redressèrent et demeurèrent face à face. Le silence s'était tout à coup épaissi.

— Tu peux encore renoncer, dit doucement Zoïd, c'est la phrase rituelle qu'on prononce dans ces cas-là, non ?

— Tu sais bien que je n'ai pas le choix, soupira Sigrid, je dois sauver Gus.

— C'est vrai, admit l'Alien. C'est une manie chez toi, il faut toujours que tu sauves quelqu'un.

Il se baissa pour entasser les livres d'anatomie dans un sac de toile.

Lorsque Sigrid quitta l'immeuble, la nuit commençait à se dissoudre au-dessus des toits.

Il ne lui restait plus qu'à se rendre chez Sara pour emprunter l'armure dont la jeune femme ne s'était jamais servie.

16

Une robe en pur métal

Le souffle de Sigrid se répercutait à l'intérieur du casque avec un chuintement de tuyauterie engorgée. La nuit noyait le sous-bois mais les amplificateurs incorporés au masque de vision éclaircissaient le paysage, lui donnant l'aspect d'un vieux film en noir et blanc. Sigrid regardait les arbres, les buissons, avec un étrange sentiment d'irréalité.

Elle fit quelques pas. L'exosquelette[1] renforçant l'armure répondait admirablement à ses sollicitations. Sigrid était même surprise de la souplesse de manœuvre offerte par l'engin.

Sara Firman n'avait fait aucune difficulté pour lui prêter le scaphandre.

— Je comptais le vendre, avait-elle murmuré, mais si tu crois pouvoir l'utiliser pour t'introduire dans la banque, n'hésite pas.

Sigrid ne se l'était pas fait répéter. Son entraînement militaire lui avait donné l'habitude de ce type de carapace.

---

1. Squelette de métal externe, qui sert de structure à l'armure et décuple la puissance de ses mouvements.

Serge Brussolo

En une heure, elle en maîtrisait les commandes, et c'est enveloppée dans l'extraordinaire coquille protectrice qu'elle avait quitté le domicile de Sara. Dans la rue, les autres « scaphandriers » lui avaient jeté des regards d'envie.

Aussitôt, elle avait décidé de passer à la phase 2 de son plan : s'introduire dans la fabrique d'explosifs et se dissimuler à l'intérieur d'une bombe destinée au repas de la gargouille !

Sigrid s'engagea entre les arbres. Les micros extérieurs, dont elle avait poussé la sensibilité au maximum, lui renvoyaient un tumulte assourdissant fait de bruits minuscules. Chaque brindille craquait comme un coup de feu, le vent dans les feuilles évoquait l'interminable déchirement d'une voile de navire prise dans la tempête. Un chat errant feulait avec la force d'un tigre.

Elle s'immobilisa devant une muraille de barbelés aux entrecroisements hérissés de piquants. Une sorte de tricot effroyable, de filet dont chaque maille avait été conçue pour arracher la peau des visiteurs imprudents. Des cadavres d'animaux étaient restés prisonniers de cet entrelacs. Des lapins, des belettes pendaient entre les fils d'acier, le vent faisait bouger leurs dépouilles dont le pelage s'éparpillait en bouffées de poil terne.

Derrière les barbelés s'étendait un terrain accidenté, semé de cratères, et qui paraissait avoir encaissé une pluie de météorites. Une grande pancarte défraîchie, flanquée d'une tête de mort symbolique, annonçait :

DANGER. CHAMP DE MINES.

La Fiancée du crapaud

ATTENTION !
Périmètre interdit.
Stockage d'explosifs à usage militaire.
Interdiction absolue de franchir cette limite !

Plus loin encore, on devinait les formes d'un bâtiment allongé, construit comme un bunker [1]. Il s'agissait de l'arsenal robotisé où l'on fabriquait les bombes destinées aux forces armées du cosmos. C'était là que se rendait Sigrid.

La jeune fille ouvrit le couvercle du panneau de commande fixé à son avant-bras et coupa les micros. Si elle marchait par mégarde sur une mine, elle ne tenait pas à ce que la déflagration amplifiée lui fasse éclater les tympans. Elle respira à fond pour chasser la boule d'angoisse qui obstruait sa gorge. Elle transpirait malgré la température interne relativement fraîche. Elle hésitait. Comme un pilote s'installant dans la cabine d'un jet, elle consulta les différents cadrans tapissant l'intérieur du casque. Tout paraissait normal. Le scaphandre était chargé à bloc, ses défenses semblaient prêtes à encaisser les pires agressions. Sigrid vérifia l'affichage du compensateur de chocs. Tout dépendait de lui, de sa capacité à générer des champs de forces isolant l'armure des attaques extérieures. S'il tombait en panne, le scaphandre éclaterait comme un œuf frais jeté du 36ᵉ étage.

La jeune fille se redressa. La pluie se mit à piqueter le verre blindé de la fente d'observation. Un essuie-glace entra aussitôt en fonction. L'armure s'ébranla en direction

---

1. Bâtiment aux parois très épaisses conçues pour résister aux bombardements, et comportant de nombreuses chambres souterraines.

Serge Brussolo

des barbelés. Sigrid tendit les mains. Ses doigts robotisés sectionnèrent les fils d'acier qui cédèrent en claquant, telles des cordes à piano. Elle ménagea un trou au ras du sol, dans lequel elle s'engagea sans se soucier des piquants de fer labourant la peinture de la cuirasse.

— Tu te débrouilles comme un chef, avait observé Sara lorsque Sigrid avait essayé le costume de protection. Le manuel dit qu'il faut compter une semaine avant de savoir correctement manœuvrer.

— J'ai l'habitude, rétorqua Sigrid. Et puis on ne peut pas attendre aussi longtemps ; il faut faire vite. Je ne sais combien de jours je vais rester bloquée à l'arsenal.

— La soute de bombardement a une autonomie d'une semaine, lui rappela Sara, je suppose qu'on la remplit tous les dimanches.

Sigrid émergea de l'autre côté des barbelés. Le champ de mines lui offrait à présent sa perspective lunaire. Elle savait, pour avoir consulté d'anciennes archives, qu'on y avait enterré tous les types de charges imaginables. Il y avait là des mines à fragmentation, des mines sauteuses prévues pour jaillir hors de terre et exploser en dispersant le maximum d'éclats, mais aussi de grosses charges conçues pour disloquer les chars d'assaut. La nomenclature administrative notait également la présence de « pots à feu », ces mines lance-flammes dégageant l'espace d'une seconde une chaleur effroyable capable de carboniser un soldat avant même qu'il ait eu le temps de crier. Personne, excepté l'ordinateur régissant l'arsenal, ne connaissait les coordonnées d'implantation des mines. Nombre d'entre elles appartenaient au type fouisseur, *c'est-à-dire qu'elles*

La Fiancée du crapaud

bougeaient en permanence comme des taupes occupées à creuser des galeries. Il était donc inutile d'espérer les localiser !

Sigrid pressa un bouton pour actionner le zoom de l'écran de vision. Elle obtint ainsi une vue grossie de la surface du sol. La terre labourée ne lui donna aucun indice. L'erreur capitale consistait, bien sûr, à poser le pied dans les cratères creusés par les anciennes explosions. Ils étaient probablement minés. Même chose pour les pierres, les souches d'arbre ou les rochers apparemment trop lourds pour être soulevés et constituant à première vue des points d'appui sûrs. Sigrid n'ignorait pas qu'on fabriquait des arbustes factices destinés à couvrir les mines. Une astuce redoutable consistait à imprimer sur le sol de fausses traces de pattes de chien. Le novice avait tendance à suivre cet itinéraire, en partant du principe que l'animal avait ouvert la voie. La plupart du temps, les traces le menaient droit sur un piège à feu qui le déchiquetait avant qu'il ait pu comprendre son erreur.

Sigrid fit trois pas. Elle ne devait pas perdre de temps à réfléchir. Le scaphandre était là pour la préserver des faux pas. Elle redoutait cependant, en accumulant trop d'explosions, d'affaiblir son compensateur de chocs.

« Tu vas sauter d'une hauteur de 40 mètres, les pieds joints, songeait-elle. Si le compensateur n'est pas là pour annuler la secousse au moment de l'impact, tes vertèbres vont s'éparpiller comme les perles d'un collier dont on casse le fil ! »

Chassant cette pensée désagréable, elle avança de quinze pas. Il lui était impossible de déterminer la moindre stratégie. La ligne droite aurait le mérite de lui faire gagner du temps. Elle fit de nouveau quinze pas... et l'enfer se réveilla sous ses semelles, la projetant dans les airs à plus de six mètres au-dessus du sol !

Elle fut aveuglée par la lumière de l'explosion mais n'en perçut qu'un écho assourdi. Elle retomba dans la boue sans éprouver aucune commotion. Elle conservait de la défla-gration une étrange impression de « liquidité », comme si elle avait effectué un brusque demi-tour au sein d'une pis-cine remplie de crème à la vanille. Elle se releva, les oreilles bourdonnantes. Le compensateur ronronnait dans son dos. La persistance de l'onde d'annulation lui donna la certitude qu'elle flottait au-dessus du sol comme un astronaute en apesanteur. Il n'en était rien. Ses pieds étaient bel et bien fichés dans la boue.

Elle s'ébroua et reprit sa marche. Une centaine de mètres la séparaient du second rideau de barbelés. Cette distance lui parut infranchissable. Elle pressa le pas et... vola dans les airs une deuxième fois.

Avant de retomber, elle entendit claquer à la surface de l'armure les billes d'acier de la mine à fragmentation. Lors-qu'elle toucha le sol, la stéréo installée dans le casque se mit en marche et elle fut submergée par le flot sonore d'un rock *heavy metal* du groupe *Chewing Magnetic Tape*.

Elle jura. La musique lui emplissait les oreilles accen-tuant la légère nausée résultant du faisceau d'ondes protec-trices.

Elle tâtonna pour retrouver le clavier de commande sur son avant-bras, mais ne réussit qu'à programmer une valse de Strauss. *Le Beau Danube Bleu*.

Elle était inquiète. Si l'armure donnait des signes de déla-brement dès la deuxième explosion, elle était mal partie !

La Fiancée du crapaud

« Le clavier de commande a dû heurter une pierre ! » supposa-t-elle pour se rassurer.

Son estomac réprimait à grand-peine des spasmes rappelant ceux engendrés par le mal de l'air. Le compensateur de chocs ronronnait de plus belle en répandant une odeur de plastique chaud.

« C'est un scaphandre de protection urbaine, marmonna Sigrid, il peine un peu, c'est normal. On l'a fabriqué pour résister aux agressions nocturnes et à d'éventuels accidents, pas à une salve de canons de marine ! »

Elle s'immobilisa pour donner à la machine le temps de récupérer. Elle n'avait parcouru que la moitié du chemin mais elle distinguait mieux les bâtiments de l'arsenal : un gros bunker aux angles effacés, sans ouvertures, bâti à des kilomètres de toute habitation. On n'y employait pas d'ouvriers. Aucun humain n'en franchissait jamais le seuil. Les manipulations dangereuses étaient effectuées par des robots industriels qu'une fausse manœuvre ne risquait pas de tuer.

Sigrid serra les mâchoires et courut vers le rideau de barbelés. Elle avait hâte d'en finir. Les bottes du scaphandre soulevaient des éclaboussures boueuses. Elle réussit à accomplir une dizaine d'enjambées puis le sol se transforma en geyser de feu et elle s'envola dans les airs. Cette fois, elle avait posé le pied sur une mine antichar, et le souffle de l'explosion la projeta directement dans les mailles du filet d'acier entourant l'usine. Les barbelés cédèrent sous ce coup de bélier ; Sigrid roula dans la cour de l'arsenal.

La tête lui tournait. Ce nouveau choc avait affolé l'ordinateur gouvernant les mécanismes internes de l'armure. La musique redoubla d'intensité et l'écran de vision fut envahi par les images d'un film d'épouvante tiré de la vidéothèque portative de l'armure : *Les Aventures du Docteur Squelette.* Sigrid vomit tandis que les hurlements d'horreur de l'héroïne lui défonçaient les tympans.

La jeune fille se coucha sur le dos en tâtonnant pour atteindre le pupitre de commande. Elle commit plusieurs fausses manœuvres : augmenta puis baissa le chauffage, éjecta une tablette repas qu'elle reçut dans l'œil gauche, s'arrosa la figure d'orangeade, avant de réussir à mettre hors circuit le système de gestion des activités de loisir. Le silence subit lui fit l'effet d'une douleur qui s'estompe.

Elle vit qu'elle était étendue à peu de distance des bâtiments. La muraille de barbelés avait littéralement éclaté sur son passage, et un gros trou s'ouvrait à présent au milieu du filet d'acier.

Les cadrans de contrôle clignotaient à l'intérieur du casque. Le compensateur de choc s'était déconnecté pour passer en autorégénération.

Nécessité de recharge, annonçait l'écran digital. *Durée d'indisponibilité estimée à une heure trente-huit minutes. Vous devez rester immobile et attendre le signal de départ. Pour vous faire patienter, nous vous proposons de visionner* Les Nouvelles Aventures du Docteur Squelette. *Dans le premier film de la série, le héros doit affronter une armée de pots de confiture extraterrestres contenant une gelée cannibale ayant l'apparence de la marmelade d'orange. Quand on commet l'erreur d'en manger, elle vous dévore de l'intérieur. Dans le deuxième épiso...*

Sigrid s'assit. L'arsenal la dominait de sa façade aveugle et grise. Impénétrable. Tout à coup le sol commença à

La Fiancée du crapaud

vibrer sous l'approche d'une machine pesante équipée d'un train chenillé, comme un char d'assaut. Sigrid grogna. Il lui fallait maintenant affronter l'inévitable chien de garde robotisé, le molosse cybernétique programmé pour tourner autour du bâtiment. Ce ne serait sans doute pas une partie de plaisir.

L'animal géant déboucha à l'angle de la construction, la mâchoire articulée en avant, les dents cliquetantes. Sigrid ne tenta nullement de s'enfuir. Cela n'aurait servi à rien. En outre, elle était là pour se faire avaler...

L'estomac serré, elle se força à garder les yeux ouverts tandis que les crocs démesurés se refermaient sur elle.

« Bon sang ! pensa-t-elle, ça fait un drôle d'effet ! »

Elle fut soulevée de terre. Le robot de surveillance avait pour fonction de détruire tout être vivant se hasardant sur le périmètre de l'arsenal. Son ventre cachait un four d'incinération dans lequel il jetait ses victimes.

Sigrid se retrouva la tête en bas, le sang affluant au cerveau. Les yeux révulsés, elle vit s'ouvrir lentement le couvercle du four installé entre les flancs de l'animal. Elle réprima un cri d'épouvante. Instinctivement, elle tenta de se dégager, puis réalisa ce que son attitude avait de ridicule. Elle était venue là dans l'unique but de se faire brûler vive, elle n'allait pas se raviser à la dernière seconde ! Et de toute manière, même si elle l'avait voulu, elle n'en aurait pas eu la possibilité physique. La mâchoire articulée du dogue la plongea au fond du caisson. Son casque heurta le sol.

Le couvercle de la sinistre boîte se referma aussitôt.

« Ça y est, songea Sigrid, si le scaphandre ne tient pas le coup, dans deux minutes je serai aussi bronzée qu'un hamburger cuit à point... »

Elle peina pour se redresser, l'étroitesse du réduit contrariait ses mouvements. Au moment où elle se remettait sur pied, les parois irradièrent une lueur rougeâtre qui gagna en intensité.

Les résistances s'échauffaient. En quelques secondes les tubes de métal protégeant les conducteurs électriques virèrent au rouge, au rose puis au blanc. La température à l'intérieur du scaphandre s'éleva d'une dizaine de degrés, cela signifiait que l'armure se trouvait à présent au cœur d'une véritable fournaise. Sigrid sentit des picotements l'assaillir aux endroits où la cuirasse était moins épaisse. Une odeur de linge oublié sous le fer à repasser monta jusqu'à ses narines comme si le revêtement de l'armure roussissait aux extrémités.

« Tiens bon ! supplia-t-elle, tiens bon ! »

La peur lui nouait le ventre. Elle avait terriblement malmené la cuirasse au cours des minutes précédentes et elle redoutait par-dessus tout de voir s'allumer un signal d'alarme lui ordonnant d'évacuer le costume de protection. Elle regarda ses bras. La peinture cloquait en formant un essaim de grosses bulles dont la texture évoquait le chewing-gum. Maintenant, les parois du caisson émettaient une lueur aveuglante qui saturait le dispositif d'amplification visuelle de l'écran d'observation. Sigrid haletait, le sang lui battait aux tempes, la peau lui cuisait.

Au bout d'un siècle, les résistances s'éteignirent graduellement, perdant leur effroyable brillance pour retrouver des tons violacés. Sigrid s'allongea sur le sol, les bras le long du corps. L'armure fumait tel un pneu qu'on tire du feu. La chaleur au centre du caisson devait atteindre un bon millier de degrés.

La Fiancée du crapaud

Le dogue de métal se mit en branle.

Si tout se déroulait selon la procédure légale le robot-molosse allait déverser son gibier carbonisé dans le sas prévu à cet effet.

C'était la seule manière de pénétrer dans l'usine : par le vide-ordures réservé aux dépouilles des intrus !

La loi faisait obligation au service de protection cybernétique de conserver les corps des « interpellés » durant un an. Tous les douze mois, le conteneur où se trouvaient stockés les cadavres était acheminé vers l'institut médico-légal de la ville, afin qu'un médecin de la police jette un rapide coup d'œil sur les carcasses noircies, et signe le traditionnel bon de décharge. Ensuite, le tombereau était déversé dans une fosse commune.

Sigrid se contraignit à l'immobilité. L'unité de surveillance venait de s'arrêter contre l'un des murs du bâtiment. Le caisson d'exécution bascula comme une benne de manière à se positionner en face de la poubelle. Le couvercle coulissa. Sigrid leva la tête. Une trappe coulissait devant elle : l'entrée du vide-ordures. Derrière, se trouvait le toboggan d'acheminement, et tout au bout — au cœur de l'usine — la benne où s'entassaient les cadavres.

La geôle d'incinération bascula, la projetant en avant. Elle se sentit filer au long d'une pente métallique et roula cul par-dessus tête sur un monceau d'ordures.

Elle tendit l'oreille, essayant de détecter le claquement du sas se refermant, mais elle avait coupé les microphones, et n'entendit que le bruit de sa propre respiration. Elle soupira pour libérer sa poitrine comprimée par l'angoisse. L'amplificateur visuel lui renvoya l'image d'une poubelle géante, aussi vaste qu'un appartement, encombrée de minuscules carcasses goudronneuses qui ressemblaient à des statues. Elle en ramassa une. C'était un cadavre d'animal, un chat — ou un petit chien — que le robot avait dû surprendre dans l'enceinte de l'usine. Il y avait beaucoup de formes oblongues, grosses comme le poing, dont l'aspect rappelait celui d'une poire caramélisée. Sigrid finit par comprendre que c'étaient des rats !

En l'absence de tout criminel humain, l'unité de patrouille chassait les rongeurs ! Sigrid déblaya le terrain à coups de pied et marcha vers le fond de la benne. Maintenant, elle devait attaquer la paroi au chalumeau. De l'autre côté il y aurait une cave, puis un couloir, et enfin : *les ateliers.*

Elle ouvrit la trousse ignifuge fixée sur sa hanche et en tira un crayon laser conçu pour découper le blindage des chars d'assaut. Un trait de lumière bleue jaillit du stylo. Le métal se mit à changer de couleur puis à bouillonner. Les gerbes d'étincelles ricochaient sur le torse de Sigrid. L'acier céda. En l'espace d'une dizaine de minutes, la jeune fille avait ouvert un trou assez large pour y passer les épaules.

Elle s'engagea dans l'orifice et déboucha dans une cave bétonnée remplie de caisses. Un minuscule robot chasseur de rats circulait en ronronnant au ras du sol. Avisant Sigrid il entreprit de la bombarder avec le faisceau de son canon électrique, comme si elle était une grosse souris. Sigrid l'écarta d'un coup de botte et s'engagea dans le couloir menant aux ateliers. Il n'y avait aucun être humain dans l'usine. Des rails serpentaient sur le carrelage des corridors, et, de temps à autre, un wagonnet automatique surgissait d'une porte à double battant pour aller chercher des pièces détachées au fond d'une réserve.

Sigrid erra dans le dédale des embranchements puis

La Fiancée du crapaud

réussit à s'orienter. L'atelier central s'avéra constitué d'une multitude de tapis roulants que surplombaient les structures mobiles des robots d'assemblage. Les fuseaux d'acier des bombes en cours de fabrication défilaient au long des chaînes de montage pour s'offrir aux manipulations des bras mécaniques. Il y avait des bombes de pénétration dont le nez pointu pouvait transpercer n'importe quel blindage. Mais elles étaient trop courtes pour qu'un humain puisse y prendre place. Seules les bombes d'emploi général intéressaient Sigrid. Longues d'environ deux mètres, pesant chacune 225 kilos, elles offraient un espace interne assez vaste pour abriter un passager clandestin. De plus leur carénage relativement mince pouvait facilement se découper au chalumeau de poche. La B.D.S. n'avait aucun intérêt à employer des bombes de pénétration pour nourrir la gargouille. Trop effilées, elles auraient pu s'enfoncer dans la terre au terme de leur chute. De plus la charge explosive ne dépassant guère 15 % du poids total, elles ne représentaient pas un apport alimentaire suffisant pour combler l'appétit du crapaud. Sigrid misait sur les bombes « standard ». Conçues pour développer une onde de choc assez puissante pour coucher un immeuble de dix étages, elles constituaient la pâtée quotidienne du monstre veillant dans la crypte. Dès qu'elle aurait repéré le lot destiné à la Banque des Dépôts Spéciaux, Sigrid s'introduirait dans le ventre de la torpille, à la place de la charge explosive. Elle ne devait surtout pas se tromper de livraison, car, alors, elle courrait le risque de se retrouver chargée dans la soute d'un vaisseau cosmique en partance pour l'un des nombreux champs de bataille du cosmos ! Ce serait une catastrophe !

Serge Brussolo

Attentive aux étiquetages, elle remonta la chaîne afin de localiser l'embranchement de distribution, là où les torpilles étaient aiguillées en fonction de leur lieu de livraison. Se faufilant entre les robots porteurs, elle se glissa dans le hangar de stockage où les mines, les roquettes et les torpilles s'entassaient. La pile la plus modeste portait l'étiquette de la B.D.S. Elle ne comportait que des bombes « standard ». Sigrid poussa un soupir de soulagement.

Son plan continuait à fonctionner comme prévu ! Il ne lui restait plus qu'à prélever, sur les tapis roulants alimentant la chaîne, le matériel nécessaire à la fabrication d'une *fausse bombe* dans laquelle elle prendrait place comme une momie au creux de son sarcophage ! L'exosquelette du scaphandre, en l'autorisant à soulever des charges considérables, allait lui permettre de se passer de l'aide des robots. Une fois installée dans la niche de la torpille creuse, au milieu de la pile d'explosifs destinés à la B.D.S., elle n'aurait plus qu'à patienter et attendre la date de livraison. Cela prendrait plusieurs jours, mais le scaphandre avait été prévu pour affronter ce type de claustration. Les réserves nutritives assuraient un mois d'autonomie... Quant à l'attente, Sigrid pourrait toujours essayer de la rendre supportable en utilisant la vidéothèque incorporée.

« Une semaine, pensait-elle, dire que je vais peut-être rester enfermée une semaine entre les flancs d'une bombe de 200 kilos, au sein d'une armure close comme un œuf ! »

Elle frissonna. Un microprocesseur, en grillant de façon inopinée, pouvait mettre hors service le circuit assurant le recyclage de l'air pollué à l'intérieur de l'armure, ou celui commandant la distribution des rations nutritives... Dans l'un ou l'autre cas, elle mourrait (de faim ou d'asphyxie) dans la soute de la B.D.S., coincée entre les autres bombes

La Fiancée du crapaud

en instance de largage. Une telle perspective n'avait rien de rassurant.

Elle se secoua.

Tournant les talons, elle prit la direction de la salle d'assemblage pour prélever sur la chaîne les différentes pièces métalliques à partir desquelles elle bâtirait son sarcophage... Son cheval de Troie.

Dans deux heures elle revêtirait son costume d'acier, sa robe de bal. Une robe à ailettes, au nez affreusement pointu. Une robe au profil de mort.

17

Les locataires du cauchemar

La B.D.S. avait pourri la tour. À tous les étages on savait désormais que l'immeuble était bâti sur une poudrière.

— C'est comme si nous habitions au-dessus d'un arsenal, balbutiait le représentant des locataires à chaque réunion, il faut signer une pétition, porter plainte. Cette situation est intolérable ! Si nous ne pouvons pas faire expulser la B.D.S. des locaux qu'elle occupe au rez-de-chaussée, exigeons en compensation une diminution des loyers !

D'un étage à l'autre, les habitants se concertaient en chuchotant. On regardait fixement les moquettes ou le parquet, comme s'il était possible de distinguer à travers ces divers revêtements la silhouette des sinistres bombes stockées dans les fondations du bâtiment.

— Si une étincelle se produit, si ces charges explosent, la tour sera sciée à la base, haletait le représentant du syndicat, nous nous abattrons comme un arbre foudroyé... *Comme un arbre foudroyé !*

Cette comparaison faisait courir un frisson glacé sur

Serge Brussolo

l'échine des locataires. La nuit, au fond de leur lit, ils imaginaient tous les détails de la catastrophe. Il leur semblait voir le building osciller dans un grincement de chêne entamé à la hache. Privée de base, la construction s'effondrait, basculant en travers de l'avenue, entraînant dans sa chute les immeubles environnants... Ces images alimentaient leurs insomnies, leurs cauchemars. Ils guettaient la moindre vibration, les dents serrées, froissant les draps entre leurs doigts moites.

— *Il va bientôt être minuit...* soufflait l'épouse à son mari.

Et tous les regards se tournaient vers les chiffres rouges des pendules. On savait qu'à minuit les trappes de la soute s'ouvraient automatiquement pour laisser tomber au fond de la crypte une bombe de 200 kilos. Un de ces pachydermes à ailettes capables de pulvériser la plus résistante des maçonneries. On attendait l'explosion, *le bruit*, le souffle. Bien sûr, on n'entendait jamais rien, mais l'imagination suppléait au manque d'acuité auditive.

— Cette fois, ça a bougé ! bégayait-on. Le robinet de la salle de bains s'est mis à couler tout seul. Et puis le piano a gémi. J'en suis sûr, c'était une note sinistre... un *la* bémol, peut-être. Comme un sanglot.

On se relevait pour inspecter les parois. Dans les couloirs on surprenait des insomniaques en robe de chambre examinant les murs au moyen de lampes torches. On entourait les fissures au crayon rouge afin de voir si elles se dilataient au fil des jours.

— Ça ne pourra pas marcher éternellement, vociféraient les révoltés, d'ailleurs il est à peu près certain que leur foutu crapaud ne dévore pas l'explosion dans sa totalité. Je vous le dis : comme n'importe quel chien *il laisse des restes dans son écuelle* !

— Des restes ? s'étonnaient les naïfs.

— Oui, il n'absorbe pas complètement l'effet de souffle, et l'onde de choc torture les fondations de la tour à la manière d'un petit tremblement de terre quotidien !

Petit tremblement de terre quotidien, l'expression courut de bouche en bouche. Les plus hésitants se décidèrent à signer la pétition. Le soir, les locataires se rassemblaient autour des ascenseurs comme des animaux sur le périmètre d'un point d'eau. On commentait les symptômes observés durant la nuit :

— Le bocal de mon poisson rouge a éclaté ! Un bocal neuf, ce n'est pas normal.

— Les cadres accrochés au long de mes murs sont toujours de travers. C'est un signe ! J'ai beau les aligner correctement, au matin je les retrouve penchés. Les vibrations les bousculent, je ne vois pas d'autre explication.

Les chuchotements emplissaient les couloirs de sifflements vipérins. Chaque nouvelle nuit voyait augmenter l'armée des insomniaques. Des sentinelles en pyjama hantaient les corridors, les paliers, l'œil fixé sur leur bracelet-montre, attendant l'heure... attendant minuit.

Alors, les yeux clos, on suivait mentalement la course de la bombe. Elle tombait, dans un effroyable effet de ralenti cinématographique. Elle n'en finissait pas de tomber. On pouvait la détailler tout à loisir, compter les boulons de son carénage, lui trouver une ressemblance avec un requin, un poisson carnivore. Pendant ce temps elle continuait de tomber dans un sifflement d'air déchiré.

— Écoutez ! Écoutez ! hurlaient les guetteurs, elle siffle, comme un avion de chasse en piqué !

— Mais non, objectaient les optimistes, c'est une cocotte-minute !

— Une cocotte-minute ! À *minuit* ! Soyez sérieux !

— Alors c'est une sirène de police quelque part sur l'avenue...

— Non ! C'est ELLE ! C'EST ELLE !

On arrêtait de respirer. On visualisait l'éclatement. Le nez écrasé par l'impact, le détonateur se déclenchant, et tout de suite après : la grande fleur pourpre. 200 kilos d'explosifs libérant leur puissance destructrice. On imaginait la gargouille ouvrant sa gueule tel un caméléon pour laper le soleil d'enfer envahissant la crypte. Cela durait à peine une seconde... puis tout rentrait dans l'ordre. Les insomniaques se séparaient, des cernes sous les yeux, persuadés d'avoir frôlé une fois de plus la pire des catastrophes.

Une bête qui mangeait des explosions comme d'autres dévorent une écuelle de croquettes pour chien, comment était-ce possible ?

Un monstre qui se nourrissait de flammes, de fumée et de vacarme, avait-on jamais vu cela auparavant ?

— Tout cela finira mal, prédit le délégué du sixième, la catastrophe couve.

*

Sous les racines de l'immeuble, au fond de la bulle granitique de la crypte, la fillette aux yeux vides commençait à prendre conscience de la peur qu'elle engendrait. Si elle ignorait tout de l'angoisse des locataires, elle lisait sur le visage des banquiers comme dans un livre ouvert. Chaque fois qu'ils sortaient de l'ascenseur pour apporter une cas-

La Fiancée du crapaud

sette de pierres précieuses, elle s'émerveillait de leur pâleur. De la sueur qui faisait briller leur front, leurs pommettes. Ils respiraient vite, à petits coups, les poumons rétrécis par l'inquiétude.

Certains déglutissaient avec peine ; leur nœud de cravate les étranglait soudain tel le lacet de cuir d'un bourreau. Ils avançaient en hésitant, et la poussière grise de la crypte souillait leurs belles chaussures trop cirées.

La fillette s'ingéniait à prolonger le supplice en les faisant attendre. Elle feignait l'imbécillité, se déplaçait au ralenti, accentuait l'expression bovine de son regard. Assise dans la gueule de la gargouille, elle les dominait à la manière d'une reine installée sur un trône de chair. De la main droite elle fouillait dans les replis de peau de la bête, actionnant des nerfs connus d'elle seule. Le monstre, marionnette docile, baissait la tête, tirait la langue jusqu'au sol. La petite fille empruntait ce tapis roulant pour sortir de sa gueule, et se laissait déposer dans la poussière par l'interminable appendice buccal. Ensuite, elle attendait, vêtue de ses seuls cheveux, assise dans la position du lotus.

Elle voyait alors s'allumer une étincelle d'effroi dans les pupilles des banquiers. À cet instant elle se savait belle, comme une déesse barbare, comme une idole antique. Elle prenait conscience de son pouvoir.

— Dieu ! Que cette enfant est pâle, plaisantait l'un des directeurs avec une affreuse voix de fausset, il lui faudrait un peu de soleil.

Les autres se forçaient à rire pour masquer leur terreur, mais la sueur continuait à faire briller leur front.

— Donnez-lui la cassette de diamants, ordonnait le chef de service, qu'on en finisse !

Ils s'approchaient en grimaçant, craignant par-dessus tout d'être éclaboussés par une goutte de bave corrosive. Ils déposaient le coffret sur les genoux de la fillette et reculaient précipitamment. À cet instant, la petite devait chaque fois lutter contre l'envie brutale de les saisir par le cou en leur criant :

— Papa ! Donne-moi un baiser !

Elle aurait aimé les entendre hurler d'épouvante, elle aurait voulu les voir se débattre pour fuir le contact de sa chair enduite de bave acide. Elle se serait cramponnée, faussement naïve, jouant au bébé : « Oh ! papa, prends-moi dans tes bras, promène-moi sur tes épaules. »

Ils auraient poussé des cris de douleur tandis que leur peau se serait racornie.

Oh ! oui... Comme elle aurait trouvé cela amusant !

Sitôt la cassette calée entre ses cuisses, elle ordonnait au monstre de rentrer la langue. À reculons, elle réintégrait la caverne baveuse bordée de crocs tandis que les banquiers battaient en retraite vers l'ascenseur.

Avant que les mâchoires de la gargouille ne se soudent, elle assistait à la fuite des cadres supérieurs se bousculant pour entrer dans la cabine, et ce spectacle l'emplissait chaque fois d'un immense bonheur.

Après, c'était la routine. Elle arrachait plusieurs mèches de ses cheveux, et se mettait à tricoter une couverture, avec des aiguilles spéciales, résistant à la corrosion. Des aiguilles en os de crapaud !

Elle tricotait fabuleusement vite. Quand elle avait terminé, elle n'avait plus qu'à emballer le coffre au trésor

La Fiancée du crapaud

avec cette enveloppe protectrice, et à le descendre dans l'estomac de l'animal.

La fillette n'aimait pas cet instant, car l'estomac de la gargouille, détectant l'arrivée d'un corps étranger, se mettait toujours à sécréter d'abondance, ce qui remplissait la poche stomacale d'une mousse violemment corrosive s'agglutinant sur la cassette dans un grouillement de bulles affamées.

L'enfant aux yeux vides se demandait parfois ce qui arriverait si elle refusait pour une fois d'emballer le sacro-saint colis et le jetait dans l'œsophage du monstre comme un détritus au fond d'un vide-ordures. Les sucs digestifs le dévoreraient, bien sûr, n'épargnant ni les diamants ni les lingots d'or, et cela contrarierait fortement les banquiers qui avaient l'air d'accorder une importance disproportionnée à ces vilains petits coffres métalliques.

De telles hypothèses la plongeaient dans un abîme de rêveries. Elle savait pourtant que ces songes étaient vains. Le programme régissant son cerveau lui interdisait formellement de porter préjudice aux humains. Elle pouvait *imaginer* qu'elle leur faisait du mal... mais il lui était impossible de passer à l'acte.

Tout avait été prévu pour juguler sa colère. Si elle avait fait mine de détruire le trésor, ou d'ordonner à la gargouille de dévorer les banquiers, un dispositif de blocage aurait court-circuité son cerveau à la seconde même, suspendant ses gestes et la plongeant dans un coma profond. Elle était condamnée à *rêver* de vengeance, rien de plus.

Prisonnière du crapaud, elle l'était aussi de son impuissance. La lueur de conscience qui palpitait sous sa boîte crânienne se heurtait aux lois de la programmation. Deux êtres vivaient en elle : la révoltée et l'esclave de la B.D.S.

On ne l'avait pas conçue pour nourrir des sentiments, pour cultiver des rancunes. Elle n'était qu'un outil.

Du moins c'est ce qu'on avait désiré.

Mais quelque chose s'était produit. L'affectivité s'était développée en elle comme une maladie mystérieuse. Elle avait commencé à *ressentir* alors qu'elle était faite pour calculer.

La haine l'avait fait naître, la haine la maintiendrait en vie tant qu'elle saurait l'entretenir.

Elle sentait plus ou moins obscurément que sa vie mentale dépendait de cet incendie. Laisser s'éteindre la flamme, c'était retourner à la bêtise de la gelée organique. Elle ne le souhaitait pas.

Pour exister en tant qu'être doué de sensibilité, elle devait continuer à détester tous ceux qui l'approchaient...

La fillette remuait ces pensées tapie dans la grotte stomacale de la gargouille, les mains nouées sous la nuque, les pieds posés sur le coffre contenant le trésor des banquiers. Elle voguait, emportée par le flot d'un demi-sommeil fait de rêves et de constructions imaginaires. Elle soufflait sur les braises de sa colère, échafaudant d'impossibles plans de vengeance.

18

Bien au chaud, dans mon sarcophage...

Sigrid s'appliquait à contracter et à détendre chacun de ses muscles pour éviter l'engourdissement. Elle procédait à cet exercice toutes les trois heures, crispant les poings, se haussant sur la pointe des pieds ; utilisant au mieux le mince espace de manœuvre que lui laissait la cuirasse, elle-même prisonnière de la bombe. Elle craignait de succomber à une crampe subite, de se réveiller paralysée.

Elle était enfermée depuis quarante-huit heures à l'intérieur de la torpille d'acier bleu. Quarante-huit heures de quasi-immobilité. Au début, elle avait écouté de la musique, visionné des films. (L'intégrale des aventures du Docteur Squelette ! Notamment l'invraisemblable *Attaque des Hamburgers zombies,* qui, aux dires des spécialistes, comptait parmi les meilleurs épisodes de la série.) À présent elle n'entendait et ne voyait plus rien. Les images se mêlaient devant ses yeux, les sons se fondaient en une bouillie infâme. Elle avait trop peur pour prêter attention à autre chose qu'à sa propre angoisse. Elle se sentait momifiée, prisonnière d'un sarcophage oublié, enterré au fond d'une pyramide elle-même engloutie par une tempête de sable. Elle vivait l'existence d'une morte-vivante, d'un squelette bouclé dans un cercueil de fer. Elle attendait le moment où les robots porteurs viendraient la prendre pour la charger dans le camion de livraison, mais elle ne savait pas dans quel ordre seraient entassées les bombes. Elle se trouvait donc dans l'impossibilité d'évaluer le temps qui s'écoulerait avant le largage. Ce délai pouvait varier entre un... *et sept jours*, tout dépendait de son positionnement à l'intérieur de la soute.

Si elle avait de la chance, elle ferait partie du second ou du troisième bombardement ; si le sort s'acharnait contre elle, il lui faudrait attendre le dernier jour de la semaine pour aller s'écraser au fond de la crypte. Cette éventualité l'effrayait. Elle se voyait mal affronter cent soixante-huit heures d'immobilité. Au bout de combien de temps devenait-on claustrophobe ? Elle avait peur. Peur de flancher et de se mettre à hurler en suppliant qu'on vienne la délivrer.

« Révise tes leçons ! se répétait-elle. Es-tu seulement certaine de connaître à fond les manœuvres nécessaires à la mise en marche des processus musculaires du KRAPO ? »

Comme un candidat s'apprêtant à subir les épreuves d'un examen, elle dessinait mentalement des croquis agrémentés de flèches.

— Et si les gargouilles ne sont pas toutes bâties sur le même modèle ? balbutiait-elle soudain. Si on a piégé leur anatomie de manière à provoquer la perte d'un éventuel intrus ?

L'hypothèse n'avait rien d'invraisemblable. Les Aliens étaient rusés, parfaitement adaptés à leur époque. Ils avaient pu prévoir une tentative d'infiltration au moyen d'un quelconque vêtement protecteur, ils...

La Fiancée du crapaud

Alors qu'elle sombrait dans une somnolence peuplée d'images délirantes, un choc ébranla le sarcophage de métal.

Un robot porteur venait de saisir la bombe entre ses pinces de chargement !

Le stock d'explosifs réservé à la B.D.S. quittait l'usine automatisée.

Le compte à rebours commençait.

19

Le dîner est servi !

Sigrid eut l'impression que le voyage en camion jus-qu'aux locaux de la B.D.S. durait un siècle.

Le déchargement effectué, la jeune fille perdit la notion du temps. Épuisée par la longue attente, elle sombra dans le sommeil ; aussi les deux premiers jours qu'elle passa dans la soute à bombes se contractèrent-ils à la manière de ces rêves qui font s'écouler une année en deux dixièmes de seconde. Par moments, elle reprenait conscience et, ayant tout oublié du hold-up, se croyait enterrée vivante. Elle se mettait alors à pousser d'affreux cris de détresse et se meurtrissait la peau aux jointures du scaphandre. Puis elle retombait dans l'inconscience.

À deux reprises, elle fut réveillée par le roulement de la bombe sur les rails menant à la trappe de largage. Chaque fois, elle tourna sur elle-même comme une toupie... et fail-lit vomir.

Quarante-huit heures s'écoulèrent ainsi, puis le bras de la jeune fille heurta la paroi de la torpille. Ce choc suffit à enclencher l'une des touches du pupitre de commande malmené par la traversée du champ de mines. D'un seul

Serge Brussolo

coup la musique explosa dans le casque, tirant Sigrid de sa torpeur. Elle se sentait mieux. Elle avait faim. Afin de reconstituer ses forces, elle éjecta plusieurs rations de pâte nutritive-hydratante.

Ce repas expédié, elle passa en revue les schémas communiqués par Zoïd. Cette gymnastique mentale lui donna la migraine. Force lui fut de constater qu'elle n'était pas en très bonne forme physique. La claustration prolongée avait amolli ses muscles. Elle se sentait dans le même état qu'un convalescent s'asseyant dans son lit après trois jours de fièvre intense... à cette différence près qu'elle n'avait même pas la possibilité de s'asseoir ! Elle essayait par-dessus tout de ne pas penser au temps qu'il lui restait à passer dans le ventre de la bombe. Le seul aspect bénéfique de cette interminable attente tenait dans le fait qu'elle avait permis au scaphandre de recharger ses batteries. L'exosquelette était donc prêt à affronter une nouvelle situation de crise.

*

L'horloge du casque affichait 22 h 32. Sigrid tourna la tête sur le côté, pour ne pas la voir. Elle ne devait pas se laisser hypnotiser par le défilement des secondes dont les chiffres digitaux sautillaient à l'extrême droite du cadran. Elle savait que cinq jours pouvaient encore s'écouler avant que la torpille soit larguée dans la crypte. Elle ne voulait pas recommencer à ronger son frein dans l'attente du moment suprême.

Quatre-vingt-dix minutes plus tard, le chuintement des bielles emplit la soute, telle la respiration d'un dinosaure.

La Fiancée du crapaud

Des engrenages se mirent en branle, déverrouillant les différents systèmes de sécurité.

Sigrid sentit qu'elle roulait sur le pan incliné menant à la trappe...

Elle serra les mâchoires tandis que ses cheveux se dressaient sous l'effet de la terreur. La bombe roulait en prenant de la vitesse.

« *Ça y est !* » songea-t-elle.

La torpille roulait, roulait... et le bruit de sa course sonnait aux oreilles de la jeune fille avec une vibration de cloche fêlée.

C'était une sensation atroce de savoir qu'elle allait plonger dans le vide d'une hauteur de 40 mètres.

Elle s'imagina, roulant vers le bord d'une falaise à pic. Tombant de la terrasse d'un immeuble. Prisonnière d'un avion piquant à la verticale. Enfermée dans un ascenseur aux câbles rompus...

Et brusquement son estomac se décrocha. La torpille piquait vers le fond de la crypte. Son empennage déchirait l'air en émettant un sifflement rageur.

Sigrid savait que la course ne durerait qu'une seconde, mais ses sens hérissés décuplaient sa perception de l'instant. Elle hurla. Le sang refluait vers sa tête, dilatant ses veines, amenant sur sa langue un goût d'hémorragie.

Elle tournait sur elle-même tandis que la bombe continuait à miauler en fonçant vers le sol. Si le compensateur de choc ne fonctionnait pas, elle éclaterait dans la poussière de craie comme une énorme tomate. Le scaphandre s'aplatirait compressé par l'accordéon de tôle de la torpille fracassée. Sigrid serait prise dans l'étau du carénage telle une pièce de viande dans un broyeur. Ses os éclateraient, ses organes s'entasseraient les uns sur les autres...

À la seconde même où elle vomissait dans son casque, elle heurta le sol.

Le compensateur de choc annula l'impact, le réduisant à une gifle sèche qui fit monter un écho douloureux dans les talons de la jeune fille. La secousse courut le long de sa colonne vertébrale. Ses dents s'entrechoquèrent... mais ce fut tout.

La bombe, elle, s'était démantelée. Ne contenant aucune matière détonante, elle n'avait pas explosé ; ses tôles avaient volé en éclats pour aller ricocher sur la carapace du crapaud.

Sigrid roula dans la poussière au milieu des rivets, des boulons, et des plaques de métal tordues. On eût dit un chevalier jaillissant de la carcasse d'une voiture accidentée.

À l'intérieur du casque, les signaux d'alarme menaient une sarabande infernale. Le compensateur de choc se déclarait *hors service*, quant à l'exosquelette, il souffrait de plusieurs distorsions qui compromettaient son fonctionnement.

« Vivante ! songeait Sigrid en écoutant galoper son cœur, je suis encore vivante après avoir sauté d'une hauteur de 40 mètres, à pieds joints... »

Elle prit appui sur ses gantelets pour se redresser. Les articulations de l'armure hurlèrent, et elle eut du mal à déplier son genou droit. Titubante, bosselée, elle fit quelques pas au centre de la crypte.

La gargouille la regardait de ses vilains yeux en boules de bowling. Au bout de trois secondes, elle amorça un

La Fiancée du crapaud

mouvement pour se porter à la rencontre de l'intruse. Sa gueule reptilienne s'entrouvrit sur un fouillis de crocs plantés de travers. Sigrid eut l'impression de voir se dilater une fissure horizontale dans un pan de roche. Le monstre était à tel point caparaçonné qu'il était difficile de le croire en vie. Seules les pattes griffues prouvaient qu'on était bien en présence d'un animal et non d'un énorme caillou.

La jeune fille aurait voulu disposer d'un peu de répit. C'était absurde, bien sûr, puisqu'elle était justement venue là pour se faire dévorer !

La gargouille avait été programmée pour avaler les intrus commettant l'erreur de pénétrer dans la crypte, il n'était pas question qu'elle laisse s'écouler plus d'une minute entre la localisation de la proie et son ingestion. Pour l'arrêter, il aurait fallu crier le mot de passe, or Sigrid ignorait tout de la formule magique détenue par les banquiers.

Le sol vibrait sous le poids de cette charge lente et monstrueuse. Une fine poussière coula des fissures de la roche, comme pour l'annonce d'un tremblement de terre.

Sigrid recula. Le KRAPO avançait avec cette reptation saccadée qui caractérise l'approche des grands lézards. La gueule bâillait sur une langue gluante, pointue, plus longue qu'une épée.

« Trente minutes, pensa la jeune fille, dès que tu te trouveras dans la bouche de cette monstruosité tu disposeras de trente minutes pour la faire crever de l'intérieur, passé ce délai, *ton scaphandre commencera à fondre* ! »

Elle déglutit et actionna le compte à rebours du chronomètre.

Au même moment, la gargouille inclina le bloc granitique qui lui tenait lieu de tête.

Sigrid refréna une subite envie de courir. S'enfuir n'aurait pas résolu le problème. Mais qui peut rester impassible devant un gouffre hérissé de sabres ? Qui peut sereinement accepter de se voir engloutir par une gueule capable de déchiqueter un éléphant comme on mâche un hamburger ?

La jeune fille ferma les yeux. La seconde suivante, elle se sentit happée par un tentacule musculeux et soulevée dans les airs.

La langue de l'animal venait de se nouer autour de son torse pour l'arracher du sol. Le scaphandre protesta quand les dents essayèrent de le broyer au passage, mais l'exo-squelette tint bon. Sigrid se retrouva propulsée dans un univers mou, sombre. Elle eut le réflexe de ficher ses crampons dans le matelas caoutchouteux de la langue pour arrêter sa chute. Elle resta ainsi suspendue au-dessus du tunnel de l'œsophage, les jambes dans le vide. L'animal de synthèse, dépourvu de sensibilité interne, ne percevait déjà plus sa présence. Pour lui, l'affaire était réglée.

La jeune fille enclencha le système de vision crépuscu-laire qui lui permettait d'y voir, même dans l'obscurité, à la manière d'un chat. La bave moussait sur le revêtement plastifié de l'armure. La peinture se soulevait en chapelets de cloques comme si elle avait été aspergée de décapant.

La salive ne constituait pas un réel danger, faiblement chargée en sucs digestifs, elle ne pourrait pas venir à bout du scaphandre en moins de trois heures, toutefois elle lais-sait sinistrement augurer du redoutable pouvoir des acides sécrétés par l'estomac !

Sigrid s'orienta. Zoïd l'avait prévenue : vus de l'intérieur, les animaux de synthèse entretenaient peu de rapports avec les organismes représentés sur les planches anatomiques

La Fiancée du crapaud

des manuels de sciences naturelles terriens. Ici, les veines, les glandes ressemblaient davantage à des circuits imprimés d'ordinateur qu'à de vrais boyaux. Leur texture rappelait le caoutchouc. Mais ce caoutchouc grouillait, sécrétait, tremblait en d'interminables spasmes. Sigrid était toujours suspendue à l'orée du tube digestif. Les veines sillonnant la chair rosâtre semblaient des tuyaux d'aspirateurs mis bout à bout.

Sigrid tendit la main pour toucher une grappe de glandes. On eût dit de gros ballons de baudruche remplis de liquide phosphorescent.

« Ne t'attends pas à des localisations logiques, avait dit Zoïd, ce n'est pas parce que tu te trouveras au milieu de la poitrine que tu verras des poumons. La bête n'en a probablement pas besoin. Sa peau lui sert de système respiratoire ; elle recycle le gaz carbonique sans aucune aide extérieure. »

Les schémas anatomiques défilaient dans la tête de la jeune fille, mais les glandes phosphorescentes ne lui rappelaient rien. En désespoir de cause, elle leur décocha un coup de pied. Le choc provoqua un afflux de liquide dans les conduits environnants. Quelques secondes s'écoulèrent, puis la bête frissonna. Sigrid détecta la propagation de borborygmes[1] lointains, peut-être intestinaux.

Elle commençait à s'affoler. Sur l'armure, la peinture moussait de façon inquiétante. Un voyant s'était allumé dans le casque, affichant la mention :

Usure anormale du revêtement externe. Temps de résistance estimé à 110 minutes. Nécessité d'échapper à l'agression avant l'expiration de ce délai. Dans le cas

───────

1. Bruit sourd, d'origine organique.

Serge Brussolo

contraire l'intégrité de la coquille protectrice sera gravement compromise

Sigrid s'enfonça de deux ou trois mètres dans le canal qui servait d'œsophage. Malgré les multiples avertissements de Zoïd, elle était désorientée. Cette caverne vivante n'avait rien d'un organisme normalement constitué. Elle ressemblait davantage à un décor pour film d'épouvante qu'à un être vivant. Sigrid chercha à se souvenir des nerfs qu'elle devait actionner pour faire périr la gargouille d'une crise cardiaque — hélas ! tout s'embrouillait dans sa tête. Elle effectua une série de manipulations approximatives qui, en provoquant des secousses du tube digestif, déclenchèrent une crise d'aérophagie et de flatulences qui firent péter le monstre avec la puissance d'un canon de marine. Les éructations de l'animal frappèrent Sigrid entre les épaules avec la violence d'un boulet de canon. Heureusement, le compensateur de choc défaillant amortit le coup à 60 %. La jeune fille perdit prise et glissa sur le toboggan de l'œsophage. Elle parvint à ralentir sa course en se cramponnant à une grappe de capsules d'où rayonnait une toile d'araignée constituée de vaisseaux capillaires. Cette manipulation involontaire provoqua une réaction thermique dans l'organisme de la gargouille. Sa chaleur interne monta de plusieurs degrés sous l'effet d'une forte fièvre. Le crapaud ouvrit la bouche, claqua violemment des mâchoires, puis tout rentra dans l'ordre.

Sigrid regrettait de ne pas avoir emporté une hache, elle aurait creusé au hasard, tailladant cette viande, saccageant ces canalisations remplies de liquides aux couleurs saugrenues.

La Fiancée du crapaud

Elle se rappela avoir proposé cette solution à Zoïd.

— Ce serait idiot et inutile, lui avait objecté le jeune extraterrestre, le crapaud est doué d'un pouvoir régénérant hautement perfectionné. Les chairs entamées se recomposent à une vitesse hallucinante. Une plaie ouverte se referme en dix secondes. Tu n'arriverais à rien en jouant la carte du vandalisme. Il faut au contraire procéder avec méthode. Le seul moyen de détruire une gargouille, c'est de la court-circuiter. Tu dois retourner contre elle son énorme potentiel énergétique, la faire mourir d'une crise cardiaque en la faisant... *imploser* ! C'est un peu comme si tu forçais un poisson-torpille à s'électrocuter lui-même !

En théorie, cela semblait parfait. Dans la réalité il en allait autrement. Sigrid pataugeait dans un marécage caoutchouteux. Elle avançait à tâtons, butant contre des organes qui ne ressemblaient à rien de connu ! Des champignons de viande jalonnaient le trajet du tube digestif. Quelles étaient leurs fonctions ? Tout « l'appareillage » interne de la bête était-il concentré dans cet unique tunnel ?

L'énorme masse de l'animal se composait sans doute de muscles et d'os plus durs que des poutrelles métalliques. Sigrid écarta bras et jambes pour s'opposer aux spasmes qui l'aspiraient vers le bas. Elle voulait retarder au maximum son entrée dans l'estomac, sachant qu'une fois tombée dans la poche digestive elle serait aspergée de sucs acides qui ramolliraient très vite la coquille protectrice du scaphandre.

Elle augmenta le débit en oxygène du système respiratoire pour ventiler le casque, car le sang lui cognait aux tempes. Ses doigts auscultaient le ventre caoutchouteux du monstre.

Où se cachait donc le cœur ?

Serge Brussolo

— Il est peut-être minuscule, avait suggéré Zoïd, tu dois t'attendre à tout. Avec un animal de synthèse, il ne faut pas raisonner logiquement. Une bête aussi énorme qu'une gargouille peut très bien être maintenue en vie par un cœur miniaturisé pas plus gros que mon poing ! Un « crapaud » n'est en fait qu'un assemblage de puces biologiques. Un robot de viande, dont les fils électriques ont été remplacés par des nerfs.

Sigrid rampait à présent dans une sorte de fossé empli d'un liquide vert. Elle pouvait suivre la progression des étincelles énergétiques au long des ramifications nerveuses. Elles grésillaient en illuminant le tunnel. Sigrid les compara à la pluie de feu jaillissant d'un poste de soudure à l'arc. Comme elle se cramponnait à une capsule gonflée d'adrénaline, elle provoqua un spasme plus fort que les autres et perdit l'équilibre. Cette fois elle ne réussit pas à freiner sa chute, et déboucha à la vitesse d'une bombe dans l'estomac du monstre.

La première chose qu'elle aperçut fut le coffre au trésor enveloppé dans sa couverture protectrice de cheveux tricotés. La caisse était plantée au milieu d'une mare de sucs acides. Une petite fille se tenait assise sur le couvercle, les genoux ramenés sous le menton, dans une pose de sirène mélancolique. Sa longue chevelure argentée dissimulait ses épaules et une partie de son visage.

Sigrid écarquilla les yeux. C'était la « fiancée » ! La clef qui commandait l'ouverture de l'animal. Zoïd lui avait bien spécifié de ne prêter aucune attention à ce robot de gélatine dépourvu de sentiments.

La Fiancée du crapaud

— C'est un verrou électronique, avait-il dit en haussant les épaules. Elle obéit à un mot de passe connu seulement des banquiers de la B.D.S. Le reste du temps son Q.I. est celui d'un hamburger aux oignons. Elle ne remarquera même pas ta présence. Elle n'est pas programmée pour réagir à une intrusion.

Sigrid se redressa. Son scaphandre s'était mis à fumer comme un morceau de craie aspergé d'acide. Si elle avait porté des vêtements normaux sa chair aurait été rongée jusqu'à l'os. La pulsation précipitée d'une lumière d'alerte envahit le casque.

Attention, proclamait l'affichage digital, *votre coquille protectrice est soumise à une agression extrêmement dangereuse. Dans les conditions actuelles, le délai de sauvegarde n'excédera pas 34 minutes. Je répète...*

Sigrid jura en essayant de se débarrasser de la mousse qui recouvrait l'armure et digérait les pièces en métal tendre. Elle s'agita tant et si bien qu'elle perdit l'équilibre et retomba dans la flaque corrosive.

— *Vous êtes une voleuse?* demanda d'une curieuse voix de lutin la petite fille aux cheveux argentés.

Sigrid sursauta. La créature la regardait de ses yeux vides. Son visage figé trahissait une totale absence de muscles faciaux. Elle était jolie, mais autant que peut l'être une statue. Ses traits, sa bouche et son mignon nez rose semblaient moulés dans la porcelaine. Quoique apparemment faite de chair, il lui manquait une indéniable consistance humaine. On sentait qu'elle n'avait jamais plissé le front, grimacé, éternué. Que les pleurs n'avaient jamais chiffonné ses joues. Ses lèvres égrenaient malhabilement les mots en exagérant les mimiques.

— Tu... tu parles ? lâcha Sigrid, malgré elle.

Elle s'injuria mentalement. Coupée du monde extérieur, la « fiancée » ne prenait pas de *Phobos*, elle n'avait donc jamais eu accès aux sentiments, comme Oumk et ses rebelles. C'était idiot d'adresser la parole à ce pantin de gélatine, autant essayer de bavarder avec un caramel mou !

— J'ai appris, dit la créature. Je dispose d'un vocabulaire de 50 000 mots et locutions. Je pense que nous pourrons communiquer.

— Mais tu n'as pas été conçue pour... communiquer ! s'exclama Sigrid, on m'avait dit...

— Que j'étais un « bifteck vivant » ? s'esclaffa la petite fille. C'est vrai. Mais je suis aussi un bifteck pensant. Vous êtes une voleuse ? Vous venez prendre le coffre de fer ?

— Tu vas m'en empêcher ? hasarda Sigrid troublée par cet obstacle imprévu.

— Non, dit la créature, je ne suis pas programmée pour défendre le trésor. C'est à la gargouille d'assurer ce travail. Je suis une clef. J'ouvre et je ferme le crapaud, rien de plus. J'emballe les trésors et je les descends ici. Les fonctions *chasse et répression* ne sont pas de mon ressort, elles incombent au monstre. Je peux toutefois vous signaler que vous allez être digérée dans une demi-heure environ. Ces sucs sont très corrosifs, j'ai assisté aux essais en laboratoire. J'ai vu se dissoudre plusieurs singes, et aussi un condamné à mort... Je crois que vous allez beaucoup souffrir.

La gorge de Sigrid se noua. La fillette n'avait pas esquissé un geste. Elle ne battait pas des paupières, son torse ne montrait aucun signe de respiration.

La Fiancée du crapaud

— Comment as-tu appris à parler ? lança Sigrid pour gagner du temps.

— J'écoutais les Aliens, du fond de ma cuve, répondit gentiment la gamine. La « pâte » qui nous constitue est capable de stocker un nombre extraordinaire d'informations. Elle s'en imprègne comme une éponge. Vous savez qu'on l'utilise désormais pour remplacer les anciens micro-processeurs ?

« C'est une histoire de fou, songea Sigrid, l'acide dévore ma cuirasse et je discute avec un chewing-gum déguisé en petite fille. »

— Écoute, coupa-t-elle, je vais voler ce coffre et tuer la bête. Tenteras-tu quelque chose pour m'en empêcher ?

— Je ne peux pas directement causer la mort d'un humain, répondit la fillette. Ce privilège revient au crapaud. Mon travail se borne à ouvrir et à fermer la gueule de l'animal lorsque les banquiers viennent effectuer un dépôt. Je vous observe depuis un moment et j'ai bien compris ce que vous essayez de faire. Hélas, vous vous y prenez mal. Vous ne réussirez pas à tuer la gargouille. C'est un modèle de pointe, les organes vitaux ne sont pas là où vous les cherchez. On vous a mal renseignée. Vous ne parviendrez pas à la faire mourir d'une crise cardiaque en agissant de cette manière. Vous perdez un temps précieux.

— Si je chargeais le coffre sur mon dos ? lança Sigrid. Je pourrais peut-être contraindre le crapaud à ouvrir la bouche et m'enfuir par là ?

La fillette haussa les épaules.

— Il vous poursuivra dès que vous serez sortie de sa gueule, dit-elle. Il vous avalera avant que vous n'ayez pu atteindre l'ascenseur. Non, ce n'est pas une bonne idée.

Serge Brussolo

Réfléchissez vite, car votre armure est en train de fondre. Ce trésor mérite-t-il qu'on prenne tant de risques ?

Sigrid ne répondit pas et se lança dans l'examen des parois. Zoïd s'était trompé. Le KRAPO ne ressemblait à rien de connu. C'était un puzzle anatomique aux pièces éparses. Un piège parsemé de glandes factices, de nerfs inutiles destinés à tromper les intrus. Les Aliens l'avaient truffé de fausses portes, de fausses serrures et de couloirs bidons ! Le crapaud n'avait rien à envier aux grandes pyramides de l'ancienne Égypte ; cul-de-sac organique, il refermait ses méandres sur les voleurs imprudents, pour les digérer.

Sigrid décida de tenter le tout pour le tout. Elle ne disposait plus désormais que d'une vingtaine de minutes et ne pouvait se permettre de finasser.

— C'est vrai, lança-t-elle en tapant du poing contre la paroi élastique, je voulais provoquer une crise cardiaque chez la bête ; on m'avait indiqué un certain nombre d'opérations à effectuer, mais je ne trouve pas les organes correspondants...

La « fillette » leva la tête.

— Je suppose que vous vouliez accélérer les battements du myocarde[1] par surcharge énergétique ? observa-t-elle. C'est un bon moyen. Cela reviendrait à augmenter graduellement le courant alimentant un ordinateur jusqu'à ce qu'il explose.

*

La fiancée du crapaud réfléchissait, les yeux fixes. Observant cette voleuse un peu ridicule dans son armure

---

1. Nom scientifique du cœur.

La Fiancée du crapaud

déjà ramollie. Elle savait qu'elle tenait là une chance de salut. Peut-être même son *unique* possibilité d'évasion. Combien de temps s'écoulerait-il avant qu'un autre fou essaye de s'emparer du trésor ? Il y avait fort à parier que cela ne se reproduirait *jamais plus*. Son avenir se jouait en ce moment même. Il dépendait de cette inconnue qui allait mourir d'ici vingt minutes, digérée par les sucs digestifs de la poche stomacale.

« Je peux l'utiliser, songea-t-elle, me servir de cette idiote comme d'une intermédiaire... »

En tant qu'habitante du monstre elle était programmée pour ne jamais porter préjudice à celui-ci. *Toutefois, rien ne lui interdisait de penser à haute voix, et d'indiquer un certain nombre d'opérations qui...*

La voleuse pouvait devenir le bras armé de sa vengeance. Ce bras dont les verrous implantés dans sa mémoire lui interdisaient l'usage.

« Cette fille bougera à ma place, se murmura-t-elle, elle exécutera les manipulations que je ne pourrais pas même esquisser sans aussitôt sombrer dans le coma. »

La fiancée du crapaud dévisagea l'inconnue dont l'armure continuait à fondre. C'était une fille aux cheveux bleus, au visage constellé de taches de rousseur. Elle avait peur. Elle était venue pour le trésor et se retrouvait prisonnière d'un labyrinthe d'artères. Elle avait cru, un peu stupidement, qu'elle pourrait plonger les mains dans le moteur de la gargouille comme on trifouille sous le capot d'une voiture. Elle avait eu tort. Les animaux de synthèse étaient complexes. Pour prévenir toute effraction, on maquillait couramment les organes, cachant le cœur à l'intérieur d'une glande factice. Une paire de faux poumons emballaient de vrais reins, et ainsi de suite. Les crapauds se nour-

Serge Brussolo

rissaient d'énergie, mais en l'absence de tout bombardement, passé les douze mois du jeûne de sécurité, ils faisaient appel à leur ancien système d'alimentation et réapprenaient à se servir de leurs dents comme de leur ventre. C'est pour cela qu'on avait conçu une machine organique parfaitement au point : pour faire face à toute éventualité. Les gargouilles mangeaient la lumière et la chaleur des explosions, mais, le cas échéant, elles savaient prélever leur pitance sur les hommes qui avaient le malheur de passer à leur portée.

La fillette déplia les jambes. Ses yeux couraient au long des veines. *Elle connaissait tous les points faibles du crapaud.* La géographie de l'animal n'avait pas de secret pour elle. On l'avait programmée pour être capable de localiser en une fraction de seconde la glande la mieux dissimulée. Le plan anatomique de la gargouille était stocké dans son cerveau de manière ineffaçable. Elle possédait la connaissance absolue, hélas, on l'avait privée de la possibilité d'agir.

La voleuse, elle, restait libre de ses actes. Aucun blocage mental ne risquait d'entraver ses mains si elle esquissait un geste portant atteinte au coffre-fort vivant. C'était là un atout capital.

La fillette aux cheveux argentés réfléchissait à toute vitesse. Cette intruse en scaphandre était capable de scier les barreaux de la prison de chair où elle se trouvait enfermée, elle, la fiancée du crapaud.

Il fallait l'utiliser !

« Sitôt la voleuse digérée, songea-t-elle. Tu retrouveras la solitude de la geôle de chair, et la triste perspective des

La Fiancée du crapaud

années à venir. Des années de claustration au fond d'un estomac encombré de trésors ! »

Elle ne pouvait pas accepter cela, sa sensibilité naissante pressentait tout l'aspect désespérant de cet emprisonnement à perpétuité.

— Écoutez, dit-elle en se tournant vers la demoiselle à l'armure à moitié fondue, j'ai un marché à vous proposer : je vous aide à vous emparer du trésor mais vous acceptez en échange de me sortir d'ici. Êtes-vous d'accord ?

Sigrid se dandinait d'un pied sur l'autre. Avait-elle le choix ? Zoïd, avec ses conceptions anatomiques périmées, l'avait envoyée au suicide. Elle consulta les cadrans qui s'affolaient à l'intérieur du casque. Si les sucs continuaient leur travail de corrosion, la coquille du scaphandre se changerait en dentelle d'ici quinze minutes.

— D'accord ! lança-t-elle, tout ce que tu veux. Dis-moi comment tuer la gargouille et nous filerons jusqu'à l'ascenseur.

La fiancée hocha la tête. Elle arracha une mèche de ses cheveux, saisit ses aiguilles d'os et entreprit de tricoter une pellicule protectrice semblable à celles qu'elle utilisait pour emballer les cassettes remplies de diamants. Elle travaillait à une vitesse hallucinante. Lorsque la couverture eut la taille désirée, elle la tendit à Sigrid.

— Enveloppez-vous là-dedans, ordonna-t-elle, cela ralentira l'action des sucs gastriques qui dévorent votre armure.

Sigrid s'exécuta, se drapant aussi soigneusement que possible dans ce drap translucide aussi malléable qu'une feuille de cellophane.

— Ne vous croyez pas sauvée pour autant, observa « l'enfant », vous êtes déjà trop imbibée. Les sucs vont

Serge Brussolo

continuer à ronger votre coquille, ce cataplasme réduira toutefois leur appétit.

— Que dois-je faire ? interrogea Sigrid.

— Je vais énoncer des théorèmes, expliqua la fillette, comme un étudiant en biologie récitant un manuel de sciences naturelles, pas davantage. À vous de savoir les utiliser. Je ne peux pas vous donner d'ordres précis sans tomber sous le coup du blocage mental inscrit dans mon cerveau. *Écoutez bien.* Je vais énoncer des vérités anatomiques, mais je ne vous dirai jamais : *faites ceci ou cela.* Essayez de vous débrouiller au mieux. De tirer les conclusions qui s'imposent. Il m'est impossible de vous communiquer clairement le mode d'emploi du parfait petit saboteur, si je le faisais, je sombrerais aussitôt dans le coma.

Sigrid aurait voulu arracher son casque pour essuyer la sueur qui lui dégoulinait dans les yeux. Elle doutait d'avoir encore assez de sang-froid pour résoudre des devinettes.

— Vas-y, lança-t-elle, de toute manière, au point où j'en suis.

La fillette commença à ânonner une suite de définitions qui semblaient sorties d'un livre de médecine écrit par un fou. Sigrid essayait de se repérer, de localiser les organes décrits, d'improviser des techniques de sabotage en transposant ce que lui avait enseigné Zoïd. Elle rampa dans des tunnels, noua des nerfs entre eux comme on tortille une épissure sur un fil électrique. Elle écrasa des amygdales à coups de talon, sectionna des veines apparemment sans importance. Elle haletait, les tempes bourdonnantes, essayant de bâtir une stratégie à partir de la carte que lui dressait verbalement la fillette. C'était comme si, ayant à peine pris connaissance des différents mouvements exé-

208

La Fiancée du crapaud

cutés par les pièces d'un échiquier, on lui imposait d'écrire un traité à l'usage des joueurs chevronnés. Elle tâtonnait dans la pénombre viscérale de la gargouille. Elle coupait, nouait, court-circuitait la machine vivante. Les nerfs se tordaient entre ses doigts comme des couleuvres noires. Elle bouclait des nœuds marins avec des cordages vivants.

Enfin la fillette se tut, et Sigrid se laissa glisser dans l'estomac du crapaud, épuisée, les genoux tremblant de fatigue.

— Maintenant il faut attendre, décréta « l'enfant », les hormones vont s'écouler, envahir le système nerveux. La première réaction aura lieu dans cinq ou six minutes tout au plus.

— J'espère que ce monstre va crever, haleta Sigrid. Dès qu'il sera mort, nous sortirons par sa gueule et nous courrons vers l'ascenseur. On remontera au rez-de-chaussée. Je me débarrasserai du scaphandre et nous nous mêlerons à la foule pour sortir de la banque.

— C'est un plan complètement idiot, remarqua la gosse d'une voix calme. Vous pensez vraiment qu'on me prendra pour une cliente ? *Toute nue, avec mes cheveux blancs ?* Vous ne franchirez pas le sas de sortie. Il y a des robots physionomistes[1] postés de part et d'autre de l'entrée. J'ai entendu le directeur en parler à ses adjoints. Aucun d'eux ne se rappellera nous avoir vus pénétrer dans les locaux, ils donneront l'alerte et nous resterons bloquées au milieu du sas antiballes. Avec nos sacs de diamants. Nous aurons l'air de parfaites imbéciles. Mon plan est bien meilleur...

— TON PLAN ? hoqueta Sigrid, qu'est-ce que tu racontes ? Tu m'as bien donné le mode d'emploi permettant de provoquer une crise cardiaque chez la gargouille, non ?

------

1. Dont la mémoire photographie chaque client franchissant le seuil de l'établissement.

Serge Brussolo

— Non. Je n'aurais pas pu le faire. Le blocage mental m'aurait rendue muette.

— Bon sang ! jura Sigrid, ce bricolage que tu m'as fait improviser, qu'est-ce que c'était ?

— Une simple procédure de purge, répondit calmement la « fiancée ». La bête va cracher de l'énergie comme une chaudière rejette de la vapeur sous pression. C'est une manœuvre anodine qui ne peut en aucune manière porter préjudice à l'animal. Nous allons purger ses circuits de stockage. Je n'ai fait que vous suggérer de décupler la puissance de cette purge, c'est tout. Mais encore une fois, je vous le répète : le crapaud ne risque rien.

— Et ce « jet de vapeur » va nous permettre de filer avec le trésor ?

— Je crois. Si mes informations sont exactes, nous allons quitter la crypte dans quelques minutes.

Sigrid n'en croyait pas ses oreilles. Elle venait de se faire manipuler par une marionnette de gelée déguisée en petite fille !

Soudain la gargouille frémit, se cabra tel un cheval électrocuté. Sigrid perdit l'équilibre et roula cul par-dessus tête. Son casque alla sonner contre un angle du coffre au trésor.

La bête tremblait, contractait ses muscles. Dépliant ses énormes cuisses, elle fit plusieurs sauts au milieu de la crypte. Le sol se fendilla.

Sous la carapace osseuse la chair avait changé de couleur. Le flux sanguin s'accélérait, les veines vibraient telles les tuyauteries d'une chaudière devenue folle. Des pierres se détachèrent de la voûte pour aller exploser au centre de l'arène.

Le monstre entama une ronde effrénée. Il sautait, gre-

210

La Fiancée du crapaud

nouille colossale caparaçonnée comme un char d'assaut. Le spectacle était à la fois grandiose et ridicule. Les parois de la carrière amplifiaient ce tumulte, lui donnant l'ampleur d'un tremblement de terre.

Les chocs secouaient le sous-sol et faisaient chanter les câbles à l'intérieur du puits de l'ascenseur.

Brusquement le KRAPO s'arrêta et leva son mufle vers la voûte de pierre.

Ses yeux perdirent leur habituelle noirceur pour se mettre à briller d'une lueur bleutée. Enfin, deux traits d'énergie pure jaillirent de ses orbites pour s'en aller frapper le dôme, au beau milieu de la trappe de largage.

Les rayons déchirèrent l'obscurité, comme deux lignes tracées au laser, tandis que l'air vibrait sur une note stridente. La chaleur à l'intérieur de la crypte devint effrayante. La trappe de métal bouillonna. Ses volets, devenus mous, s'ouvrirent, dévoilant l'intérieur de la soute avec son chapelet de torpilles en attente...

Les rayons bleus pénétrèrent dans l'arsenal et léchèrent la masse des bombes calées sur leurs berceaux. *Ce qui devait arriver arriva...*

Huit cents kilos d'explosifs se volatilisèrent dans une énorme flamme pourpre. La déflagration, localisée en hauteur, ne put être absorbée par la gargouille. Elle se répandit dans le sous-sol de l'immeuble, dévastant les structures de béton, faisant fondre les poutrelles. L'onde de choc courut dans la maçonnerie ; toutes les vitres de l'immeuble volèrent en éclats tandis que les planchers des dix premiers étages s'entassaient les uns sur les autres. Trois secondes à peine après l'explosion, la tour se mit à osciller tel un arbre dont on vient de scier la base. Privée de racines, la construction titubait au-dessus des toits environnants. Au ras du sol, et dans un large périmètre, les trottoirs avaient fondu. Le goudron bouillonnant avait giclé de l'autre côté de la rue, maculant les façades. De nombreuses voitures, soulevées par la déflagration, avaient atterri au sommet des maisons situées dans la zone sinistrée.

Un silence épais succéda au vacarme de l'explosion.

La tour craquait, hésitant entre l'équilibre et l'effondrement. Ses trois sous-sols et son rez-de-chaussée n'existaient plus. Elle reposait sur un moignon noirci qu'aucune racine ne retenait plus en terre. Alors elle commença à bouger, lentement, dans un mouvement de métronome à peine perceptible. Les habitants que la déflagration n'avait pas tués hurlèrent leur épouvante, les ongles enfoncés dans le bois des meubles disloqués. L'immeuble parut hésiter, comme si le souffle de vents contraires le maintenait en équilibre, puis il amorça sa chute...

Ceux qui le virent tomber conservèrent longtemps l'impression d'avoir assisté à l'écroulement d'une montagne. Les trente étages se couchèrent sur bâbord, et se cassèrent à mi-hauteur avant d'avoir touché le sol. Le choc fut effroyable. L'épave du building foudroyé s'effondra en travers de l'avenue, écrasant sous ses divers tronçons une multitude d'immeubles environnants.

Ce fut comme un éléphant mort s'abattant au milieu d'un camping.

Des incendies se déclarèrent, des conduites de gaz rompues occasionnèrent de nouvelles explosions. En quelques minutes le quartier résidentiel de la cité prit l'aspect d'une usine bombardée. Des colonnes d'une fumée épaisse mon-

La Fiancée du crapaud

tèrent dans la nuit tandis que la géographie des rues s'emplissait de foyers rougeoyants.

*

Du fond de son cratère l'animal regardait le ciel...

Les parois de la crypte se disloquaient, des blocs de rochers roulaient au fond de l'arène. Il était temps de trouver une autre tanière. D'une formidable détente des pattes postérieures le monstre sauta hors du trou. Jaillissant du chaos, le KRAPO atterrit au beau milieu de l'avenue et entreprit de se déplacer entre les fragments de maçonnerie jonchant l'asphalte.

Il était un peu désorienté par ce nouvel espace dont il ne percevait pas les limites. Mais les flammes et les explosions lui parurent de bon augure. Une chose était sûre : il n'aurait aucun mal à se nourrir au milieu d'une pareille débauche énergétique.

La confusion était telle qu'on ne remarqua pas tout de suite sa présence. Il est vrai que sa carapace se confondait avec la pierraille fracassée répandue aux alentours.

À l'intérieur de l'animal, Sigrid essayait vainement de se redresser. Le choc encaissé lorsque la bête avait sauté hors du cratère l'avait à demi assommée. Bien que ne pouvant voir ce qui se passait au-dehors, elle devinait que l'initiative de la fillette avait déclenché une catastrophe. Le vacarme de l'explosion, pourtant amorti par les couches graisseuses de la gargouille, lui avait déchiré les tympans. Ensuite, elle avait perçu la vibration d'un tremblement de terre. À présent la bête se déplaçait par bonds successifs,

Serge Brussolo

et il était difficile de se tenir debout dans cette nacelle ballottante qu'était devenu l'estomac du monstre.

— Arrêtez de gigoter, lança la fillette, vous allez déchirer votre enveloppe protectrice. Vous ne pensez pas que je vais m'arracher les cheveux pour vous tricoter des manteaux résistant aux sucs digestifs toutes les cinq minutes ?

Sigrid nota l'insolence de la gamine. La fiancée du crapaud avait toujours su que la purge des circuits énergétiques entraînerait la destruction de la soute à bombes. Elle avait amené Sigrid à saboter l'animal de manière que la « soupape », au lieu de laisser fuser un simple jet de vapeur, crache un rayon laser ! Elle avait manœuvré de manière à contourner le processus de blocage implanté dans son cerveau. Le sabotage n'était que l'amplification d'une fonction naturelle, rien d'autre ! De plus, à aucun moment la fiancée n'avait collaboré à cette fausse manœuvre. Toutes ces précautions lui avaient permis de se jouer subtilement des interdictions inscrites dans son esprit. Le plan témoignait d'une rare vivacité intellectuelle pour un « bifteck pensant ».

— Qu'est-il arrivé ? balbutia Sigrid. Tout ce vacarme... C'était quoi ?

— Je crois que la soute à explosifs installée dans les sous-sols de la banque a sauté, dit doucement la fillette, la gargouille a dû s'échapper de la crypte. Il ne nous reste plus qu'à trouver un coin tranquille et à quitter notre abri.

— Un coin tranquille ? hoqueta Sigrid, mais tous les regards doivent être braqués sur nous ! Et comment veux-tu que nous sortions de ce monstre ?

— En provoquant une crise cardiaque. C'était votre plan initial, non ? Tout à l'heure il n'avait aucune chance de réussir parce que les gardiens ne nous auraient pas permis

La Fiancée du crapaud

de sortir de la banque. On nous aurait abattues dans le sas de contrôle. À présent il n'y a plus ni banque ni gardiens.

Écrasée d'horreur, Sigrid écarquilla les yeux. Il ne servait à rien de discuter. L'enfant ne possédait que des informations fragmentaires, et ces pièces de puzzle lui dessinaient une image rudimentaire du monde extérieur. Elle ne pouvait comprendre que la ville allait se changer en un piège inextricable. À l'heure actuelle, le standard de la police devait être saturé de coups de téléphone signalant la présence du crapaud dans l'avenue principale. Le dispositif allait se mettre en place...

Sigrid fronça les sourcils. Le dispositif ?

Quel dispositif ? Jamais les forces de police n'avaient eu à affronter un coffre-fort vivant dont la puissance de feu dépassait celle d'un vaisseau spatial !

« Quel foutoir ! » jura-t-elle mentalement.

Elle comprenait que la gamine avait profité de son intrusion pour improviser un plan d'évasion démentiel. Quelque chose avait capoté quelque part. La fiancée du crapaud aurait dû être dépourvue d'affectivité, et demeurer indifférente à la perspective de passer toute sa vie dans l'estomac d'un monstre.

« Un légume programmé », avait dit Zoïd. On était loin du compte. Le « bifteck », le « légume », se payait le luxe d'avoir des états d'âme ! Il refusait son rôle de simple clef et prenait la poudre d'escampette en détruisant une tour d'habitation. Les Aliens qui lui avaient donné naissance avaient visiblement sous-estimé les capacités affectives de la gelée servant à la création des êtres de synthèse !

« Allons ! songea Sigrid, si elle n'avait pas eu envie de s'échapper, tu serais déjà transformée en boulette de viande à demi digérée. Elle t'a secourue parce qu'elle a besoin de toi pour saboter le monstre. C'est pour cela qu'elle te maintient en vie. »

Sigrid se déplaça de manière à pouvoir jeter un coup d'œil dans le tunnel de l'œsophage. Mais tout était noir. La bête conservait les mâchoires serrées.

Elle tâta du bout des doigts la surface de son scaphandre. La corrosion poursuivait son travail de grignotement. Les bulles, quoique moins grosses, témoignaient de la dissolution du revêtement extérieur. Le suaire de cheveux pâles ne faisait que différer l'inéluctable. Dans douze ou treize minutes tout au plus l'armure aurait la texture d'une éponge. Les sucs digestifs s'en prendraient alors à la chair de Sigrid qu'ils dévoreraient à toute vitesse, séparant les glucides des lipides, triant les protéines, classant les...

Sigrid frissonna. Elle observait la « fillette » à la dérobée. Son pâle visage de petit lutin affichait la même limpidité inhumaine. Elle attendait, assise sur le couvercle du coffre au trésor, immobile et sage. Trop sage...

*

La crapaud, lui, descendait l'avenue. Les curieux massés aux fenêtres le désignaient du doigt avec des cris apeurés. Au Q.G. des forces de police le standard commençait à clignoter, au bord de l'infarctus.

« Un monstre ! hurlaient les haut-parleurs. Un dragon ! Dans l'avenue centrale. Il a détruit l'immeuble de la B.D.S... Faites quelque chose ! »

20

La promenade du crapaud

Au commissariat central, le capitaine Harold Morlander gesticulait dans son uniforme taché de sueur. Impuissants, le nez collé aux baies vitrées, ses lieutenants assistaient à la débâcle.

— Bougez-vous un peu ! aboya Morlander. Je viens de lire le compte rendu technique, cette bestiole est presque invulnérable. Je ne sais absolument pas comment reprendre le contrôle de la situation. Le directeur de la B.D.S. habitait avec ses cadres au-dessus de l'établissement. Ils sont tous morts. Personne n'a la moindre idée du code qui leur permettait d'entrer en contact avec le coffre-fort vivant. Le crapaud va déambuler à travers la ville en semant la panique. Il faut que les chars de patrouille l'encadrent comme des chiens de berger, vous comprenez ? *Qu'ils n'essayent surtout pas d'attaquer la gargouille*, cet animal dispose d'un potentiel défensif qui ferait pâlir la marine de guerre.

— Pourquoi l'immeuble s'est-il effondré ? demanda quelqu'un. C'était une tour neuve. Un truc super luxueux.

— La B.D.S. stockait un arsenal dans ses caves, répondit brièvement le capitaine, je pense qu'un détonateur défec-

Serge Brussolo

tueux a mis le feu aux poudres. Effrayé par l'explosion, le coffre-fort vivant s'est échappé par un trou de la maçonnerie. Il faut l'encadrer et le conduire au jardin zoologique. J'ai prévenu le directeur, il tient à notre disposition une fosse désaffectée. Si nous procédons discrètement, tout se passera bien. La bête ne doit à aucun moment avoir l'impression qu'elle est victime d'un hold-up ou d'une tentative d'effraction... *car elle se défendrait.*

Les policiers s'éparpillèrent. Le capitaine serra les mâchoires, il sentait venir la catastrophe. Les militaires n'avaient pas assez de doigté pour mener cette opération à bien. Le monstre qui descendait en ce moment même de l'artère la plus chic de la cité ignorait la peur. Il défendrait jusqu'au bout les trésors ballottant au creux de son estomac. Il avait été conçu pour cette mission, et il s'appliquerait à l'exécuter le mieux possible.

Le capitaine essuya d'un revers de main la sueur perlant à son front. Il suffisait d'un faux pas pour que la ville entière bascule dans le cauchemar. Le téléphone sonna de nouveau. Le policier courut vers son bureau. La pendule affichait 0 h 34.

*

Les voitures de patrouille remontaient l'avenue, zigzaguant entre les chicanes et les barrières mobiles installées par les pompiers. Les gyrophares coiffant les véhicules d'intervention clignotaient dans la nuit en jetant des flashes bleus et rouges qui allumaient de curieux reflets sur les

La Fiancée du crapaud

casques de chrome des sauveteurs. Le spectacle de la tour couchée de tout son long en travers de la rue, et des immeubles environnants réduits à l'état de monceaux de briques fumants, avait quelque chose d'horrifiant.

Dix chars d'escorte progressaient vers la place Verneuve, là où la gargouille se trouvait actuellement immobilisée. Au fur et à mesure que la distance d'approche rétrécissait, les militaires devenaient nerveux. L'avenue semblait avoir été victime d'un tremblement de terre. Le sol disparaissait sous le verre brisé provenant de l'éclatement des fenêtres et l'on butait sur des objets incongrus : une baignoire en équilibre au sommet d'une cabine téléphonique, des meubles entassés en vrac dans une bouche de métro, des vêtements accrochés aux branches des arbres.

Une odeur de poudre brûlée flottait dans l'air et le vent rabattait des bouffées de suie qui maculaient les auto-pompes.

Cinq minutes plus tard, les pilotes des tanks chargés d'escorter la gargouille jusqu'au parc zoologique aperçurent la silhouette effrayante du coffre-fort vivant immobilisé au centre de la place. Le monstre semblait dans l'expectative, perturbé par l'espace infini qui s'ouvrait devant lui.

Au bruit des moteurs, à la vue des canons pointés, le KRAPO montra des signes d'impatience. La lézarde de sa bouche s'entrebâilla au milieu de son mufle ravagé. Les chars, eux, s'entêtèrent à le serrer de trop près, à le heurter, même, pour le contraindre à se mettre en marche. Enfermés dans leur coquille blindée, les militaires se croyaient invulnérables. C'en était trop, le crapaud passa à l'attaque. On vit s'ouvrir la gueule la plus effrayante de tout le cosmos. Cette crevasse hérissée de crocs s'abattit sur les

Serge Brussolo

chars et les broya avec la même efficacité qu'une presse hydraulique. Les tôles hurlèrent en se tordant, les tourelles éclatèrent, vomissant leurs entrailles. La gargouille mâchait l'acier comme un fauve arrache des lambeaux de viande à sa proie. Les boulons coulaient entre ses dents tandis qu'explosaient les réservoirs.

— Capitaine, hurla un policier dans sa radio. Le monstre est en train de bouffer les tanks. Qu'est-ce qu'on fait ?

— Rien, répliqua la voix sourde du capitaine, repliez-vous. Nous avons les mains liées, plus on l'attaquera, plus ses réactions seront terribles.

21

La colère du crapaud

Sara Firman fut la première à entendre les hélicoptères.
Elle était mal réveillée, et, l'espace d'une seconde, elle crut
que les bourdonnements lui emplissant la tête étaient les
signes annonciateurs d'une forte migraine.

Elle se redressa et tituba jusqu'à la fenêtre. Depuis le
départ de Sigrid, elle n'avait pratiquement pas dormi, espérant ainsi anesthésier l'angoisse qui grandissait en elle au
fur et à mesure que s'écoulaient les jours. Son organisme
commençait à donner des signes d'épuisement.

Elle posa son front brûlant contre les carreaux. Les
hélicoptères volaient à la queue leu leu, dans le canyon
délimité par les façades des immeubles. Ils étaient
équipés de puissants projecteurs dont les faisceaux
balayaient la rue. Sara frissonna, saisie par un mauvais
pressentiment. Les appareils étaient tous puissamment
armés. De grosses mitrailleuses à canons rotatifs enca-
draient la bulle des cockpits, tels les dards d'un insecte
porteur de maladies mortelles. Les hélicos volaient au
ralenti mais le souffle de leurs pales giflait les façades,
faisant trembler les vitres.

Serge Brussolo

Sara ouvrit la fenêtre. Elle reçut un coup de poing invisible en pleine poitrine et dut reculer.

À l'intérieur de l'appartement les vêtements épars s'envolèrent à la suite des revues et des journaux accumulés au pied du lit. Les cadres protégeant les photos de Karen, sa petite fille, furent renversés par le courant d'air.

Sara n'y prêta pas attention, elle venait d'apercevoir la gargouille, immobilisée à cent mètres en amont. Son cœur rata un battement. *Comment était-elle sortie de la crypte ?* Sigrid n'avait jamais parlé de ça !

« Quelque chose a foiré », songea la jeune femme.

À l'instant même les hélicoptères se positionnèrent en formation de combat et chargèrent le crapaud en ouvrant le feu.

Les balles explosives déchirèrent le vide dans un vacarme d'étoffe lacérée. Sara se boucha les oreilles pour échapper à la stridence de l'agression sonore. Les ondes de choc du mitraillage se répercutaient dans sa chair. Des tableaux se décrochèrent, et de nombreux livres basculèrent hors des rayonnages de la bibliothèque. Au bout de l'avenue, les balles explosives ricochaient sur la carapace du monstre en éparpillant des gerbes d'étincelles. La gargouille se tourna pesamment pour faire face à cette nouvelle agression.

Sara crispa les poings. Les ricochets des projectiles avaient criblé d'impacts les façades des immeubles. Beaucoup de curieux agglutinés à leur balcon étaient tombés, hachés par cette mitraille qui ne leur était pas destinée.

Les hélicos passèrent en rase-mottes au-dessus du crapaud et filèrent jusqu'à la place de la Mairie pour amorcer leur demi-tour. Les balles avaient labouré l'asphalte et le

222

La Fiancée du crapaud

béton sans causer le moindre dommage au coffre-fort vivant.

Sara s'habilla en hâte, choisissant des vêtements solides et imperméables, aux poches multiples. Elle y entassa de l'argent, un couteau, un revolver, ainsi qu'une trousse de soins d'urgence.

Elle n'eut pas le temps de faire davantage. Les appareils revenaient. Ils ouvrirent le feu, prenant l'avenue en enfilade. Les balles perdues éparpillèrent les façades et réduisirent en bouillie les voitures garées au long des trottoirs.

Mais la patience du crapaud était épuisée. Il leva le mufle pour fixer l'essaim des hélicoptères. Pendant un moment, il eut l'air d'un énorme canon, puis deux jets d'énergie pure fusèrent de ses orbites et frappèrent les appareils de tête.

Sara poussa un hurlement. Les machines volantes se changèrent en boules de feu tandis que leurs hélices continuaient à tournoyer dans le vide, séparées des carcasses qu'elles avaient eu pour fonction de propulser. Les pales étincelantes volaient entre les immeubles comme des étoiles de ninja. Des étoiles géantes. Elles dérivèrent enfin sur tribord puis percutèrent une façade, explosant en un bouquet de lames de rasoir géantes.

Sara Firman se jeta à plat ventre. Les tronçons de métal lacéraient la rue, éventraient les maisons, dans un froissement de sabre jaillissant du fourreau.

Sara rampa vers la porte. Elle déverrouilla le battant et se jeta dans l'escalier.

Dans la rue, la gargouille achevait de détruire les derniers survivants de l'escadrille de chasse. Cette escarmouche l'avait énervée, et elle sautait sur place pour manifester sa colère. Les chocs occasionnés par les rebonds disloquaient les trottoirs. L'asphalte pelait, dévoilant les anciens pavés tapissant l'avenue.

Des sécrétions complexes stimulaient le cerveau du monstre, activant une à une les différentes phases d'une stratégie de réponse graduelle. Harcelé, il se sentait maintenant dans l'obligation de passer à l'attaque. Ce hold-up d'envergure (impliquant chars d'assaut et hélicoptères !) dépassait le cadre des répliques ordinaires. Il ne fallait plus seulement se contenter de repousser les assaillants, mais aussi les détruire pour décourager leur persévérance. Le batracien gigantesque cessa de sauter et entreprit de brouter les pavés ! Il dévora ainsi le tiers de l'avenue, engloutissant les petits cubes de pierre à une vitesse phénoménale. Quand il se redressa, la gueule encombrée de caillasse, ce fut pour cracher cette mitraille aux alentours, lapidant les forces de police et les camions de l'armée qui tentaient de lui barrer la route. Propulsés avec une rare violence, les pavés aplatirent les véhicules. C'était comme si un millier de catapultes s'étaient mises à bombarder l'avenue.

Sara, elle, avait gagné le rez-de-chaussée. Elle voulait courir jusqu'à la station de métro et se dissimuler au cœur du labyrinthe des couloirs, là où la gargouille ne pourrait l'atteindre.

Elle s'arrêta dans le hall. Tous les habitants de l'immeuble attendaient sur leur palier respectif, un sac ou une valise à la main, ne sachant quelle attitude adopter. Les enfants pleurnichaient ; les hommes, très pâles, essayaient de faire bonne figure.

La Fiancée du crapaud

— Qu'est-ce qui se passe ? chuchota une vieille femme. Vous avez vu cette bête ? D'où sort-elle ?

— De l'immeuble de la B.D.S., lança la concierge, elle vivait dans les caves. Je crois qu'on l'utilisait pour faire peur aux voleurs.

Des cris d'indignation fusèrent. Sara traversa le hall et risqua un œil dans la rue. La gargouille ne bougeait plus, et la station de métro bâillait comme un havre de salut à moins de cent mètres...

Pourrait-elle les franchir sans éveiller l'attention du monstre ?

Elle choisit de ne pas trop réfléchir et s'élança, les coudes au corps, sans regarder derrière elle. La concierge hurla devant tant d'imprudence mais Sara filait déjà, zigzaguant pour ne pas se tordre les chevilles sur les pavés jonchant la chaussée.

La rue vibra comme si le monstre se mettait en branle, attiré par cette proie minuscule qui se promenait sous son nez.

Sara Firman dégringola les marches menant à la station, enfonça une porte vitrée d'un coup d'épaule et sauta par-dessus les tourniquets du contrôle des billets. Il lui sembla qu'une ombre colossale se cassait en accordéon sur les degrés de l'escalier. Mais elle se répéta qu'elle ne risquait rien. La gargouille était bien trop grosse pour s'infiltrer dans les couloirs du métro. La jeune femme s'accrocha à la rampe caoutchouteuse d'un escalator et se laissa véhiculer jusqu'aux quais. Les tunnels carrelés de blanc étaient déjà pleins de réfugiés hagards remorquant des valises. Sur le quai, une foule se pressait au risque de basculer sur les rails. On attendait la première rame pour fuir à l'autre bout de la ligne, vers l'une des portes de la ville. Sara fut aussitôt rejetée en arrière à coups de coude. Elle se retrouva aplatie contre un distributeur de friandises, le souffle coupé.

La rame jaillit du tunnel. Ses wagons débordaient déjà de voyageurs entamant leur exode souterrain. Dès que les portières s'ouvrirent ce fut l'empoignade. Ceux qui se trouvaient à l'intérieur repoussaient ceux qui voulaient monter. Sara renonça à prendre part à la mêlée. On arrachait les sièges et les banquettes pour augmenter l'espace disponible. Le conducteur fit mugir la sirène de départ sans parvenir à interrompre le flot qui grimpait à l'assaut des wagons.

Subitement une vibration terrible ébranla le sol. La voûte du tunnel creva dans une averse de gravats et la gargouille tomba au milieu des rails, après avoir traversé l'épaisseur de la chaussée. Des hurlements de panique fusèrent. Le monstre occupait toute la largeur du tunnel. On eût dit un éléphant coincé dans un couloir. Sara comprit qu'il avait réussi à percer l'asphalte à force de sauter sur place. Pris de panique, les fuyards tentaient maintenant de s'extirper des voitures, mais ils étaient trop nombreux et se gênaient mutuellement. La mêlée prit la forme d'un fouillis de bras et jambes désespérément noués. La gargouille baissa la tête, ouvrit la gueule, et mordit les rails. Sara vit le flux énergétique jaillir de sa gueule hideuse pour courir au long des rails en éclairs bleutés. La décharge crépita en touchant les roues du train qui s'illuminèrent. L'électricité se communiqua en vague mortelle aux structures d'acier des wagons. Les parois s'auréolèrent d'un grésillement d'étincelles pendant que la chaleur s'élevait de plusieurs centaines de degrés.

La Fiancée du crapaud

Sara recula en suffoquant, giflée par cette haleine de brasier. À présent les voitures viraient au rouge, comme des pièces de métal jetées dans une forge. Pris dans le piège de la fournaise, les voyageurs se débattaient, le visage couvert de cloques. Dès qu'ils tentaient de saisir la poignée d'une portière, leurs paumes fumaient. L'énergie soufflée par l'animal avait transformé la rame en une gigantesque chaise électrique !

Sara se mordit le dos de la main pour ne pas hurler.

Ne pouvant en supporter davantage, elle se lança dans le premier couloir qui s'ouvrait devant elle et courut à perdre haleine, se cognant aux parois carrelées.

D'autres personnes galopaient dans son sillage, se piétinant. La rame électrocutée brasillait dans leur dos, inondant les couloirs d'une lumière rouge qui roussissait les affiches et faisait fondre les chewing-gums à l'intérieur des distributeurs automatiques.

Sara haletait. Il lui sembla que sa peau cloquait sur sa nuque et que ses cheveux sentaient le crin brûlé. On la talonnait. Elle se laissa porter par le flot élastique de la foule en essayant de ne pas tomber.

*

Zoïd se cramponnait à la rambarde de la fenêtre, tétanisé par l'horreur. Devant lui la ville incendiée, déchiquetée, se consumait dans la nuit. Un peu partout on avait allumé en hâte de gros projecteurs de défense aérienne qui trouaient l'obscurité de leur pinceau blanc. La gargouille se déplaçait en zigzag entre ces taches de lumière. On la voyait se matérialiser furtivement dans le trajet des halos, puis disparaître d'une détente des cuisses. Ces irruptions fantomatiques accentuaient l'aspect terrifiant de sa physionomie ; Zoïd ne parvenait pas à fuir ce spectacle démoniaque. L'animal sautait par-dessus les maisons, et son ventre rasait les cheminées, les antennes de télévision.

Le point culminant de cette course aberrante fut atteint lorsque le crapaud prit son élan et plongea dans la façade d'une tour ultramoderne, traversant la construction de béton de part en part tel un projectile vivant. Il ressortit du côté opposé, dans un jaillissement de débris et de meubles, projetant en tous sens les « entrailles » du building qui se répandirent sur les trottoirs.

« Sigrid ! se répétait désespérément le jeune Alien. Pourvu qu'il ne soit rien arrivé à Sigrid ! Je ne me le pardonnerais jamais ! »

*

À l'extérieur, en dépit de toutes les recommandations, la sixième compagnie des chars de combat venait de commencer à tirer une salve de barrage contre la gargouille qui se dirigeait insensiblement vers la sortie de la ville. La confusion la plus totale s'était installée. Les soldats n'écoutaient plus les ordres. La terreur les poussait à suivre leur instinct.

Les obus à tête explosive s'écrasaient sur la chair du monstre, qui buvait aussitôt la gerbe de feu née de l'impact comme une éponge avale une flaque d'eau.

Soudain, la gargouille s'avança vers un blindé et referma sa gueule autour du canon jaillissant de la tourelle, comme si elle allait aspirer un soda au moyen d'une paille ! Gonflant les joues, elle souffla de toutes ses forces dans le conduit d'acier, déversant dans l'habitacle un ouragan d'air

La Fiancée du crapaud

comprimé qui fit éclater le tank et s'éparpiller ses boulons...

Ensuite, elle prit la direction du fleuve. Au lieu d'emprunter le pont, elle sauta dans l'eau grise qui coulait entre les quais. Son plongeon souleva une vague boueuse qui submergea les rives. Là, elle s'ébattit un instant dans le lit du fleuve, remuant la vase, puis décida de purger le trop-plein d'énergie accumulée grâce au harcèlement des blindés.

Des rayons bleus jaillirent de ses orbites pour vriller l'eau qui ne tarda pas à fumer, puis à bouillir. En quelques minutes la surface des flots fut couverte de poissons cuits au court-bouillon. Les péniches ancrées à peu de distance se retrouvèrent dans la même situation qu'une casserole placée au bain-marie. Le fleuve bouillonnait sur plusieurs centaines de mètres, et les bulles énormes des turbulences éclataient contre les coques avec des bruits sourds. Les mariniers durent évacuer en hâte leurs bateaux transformés en marmites. Une vapeur dense s'élevait vers le ciel, enveloppant les ponts dans un brouillard artificiel chargé de gouttelettes brûlantes.

La gargouille venait d'atteindre les faubourgs, laissant derrière elle un paysage de décombres et de blindés détruits. Dans quelques heures la nuit tirerait à sa fin.

22

Sabotage

Sigrid gémit de douleur et se recroquevilla au fond de l'estomac du crapaud. Les sucs digestifs avaient rongé le revêtement externe du scaphandre dans toute son épaisseur, réduisant la coquille protectrice à une mince pellicule dans laquelle s'ouvraient à présent des trous de la grosseur d'une tête d'épingle. Ces ouvertures, quoique minuscules, laissaient filtrer des gouttelettes corrosives qui attaquaient son épiderme. Chaque nouvelle infiltration se traduisait par une brûlure aiguë, analogue à celle qu'aurait provoquée l'extrémité incandescente d'une cigarette écrasée à même la peau.

La fillette aux cheveux d'argent s'approcha de Sigrid et effleura le scaphandre du bout des doigts. Elle comprit qu'il fallait entamer au plus vite la procédure de sortie. Si elle tardait trop, la voleuse succomberait bientôt à l'assaut des sucs gastriques.

« Si cela se produit, songea-t-elle, je perdrai toute chance de rompre le cordon ombilical qui m'attache au monstre. En tuant la bête, en emportant le trésor et en me plaçant sous la tutelle de cette fille, j'ai une chance de

Serge Brussolo

m'infiltrer dans le monde extérieur. Mais pour cela j'ai besoin d'un guide, d'un intermédiaire que je pourrai aisément faire passer pour ma sœur. »

Forte de ces réflexions, la fiancée du crapaud décida que la voleuse ne devait pas mourir...

— Écoutez, dit-elle, il faut passer à la dernière phase du plan. Vous comprenez ce que je veux dire ?

Elle s'exprimait en employant des termes vagues, de manière à ne pas évoquer clairement l'assassinat de la gargouille. Elle devait ruser, contourner le contrôle mental en usant de chemins tortueux. Si elle avait omis cette précaution, le blocage mental installé par les programmateurs l'aurait immédiatement foudroyée.

Sigrid se redressa. Son visage était crispé, sa bouche tremblait chaque fois qu'une goutte acide lui dévorait la peau.

— Nous allons procéder comme tout à l'heure, expliqua patiemment la petite fille, je vais vous souffler la solution, *mais pas davantage*. À vous d'être assez futée pour en tirer les conclusions qui s'imposent. Nous ne disposons plus que de quelques minutes avant que votre scaphandre ne s'émiette.

— Je... Je vais essayer, balbutia Sigrid. Vas-y.

La fillette commença aussitôt son énumération anatomique. Sigrid écouta puis entreprit de s'orienter. Mais la souffrance troublait sa concentration. La fiancée du crapaud avait, elle-même, perdu toute assurance. Son débit devenait hésitant. Soudain, elle s'interrompit, ferma les yeux... Sigrid comprit que la gamine avait du mal à prendre suffisamment de recul pour demeurer étrangère à ce qu'elle était en train de faire. Et c'était là le danger ! Si la petite

232

La Fiancée du crapaud

fille se mettait brusquement à penser *Je suis en train d'assassiner la bête,* son cerveau se bloquerait et elle tomberait dans un coma agissant à la manière d'un véritable court-circuit mental.

Sigrid rampait sur les coudes en écoutant craquer son scaphandre trop mince. Elle nouait des nerfs, improvisait des épissures sur le système nerveux du monstre. Les gouttes acides ruisselaient entre ses omoplates, lui ravinant l'épiderme. Elle avait l'impression qu'un bourreau consciencieux lui promenait la lame d'un couteau rougi au feu le long de l'échine. Elle serra les mâchoires pour ne pas hurler.

La voix de l'enfant montait, aigrelette, saccadée. Sigrid termina son travail de sabotage en espérant avoir correctement interprété **les** données.

La fillette se tut. Elle semblait épuisée ; des crispations singulières agitaient son visage.

— J'ai... J'ai... f... fait ce que j'ai pu, bégaya-t-elle. Mais il... il était là... tout près de se déclencher.

Sigrid comprit qu'elle faisait allusion au contrôle mental dont la vigilance avait dû s'éveiller malgré les ruses déployées. Il s'en était fallu d'un cheveu que la fiancée du crapaud ne perde définitivement connaissance.

Sigrid saisit la poignée du coffre au trésor et s'approcha du canal de l'œsophage. Maintenant tout devait aller très vite car l'armure était en train de se ratatiner.

« Pourvu que nous ne sortions pas de la gueule du monstre sous le feu des projecteurs », songea-t-elle. Mais elle n'eut pas le temps de creuser cette hypothèse car le

KRAPO se cabra et un tremblement général s'empara de ses boyaux.

« Ça y est ! exulta Sigrid, cette saleté est en train de crever ! »

Elle serra la poignée de la cassette remplie de diamants. Un spasme contracta l'œsophage, projetant les deux filles en avant, comme si la bête essayait de les vomir.

La gargouille piqua du nez tel un avion qui percute le sol. Sigrid et l'enfant dévalèrent cul par-dessus tête le toboggan du tube digestif pour rouler dans la caverne de la bouche. Le monstre râlait, la gueule entrebâillée.

— Il faut passer entre ses dents ! cria la gamine.

Sigrid grimaça. Elle n'osait penser à ce qui se passerait si l'animal contractait soudain les mâchoires...

Un flot de bave les fit glisser sur le matelas de la langue. La fiancée hésita, puis se coula entre deux canines. Sigrid la suivit. Si la bête claquait des dents, elle serait coupée en deux car le scaphandre était maintenant trop fragile pour résister à un tel mouvement de tenailles. Sigrid rampa, raclant l'émail jauni des crocs. Elle connut trois secondes d'épouvante pure, puis roula dans les gravats. La bête était couchée sur le flanc dans les décombres d'une maison qu'elle venait d'écraser dans sa chute. Ses pattes remuaient tandis que ses griffes ouvraient de profondes tranchées dans le sol.

L'enfant aida Sigrid à se redresser et la soutint jusqu'à ce qu'elles aient atteint la voûte d'un petit porche.

— Il faut que j'enlève ça ! hurla Sigrid en luttant pour déverrouiller la coquille du scaphandre.

Le système de fermeture à demi corrodé refusait d'obéir ; elle dut ramasser une pierre pour faire éclater les verrous. Enfin l'armure s'ouvrit comme un vieux coffre rongé par

La Fiancée du crapaud

les vers. La jeune fille put jaillir à l'air libre et se rouler dans la poussière de craie afin d'assécher l'humidité gastrique imprégnant sa peau.

Derrière elle, la gargouille émettait des borborygmes effrayants.

— Ne traînons pas, insista la fiancée, il faut partir. Le KRAPO ne va pas mourir, c'est juste un malaise passager. Nous n'avons pas réussi à le tuer ! Dès qu'il aura récupéré, il se lancera à notre poursuite.

Sigrid chargea le coffre sur son épaule et louvoya entre les pans de murs branlants.

La petite fille trottinait dans son sillage, peu habituée à la marche. Sigrid avait envie de lui dire : « O.K., nous nous sommes rendu mutuellement service mais nos routes se séparent ici, salut ! » Elle ne put toutefois se décider à prononcer ces paroles définitives. Un lien étrange s'était tissé entre elles. Le hold-up était leur œuvre commune. Sans l'intrusion de Sigrid, la fiancée du crapaud serait restée prisonnière du ventre de la bête, mais sans l'aide de la petite fille, Sigrid serait morte rongée par l'estomac du monstre...

Oui. Elles avaient signé le même pacte.

Sigrid haletait, le dos rompu par le poids du coffre au trésor. Autour d'elle la ville fumait et rougeoyait comme un volcan éventré.

— A... attendez-moi, gémit la gamine.

Et sa main froide, inhumaine, saisit la paume gauche de Sigrid.

23

Princesse de la nuit

Un brouillard épais montait des champs en vagues cotonneuses pour se répandre sur la route. Les petites bâtisses du motel disparaissaient derrière cet écran de vapeur fantomatique, et seuls leurs toits gris permettaient encore de les situer dans le paysage.

Sigrid traversa le parking en diagonale. Elle grelottait. La rosée piquetait les carrosseries des véhicules. Elle regarda sa montre dont le cadran marquait *jeudi*. Elle fuyait depuis deux jours.

Elle ouvrit la portière de la voiture, s'assit sur une fesse et alluma la radio. Le présentateur parlait bien sûr de la gargouille qui, s'étant remise de son bref malaise, déambulait à présent vers le sud. Il recommandait à la population de ne faire montre d'aucune agressivité envers l'animal.

— Évacuez les bâtiments, disait-il, mais ne tentez pas de vous opposer à l'avance du monstre. Il réagirait de manière violente comme le prouvent les terribles événements qui ont ensanglanté la capitale...

Sigrid hocha la tête. Personne ne pouvait rien contre le crapaud. On en était réduit à le laisser se promener au hasard, en espérant qu'il ferait le moins de dégât possible.

— Il faut prendre notre mal en patience, continuait le journaliste, les spécialistes pensent que la bête atteindra la mer en moins d'une semaine. Selon eux cet obstacle ne l'arrêtera pas. Il n'y a donc pas à craindre qu'elle fasse demi-tour pour revenir à son point de départ. Au contraire, il existe de fortes probabilités pour qu'elle plonge dans l'océan et se mette à nager vers d'autres côtes...

Sigrid grimaça. Beau cadeau en perspective pour les pays bordant l'océan ! La Terre entière allait se retrouver condamnée à subir la déambulation fantaisiste du monstre comme un fléau périodique. Faute de pouvoir le détruire, on allait cohabiter. On s'enfuirait à son approche, abandonnant les villes en hâte. Les informations télévisées diffuseraient chaque jour un bulletin prévoyant les déplacements du coffre-fort vivant au cours des prochaines vingt-quatre heures. Cela durerait jusqu'à ce que le crapaud ait trouvé une autre cachette, une autre crypte proche d'une source d'alimentation énergétique. Un volcan en activité, peut-être ?

Sigrid coupa la radio. La brume s'estompait. Au bout des champs se dressait la muraille feuillue d'une forêt.

Deux jours de fuite...

Dans une friperie, elle avait acheté des vêtements pour la gamine, ainsi qu'un bonnet pour dissimuler ses incroyables cheveux argentés. Pendant que la petite fille s'habillait, Sigrid fractura la serrure du coffre au trésor et transvasa les diamants dans une sacoche de cuir.

La Fiancée du crapaud

Les pierres précieuses roulèrent entre ses doigts. Il y avait là de quoi acheter la moitié de l'univers connu. C'était trop, beaucoup trop.

Maintenant qu'elle avait mis la main sur les joyaux, il lui fallait retrouver Sara Firman. Elle seule savait comment entrer en contact avec Maître Zark.

Cela impliquait de revenir en ville. Sigrid aurait préféré éviter cette solution, mais personne ne semblait soupçonner l'existence du hold-up. Tout le monde pensait que le KRAPO s'était enfui à la suite d'une explosion accidentelle en emportant, dans son ventre, les trésors dont il avait la garde.

*

Depuis qu'elle était dehors la fillette aux cheveux d'argent ne tenait plus en place. La simple vue d'un magasin de vêtements lui faisait perdre les pédales. Or, il y en avait beaucoup parmi les ruines, et il était facile de s'y faufiler par les vitrines brisées.

— Arrête ça ! s'énervait Sigrid. Les soldats de la Garde Nationale ont pour mission d'empêcher les pillages. Ils pourraient nous tirer dessus.

Mais rien n'y faisait, la fiancée du crapaud ne pouvait s'empêcher d'explorer les boutiques et d'essayer les habits pendus au long des présentoirs. Après avoir vécu nue des années durant, elle semblait bel et bien partie pour devenir une *fashion victim* !

Avec une incroyable frénésie, elle se contorsionnait devant les miroirs fêlés des cabines d'essayage, enfilant les fringues les plus invraisemblables. Sigrid avait toutes les peines du monde à la distraire de cette occupation.

Serge Brussolo

— Il me faut un nom, décida la petite fille alors qu'elles remontaient une avenue encombrée de carcasses de voitures. Que penses-tu de Mélody... ou de Mélanie ?

— Choisis celui qui te fait envie, suggéra Sigrid. De toute manière, rien ne t'interdit d'en changer dans une semaine. Aucune loi ne t'oblige à garder le même nom toute ta vie. D'ailleurs, il existe des peuplades extraterrestres où l'on change de nom tous les dix ans.

— Ah oui ? fit la gamine aux cheveux d'argent. Alors, cette semaine, je m'appellerai Mélanie.

— Entendu, soupira Sigrid qui avait d'autres soucis.

Elle ne tarda pas à s'apercevoir que « Mélanie » s'alimentait d'énergie, comme le crapaud. Dès qu'elle repérait un incendie, la fillette s'y précipitait. Sa peau buvait les flammes, les aspirant comme une éponge s'imprègne d'eau. Elle n'avait qu'à s'attarder trois minutes dans une maison en feu pour circonvenir le sinistre !

— Tu vaux une brigade de sapeurs pompiers à toi toute seule ! souffla Sigrid. Essaye tout de même de ne pas nous faire remarquer.

— J'y peux rien ! grogna la fiancée. J'ai faim. Quand j'étais à l'intérieur du crapaud, il me nourrissait comme une femme enceinte nourrit son bébé ; à présent que je suis dehors, je dois me débrouiller toute seule.

Elle allait, toujours en éveil, abandonnant Sigrid dès qu'elle repérait un câble électrique rompu crachant une gerbe d'étincelles à 100 000 volts, et se jetait dessus comme s'il s'agissait d'une quelconque friandise.

À deux reprises, des pompiers éberlués surprirent son manège, et les deux complices durent prendre la fuite en zigzaguant au milieu des ruines.

La Fiancée du crapaud

Sigrid n'avait pas oublié Gus. Elle était pressée de rejoindre Sara Firman pour lui remettre le trésor exhumé du ventre de la gargouille.

« Ensuite, elle contactera Maître Zark et nous arrangerons l'échange au plus vite, songeait-elle. J'espère seulement qu'elle n'a pas trouvé la mort dans l'enchaînement de catastrophes provoquées par la fuite du monstre. »

Soudain son portable sonna. C'était Zoïd. Le cœur de Sigrid s'emballa tant elle était heureuse d'entendre la voix du jeune Alien.

— Tu es vivante ! s'exclama-t-il. Par tous les dieux de la galaxie, j'essaye de te joindre depuis des jours ! Je te croyais morte !

La jeune fille lui expliqua à mots couverts ce qui s'était passé et lui donna rendez-vous au pied de l'immeuble de Sara Firman.

Avec Zoïd elle se sentirait plus forte.

— Zoïd... marmonna Mélanie, ça me dit quelque chose. Je crois me rappeler que c'était l'un des techniciens préposés à l'élaboration des KRAPO sur le vaisseau alien. Je ne suis pas certaine de bien m'entendre avec lui... Si tu veux qu'on reste copines, tu ferais bien de le rayer de ta liste d'amis.

« Mais nous ne sommes pas copines ! » faillit rétorquer Sigrid. Elle se retint *in extremis* pour ne pas faire de peine à l'étrange créature qui trottinait à ses côtés.

Elles atteignirent enfin l'immeuble de Sara. Le quartier avait beaucoup souffert. Le building où logeait la jeune femme avait été en partie décapité. Zoïd arpentait le parvis, vêtu de guenilles et couvert de poussière de ciment. Cependant, même ainsi, il restait incroyablement mignon et Sigrid se prit à rêver à ce qui pourrait se passer entre eux si, l'espace d'une semaine, elle parvenait à conserver l'apparence d'une fille de 20 ans...

En l'apercevant, le garçon courut vers elle et la saisit dans ses bras. Leurs lèvres s'effleuraient quand la voix de la fiancée du crapaud retentit, pleine de colère.

— Laisse-la tranquille ! siffla-t-elle. Qu'essayes-tu de faire ? De la pétrir comme un morceau de protoplasme ? Tu te crois toujours en train de modeler des monstres ? Bas les pattes !

— Quoi ? bredouilla Zoïd, penaud.

— Je te reconnais, gronda Mélanie. J'ai vu bien souvent ton sale petit museau se pencher au-dessus de la cuve où je somnolais sous la forme d'une boule de pâte vivante. Tu n'es pas mon ami ! Tu n'es qu'un valet de laboratoire ! Un sculpteur à deux sous !

— Assez ! trancha Sigrid. Nous ne sommes pas là pour régler nos comptes. Je dois retrouver Sara Firman. Elle seule sait comment joindre Maître Zark.

Prenant la tête du groupe, elle pénétra dans l'immeuble. C'était facile aujourd'hui car il n'y avait plus ni gardien ni système de sécurité. D'énormes lézardes sillonnaient les murs, et les plafonds étaient crevassés. Les trois jeunes gens furent bousculés par les habitants qui s'enfuyaient, un ballot sur l'épaule. Une radio nasillait quelque part.

« Grâce aux scaphandres de protection urbaine, expliquait un journaliste, on compte beaucoup moins de morts que prévu. C'est une bonne nouvelle. »

Les ascenseurs étant tous en panne, Sigrid et ses amis s'élancèrent à l'assaut de l'escalier. Mélanie fermait la marche, les mâchoires serrées. Elle boudait et jetait à Zoïd des regards assassins.

La Fiancée du crapaud

— Voilà, annonça Sigrid, c'est à cet étage. L'appartement du fond.

Toutes les portes étaient ouvertes. Le plafond offrait un aspect curieusement incurvé. Les locataires avaient fui.

— Sara ? appela Sigrid. Vous êtes là ?

Elle s'avança sur le seuil pour jeter un coup d'œil dans le logement. Tout était sens dessus dessous. Les baies vitrées avaient explosé, tapissant la moquette de milliers d'éclats de verre.

— Il n'y a personne, observa Zoïd en ramassant machinalement l'un des cadres tombés à ses pieds.

— C'est Karen, fit Sigrid après avoir jeté un coup d'œil à la photographie. Sa petite fille. Zark l'a enlevée en même temps que Gus.

Mélanie s'avança pour contempler le cliché et laissa échapper un ricanement étouffé.

« Serait-elle méchante ? » songea Sigrid.

Une inspection rapide de l'appartement révéla qu'il était vide. Sara avait pris la fuite lors de la catastrophe. En ce moment même elle gisait peut-être quelque part, blessée... ou morte.

— Vous avez beau être vivants, vous n'en êtes pas moins incroyablement stupides, ricana soudain Mélanie. Vous ne comprenez donc pas que cette... *Sara* vous a manipulés.

— Comment ? balbutia Sigrid. Que veux-tu dire ?

La fiancée du crapaud brandit la photographie de Karen dans son cadre argenté.

— Je suis prête à parier que c'est un cliché découpé dans un magazine ! lança-t-elle. À mon avis, Sara Firman n'a jamais eu d'enfant. Elle a inventé cette histoire pour attendrir Sigrid. C'est facile à vérifier, allumez cet ordina-

Serge Brussolo

teur et connectez-vous à la banque de données de son employeur, vous obtiendrez sa fiche d'identité.

Zoïd s'approcha de Sigrid et lui murmura à l'oreille :

— Ne l'écoute pas, les créatures de synthèse préposées à la garde des trésors sont toujours paranoïaques. On les construit ainsi, pour les rendre méfiantes. Elles ont tendance à soupçonner tout le monde, par déformation professionnelle.

— Je ne suis pas paranoïaque ! vociféra Mélanie. J'ai raison. Allumez l'ordinateur, vous verrez bien.

Sigrid se tourna vers le jeune Alien.

— Vas-y, dit-elle, fais-le. S'il y a un mot de passe tu le contourneras sans problème, tu es assez fort pour ça.

Le garçon obéit en grognant. Il ne lui fallut qu'une minute pour vaincre les défenses du système. Très vite, il pénétra dans les archives de la compagnie d'assurances employant Sara Firman.

— Bon sang ! haleta-t-il, ce morceau de guimauve mal embouché avait raison : *Sara est célibataire sans enfant.* Elle t'a menti, depuis le début.

Sigrid n'écoutait déjà plus. Tremblante de colère, elle avait entrepris de fouiller les placards, renversant le contenu des étagères à la volée. Elle finit par découvrir ce qu'elle cherchait. Au fond d'un cagibi, un panneau secret donnait accès à une cachette renfermant un curieux déguisement : une cape de cuir à capuchon, un masque et de fausses mains griffues en caoutchouc, ainsi qu'une pastille électronique permettant de déformer la voix à volonté.

— Regarde ! souffla-t-elle. Les vêtements de Maître Zark.

— Oh ! hoqueta Zoïd. Tu veux dire que...

— *Maître Zark, c'était Sara Firman.* Elle se déguisait

244

La Fiancée du crapaud

pour me suivre et me rencontrer. Elle a monté cette combine toute seule. C'est elle qui a enlevé Gus. Par contre je ne sais pas comment elle a fait pour le soustraire aux recherches des scanners.

— Quels scanners ? interrogea Zoïd.

— Tous les soldats ont une puce électronique implantée sous la peau, expliqua rapidement Sigrid. Cela permet de les retrouver quand ils sont isolés en territoire ennemi, ou blessés. Le satellite de communication balaye la zone et les repère sans mal. Mais, quand j'ai lancé cette procédure pour localiser Gus, je n'ai rien obtenu. À croire qu'il avait disparu de la surface de la terre.

— Elle l'a peut-être caché au fond d'un souterrain ? hasarda Zoïd.

— Non, répondit la jeune fille. Le satellite pourrait repérer les signaux de la balise de détresse à un kilomètre de profondeur.

— Vous êtes vraiment bêtes, ricana encore une fois Mélanie derrière eux. Ce n'est pourtant pas difficile à comprendre. Si Gus n'est plus sur la Terre il ne peut se trouver qu'en un seul endroit. Un endroit que les scanners ne peuvent explorer parce qu'il est protégé contre ces sortes d'intrusions.

Zoïd écarquilla les yeux, comme s'il venait d'avoir une illumination.

— Mais oui ! haleta-t-il. C'est vrai... Elle a raison ! Il existe effectivement un lieu que les ondes des scanners ne peuvent pas explorer : *le vaisseau alien qui flotte au-dessus de la ville !*

— Et pourquoi ? s'enquit Sigrid.

— Parce qu'il est équipé d'un revêtement antiradar défensif le rendant imperméable à ce type de mesures élec-

troniques, souffla le garçon. Si Gus est retenu prisonnier là-
haut, pas étonnant que tu n'aies pas réussi à le repérer.

Sigrid hocha la tête.

— Mais comment Sara aurait-elle pu l'emmener dans
l'épave ? demanda-t-elle. Il aurait fallu qu'elle dispose d'un
engin volant personnel...

— Ce n'est pas difficile, expliqua Zoïd. Quand les
KRAPO ont abandonné le vaisseau pour descendre sur la
Terre, ils ont utilisé des dizaines de navettes. Ces navettes
sont toujours disséminées à travers la campagne, cachées
sous des branchages, des toiles de camouflage. Si Sara Firman a trouvé l'une d'entre elles, elle n'a eu aucun mal à
l'utiliser. Ces petits engins sont faciles à piloter.

— Tu pourrais nous en procurer un ? lança Sigrid.

— Oui, bien sûr. Je sais où se trouve celui que j'ai
emprunté pour venir. Je vais, de temps en temps, vérifier
qu'il est en bon état, au cas où je devrais prendre la fuite.

Sigrid réfléchissait intensément. À la lumière de ce que
venait de lui apprendre Zoïd, elle avait la quasi-certitude
que Gus était retenu prisonnier dans l'épave du vaisseau
alien.

— Nous allons grimper là-haut, décida-t-elle, pour libérer Gus. De cette façon, je n'aurai pas besoin de remettre
le trésor à Sara.

Zoïd grimaça.

— Ce ne sera peut-être pas facile, murmura-t-il. Personne n'a exploré l'épave depuis longtemps. Il n'est pas
impossible que nous allions au-devant d'une mauvaise surprise.

— Que veux-tu dire ?

Le garçon haussa les épaules.

— C'était un vaisseau « intelligent », lâcha-t-il. Conçu

246

La Fiancée du crapaud

pour s'autoréparer... ou du moins pour s'adapter aux situations de crise. Quand nous l'avons abandonné, les KRAPO et moi, nous avons laissé derrière nous des dizaines de robots en parfait état de marche...

— Où veux-tu en venir ? s'impatienta Sigrid.

— Il essaye de te dire qu'il ne sait pas ce que les robots ont pu fabriquer en l'absence de créatures vivantes, compléta Mélanie d'un ton ironique. Il faut s'attendre à tout. Les robots ne sont pas des machines très intelligentes. Elles analysent mal les situations. Elles se trompent souvent sur la signification réelle des choses. Elles réagissent à côté de la plaque.

— C'est exact, bredouilla Zoïd. Il est possible que les droïdes voient en nous des envahisseurs et nous accueillent les armes à la main. Il y a si longtemps qu'ils vivent sans côtoyer d'êtres vivants.

— Raison de plus pour se dépêcher d'y aller ! tempêta Sigrid. Si Gus est tout seul là-haut, il est peut-être persécuté par les robots qui le traquent comme un nuisible.

— Je vais avec toi, annonça Mélanie. Tu m'as aidée à sortir du KRAPO, je te dois un service.

— Merci, murmura Sigrid.

— Et puis tu es mon amie... ajouta la fillette d'un ton hésitant. Je ne peux tout de même pas détester tout le monde. La haine, à la longue, c'est un métier fatigant.

*

Alors qu'ils sortaient de l'immeuble, Sigrid tressaillit. Un groupe de KRAPO les attendait sur le parvis. À leur tête, se tenait Oumk, l'étrange créature qui avait essayé de la tuer en lui faisant avaler une pilule de *Phobos*, la drogue de la peur.

Le chef des monstres rebelles s'avança vers Mélanie en se dandinant sur ses jambes torses. Une seconde, Sigrid crut qu'il s'apprêtait à attaquer la petite fille et ébaucha un geste protecteur, puis elle réalisa que l'attitude d'Oumk était pleine de respect.

Arrivé devant la fiancée du crapaud, il mit un genou en terre comme un chevalier s'inclinant devant son seigneur.

— Maîtresse, dit-il de sa curieuse voix de batracien humanisé, nous savons que tu es sortie des entrailles de la Bête. La course de la gargouille nous a vengés de la méchanceté des humains. Elle a semé chaos et douleur chez ceux qui nous traitaient comme des esclaves. Nous n'avons plus rien à faire ici, sur cette Terre qui n'est pas la nôtre et où personne ne nous aime. Il nous faut partir. Tu nous guideras car tu es celle par qui la foudre est tombée sur la cité des hommes. Emmène-nous loin d'ici, princesse à la chevelure de métal. Conduis-nous en un autre royaume, là où personne ne se moquera de nos corps difformes. Si nous restions ici plus longtemps, les Terriens réussiraient à nous rendre méchants.

Mélanie s'avança. Le vent qui soufflait sur les ruines agitait ses cheveux d'argent. En cet instant, son visage resplendissait d'une inquiétante beauté.

Elle posa la main sur l'épaule d'Oumk.

— Relève-toi, dit-elle simplement. Je vous guiderai. Je sais où nous devons aller.

— Où, Majesté ? s'enquit le monstre.

Alors, Mélanie leva la main en direction de l'épave du vaisseau flottant au-dessus des toits de la cité détruite.

— Là-haut, dit-elle. Là où nous sommes nés. Chez nous.

24

L'armée des maudits

Alors, dans la nuit qui tombait doucement sur la ville fracassée, on vit les monstres sortir des décombres. Un à un, couverts de poussière et d'estafilades, le dos criblé de tronçons de métal et de débris de verre, ils marchaient pesamment, indifférents à leurs blessures, et s'en allaient rejoindre la colonne formée par leurs congénères.

Oumk avait hissé Mélanie sur un pachyderme verdâtre aux allures de rhinocéros. Juchée sur cette monture pour le moins insolite, la fiancée du crapaud avait plus que jamais l'air d'une infante chevauchant à la tête d'une armée bancale de créatures déjetées, laides à faire peur, mais qui clopinaient avec la même détermination.

Sigrid sentit un frisson la parcourir. Quelque chose était en train de se passer, un bouleversement historique dont personne ne semblait avoir conscience. Déçus, les KRAPO abandonnaient la Terre. Ils avaient espéré nouer des liens fraternels avec les humains, mais on avait vu en eux des objets d'horreur... pire encore : des bouffons que les enfants lapidaient à coups de tomates pourries. Alors ils rentraient chez eux... C'est-à-dire nulle part, dans ce vaisseau-laboratoire où on les avait fabriqués, tels des pantins, où ils avaient interminablement mitonné au fond d'une marmite, d'une cuve, attendant le bon vouloir de leurs maîtres, de leurs créateurs.

La ville se vidait de ses travailleurs, ces ouvriers à trois yeux, six mains, quatre jambes, qu'on avait exploités sans vergogne, sous le simple prétexte qu'ils ne se plaignaient jamais.

Dans la nuit, la cohorte effrayante déambulait entre les ruines, faisant reculer pompiers et soldats. Bientôt, cinq mille pieds griffus frappèrent le sol en cadence, et les dernières vitres encore en place tremblèrent dans leurs cadres.

Sigrid et Zoïd avançaient au coude à coude avec les gargouilles, prenant garde à ne pas se faire écraser par leurs gigantesques compagnons de marche.

— C'est dingue, chuchota le garçon à l'oreille de sa camarade, les voilà qui s'en vont tous rejoindre les navettes grâce auxquelles ils sont arrivés sur Terre. Je ne sais pas du tout comment ils seront accueillis là-haut.

— Je croyais que le vaisseau n'était plus qu'une épave... objecta Sigrid.

— Oui, admit Zoïd. C'est ce qu'on a répété aux Terriens pour avoir la paix, mais en réalité c'est plus compliqué. Les fusées des Aliens sont terriblement évoluées. Elles continuent à « vivre » même si tous leurs occupants sont morts. Les ordinateurs, les robots sont là pour entretenir la carcasse. Et parfois, quand il n'y a plus d'ingénieur pour leur donner des ordres, ils se mettent à faire n'importe quoi. C'est en partie pour ça que j'ai pris la fuite. J'avais peur de ce qu'ils traficotaient dans les coins sombres.

Sigrid hocha la tête. Elle lisait sans peine l'angoisse sur le visage de son ami. Il était terrifié à la seule idée de remonter là-haut.

La Fiancée du crapaud

L'armée des maudits marcha deux heures. Elle aurait pu cheminer toute la nuit sans éprouver la moindre fatigue, mais Mélanie, par égard envers Sigrid, donna l'ordre de faire halte.

Aussitôt, les KRAPO se rassemblèrent en cercles autour de feux de camp improvisés. Quelques-uns parlaient d'une voix sourde, les autres écoutaient en hochant leur tête bosselée, cornue ou couronnée d'une crête osseuse. Des pilules commencèrent à circuler de main en main.

— Le *Phobos*, souffla Sigrid. Ils continuent à en prendre pour éprouver des sentiments. S'ils cessaient, ils redeviendraient des légumes.

Zoïd ne se sentait pas en sécurité. Il regardait fréquemment par-dessus son épaule, comme s'il cherchait à s'assurer qu'un monstre ne s'approchait pas de lui en *catimini* pour lui arracher la tête.

Il se décida enfin à saisir la main droite de Sigrid et à la serrer très fort.

« Il pourrait tout de même m'embrasser ! songea la jeune fille. Ce soir j'ai presque l'air d'avoir 15 ans ! »

Hélas, le jeune Alien était de toute évidence préoccupé par autre chose.

— Une fois là-haut, chuchota-t-il, ne t'éloigne pas de moi. Je connais la topographie du vaisseau, cela pourrait bien nous sauver la vie.

— Que crains-tu ? interrogea Sigrid.

— Je ne sais pas, avoua le garçon. J'ai un mauvais pressentiment, c'est tout. Je crois que beaucoup d'entre nous vont mourir. Les robots ne nous laisseront pas envahir le vaisseau sans réagir. Ils ne nous connaissent plus, nous sommes partis depuis trop longtemps. Ce sera une bataille sans merci. Il faudra profiter de la confusion pour retrouver Gus et battre en retraite.

— Nous verrons, soupira la jeune fille. Difficile de se préparer à un danger dont on ignore tout, tu ne trouves pas ? Nous ferions mieux de dormir. Les KRAPO sont infatigables mais pas moi.

Elle se blottit contre Zoïd dans l'herbe du talus, et ferma les yeux. Elle sourit en sentant les bras du jeune Alien se refermer sur elle. Paupières closes, elle parvenait presque à oublier le paysage de ruines qui les entourait. Elle aurait voulu savourer ce moment pendant des heures, mais la fatigue fut plus forte, et elle s'endormit sans même s'en rendre compte, bercée par les voix sourdes des monstres occupés à se raconter leurs exploits.

25

À l'abordage !

À l'aube, les monstres reprirent la route. On était maintenant dans la campagne. Sigrid, stupéfaite, découvrait que les navettes étaient là, partout autour d'elle. Tantôt déguisées en collines, tantôt cernées par une forêt de ronces impénétrables. Quand les KRAPO arrachaient la végétation ou creusaient la terre de leurs mains griffues, elles apparaissaient, scintillant dans la lumière du matin, tel un casque de chevalier astiqué par un écuyer consciencieux. Elles avaient toutes le même aspect : rond, avec un hublot unique à la hauteur du poste de pilotage et un triple aileron planté au-dessus des tuyères.

— Elles sont faciles à manier, expliqua Zoïd. Même un humain pourrait s'en servir.

— C'est ce qu'a fait Sara Firman, grogna Sigrid. Je n'en reviens pas de m'être ainsi laissé posséder. Quand je repense à toutes ses pleurnicheries à propos de sa pauvre petite fille menacée de se transformer en tarentule géante... *Quelle garce !*

Les monstres commençaient à embarquer. Juchée sur

253

Serge Brussolo

son rhinocéros, Mélanie surveillait la manœuvre. En dépit de son apparente jeunesse et de sa frêle constitution, elle avait l'air d'une reine. Les créatures les plus effrayantes passaient devant elle en courbant la tête.

— Pourquoi l'ont-ils choisie pour souveraine ? demanda Sigrid.

Zoïd haussa les épaules.

— Parce qu'elle commandait la gargouille, je suppose, lâcha-t-il. Aucune des créatures ici présentes ne peut prétendre rivaliser avec le crapaud qui vivait dans la cave de la B.D.S. Moi, elle me fait peur. En plus, elle ne m'aime pas beaucoup.

— Est-ce vrai que tu l'as créée ?

— Je ne sais pas. Je n'étais qu'un assistant de laboratoire. Je modelais des créatures de synthèse à longueur de journée. Ne va surtout pas t'imaginer que j'étais une sorte de docteur Frankenstein !

Sigrid lui saisit la main.

— Viens, dit-elle. Mélanie nous fait signe d'embarquer.

Le cœur serré, les deux jeunes gens se dirigèrent vers la navette que les monstres venaient de dégager d'une forêt de ronces aux épines plus dures que l'acier. Le module de transport avait la taille d'une maison de six étages. L'intérieur ressemblait à la soute d'un avion-cargo. Des sangles, accrochées aux parois métalliques, permettaient de résister à la formidable accélération du décollage. Les KRAPO s'entassèrent comme ils purent. Coincée entre le rhinocéros de Mélanie et une sorte de cyclope écailleux, Sigrid tremblait d'être écrasée à la première secousse.

— Nous partons en guerre, déclara la fiancée du crapaud d'une voix tranchante. Nous partons à la reconquête

254

La Fiancée du crapaud

de notre terre natale. Nous savons tous, qu'en notre absence, bien des choses ont changé, là-haut, et qu'on ne nous accueillera pas à bras ouverts. Mais nous ne nous laisserons pas repousser. Nous nous emparerons du vaisseau, nous le remettrons en état, et nous partirons à la recherche d'une autre planète... une planète où nous pourrons enfin vivre à notre guise, sans devenir aussitôt les esclaves de quelqu'un. Jusqu'à présent, on a toujours profité de nous... Nous étions faits pour cela. Cette époque est révolue. Nous ne voulons plus être utilisés, nous voulons découvrir qui nous sommes réellement... et apprendre à ressentir... et apprendre à aimer. Devenir enfin autre chose que des pantins de gelée vivante qui essayent de rester conscients en se gavant de *Phobos* !

— Oui ! Oui ! Elle a raison ! hurlèrent les monstres en frappant le sol de leurs gros pieds griffus. La peine, la joie... Nous voulons tout cela !

— Les larmes, les rires ! Oui ! Oui ! scandèrent une dizaine de créatures au front cornu. Les larmes ! Les rires ! Et la fatigue, et la maladie... et la mort ! Ces trésors ne doivent pas rester le privilège des seuls humains. Nous en voulons, nous aussi !

— Oui ! Oui ! Nous en voulons !

Enfin, la navette décolla dans un frisson de tôles. La technologie extraterrestre étant plus performante que celle des Terriens, Sigrid eut du mal à se persuader qu'elle volait à grande vitesse. De tous les coins de la campagne, les modules de transports s'étaient arrachés du sol pour former une escadrille qui convergeait vers l'épave du vaisseau immobile.

Au fur et à mesure que le spationef rouillé grossissait à

travers le hublot, Zoïd avait de plus en plus de mal à cacher sa nervosité. Sigrid se haussa sur la pointe des pieds pour essayer de mieux distinguer la carcasse gigantesque vers laquelle ils se dirigeaient.

Si du sol elle paraissait déjà énorme, une fois qu'on s'en approchait elle prenait l'apparence d'une véritable petite planète constituée de tôles oxydées. Une ville aurait pu tenir à l'aise sur chacune de ses ailes. C'était un monde de ferraille rougie, troué de crevasses et de cratères là où l'explosion avait crevé ses flancs.

— Regarde ! souffla la jeune fille. Il y a des hélicoptères terriens posés sur les ailes...

— Des pillards, chuchota le garçon. Ils ont essayé de s'introduire dans l'épave pour en voler les merveilles, mais cela ne leur a pas réussi.

Plissant les yeux, Sigrid distingua plusieurs cadavres en combinaison de vol étendus sur l'aile tribord du vaisseau. De toute évidence, les pirates avaient été fusillés dès qu'ils avaient mis le pied hors des hélicoptères. Leurs scaphandres habillaient désormais des squelettes desséchés. Les appareils étaient criblés d'impacts de balles. Les pales des rotors présentaient un aspect tirebouchonné tout à fait impropre au décollage.

— C'est ce qui nous attend ? s'enquit-elle en serrant la main de Zoïd.

— Peut-être, fit ce dernier. Toutefois, une chose est sûre : le vaisseau n'ouvrira pas le feu sur les navettes parce qu'elles font partie de lui. Il va les identifier comme ses « enfants ». Cela nous permettra de nous poser sur le quai d'accostage. Le danger viendra après, quand les détecteurs nous passeront au scanner pour savoir qui nous sommes...

La Fiancée du crapaud

— Si on nous classe dans la catégorie « pillards » nous serons exécutés ?

— Probablement. Ces fichus robots seront tout à fait incapables de comprendre que les monstres sont nés ici et qu'ils rentrent chez eux. Pour eux, il n'existe qu'un seul maître : les Aliens qui pilotaient le vaisseau. Tous les autres sont des intrus.

— Mais tu es un Alien...

— Exact. Si ma fiche d'identité n'a pas été effacée de la mémoire des ordinateurs, on ne me fera pas de mal ; on m'accueillera même avec les honneurs dus à mon rang... mais si la banque de données qui recensait les membres de l'équipage a été détruite par l'incendie, les robots verront en moi un étranger. Comprends-tu pourquoi je suis nerveux ?

Sigrid hocha la tête, elle avait, elle-même, la gorge serrée.

Pendant que la navette survolait l'aile tribord, la jeune fille scruta les cadavres effondrés sur la plaine de tôle rouillée.

« Des squelettes... songea-t-elle. Étrange. Ces morts ne sont pas si anciens, après tout ! Les hélicoptères ont l'air flambant neufs. »

Les navettes se mirent en file indienne pour s'amarrer au ponton d'accostage ; une sorte de quai auquel on accédait grâce à une large ouverture dans la coque.

Il faisait sombre dans le ventre de l'épave. Des fils électriques, des canalisations rompues pendaient de la voûte métallique, formant une jungle aux lianes artificielles.

« On dirait une caverne... se dit Sigrid, pas un vaisseau interstellaire. »

Quels ogres habitaient donc là ? Quels démons ? Elle avait peur de le découvrir.

Les modules de transports se posèrent sur le quai sans

Serge Brussolo

problème. Enfin, les portes s'ouvrirent, et les voyageurs recouvrirent la liberté. Mélanie, sur son rhinocéros, prit la tête de la cohorte.

« Où est Gus ? » se demandait Sigrid. Devait-elle crier son nom ? Sans doute pas si elle voulait éviter d'éveiller l'attention des robots gardiens.

— Reste près de moi, souffla Zoïd. Je connais bien les lieux. J'ai passé cinq ans à l'intérieur de cette ferraille.

Le piétinement des monstres en marche provoquait un horrible vacarme dans la caverne métallique. Sigrid les aurait aimés plus silencieux, mais ce n'était guère envisageable.

Soudain, la colonne se figea. De nouveaux cadavres lui barraient la route.

Sigrid s'avança. Encore une fois il s'agissait de pillards ayant réussi à s'infiltrer dans le vaisseau. La jeune fille se pencha au-dessus des dépouilles.

« Des squelettes... constata-t-elle. De l'os bien nettoyé, sans une parcelle de chair. On dirait qu'ils sont là depuis trois mille ans, *et pourtant leurs combinaisons de vol sont neuves.* Elles n'ont même pas été trouées par un quelconque projectile. »

Glissant la main dans les poches des morts, elle essaya de rassembler des indices susceptibles de l'éclairer sur cet étrange phénomène.

Elle finit par ramener un ticket de parking... *daté d'une semaine !*

— C'est trop bizarre, murmura-t-elle. Ils sont morts depuis six jours et les voilà déjà plus desséchés que des momies égyptiennes. On ne se transforme pas en squelette en si peu de temps ! Il y a quelque chose qui cloche.

Mais les monstres ne l'écoutaient pas. Ils avaient beau

La Fiancée du crapaud

prendre du *Phobos,* ils ne parvenaient pas à s'effrayer pour si peu, ni même à concevoir l'idée qu'il aurait mieux valu se montrer prudent. Le rhinocéros enjamba les squelettes et la troupe se remit en marche. Sigrid et Zoïd demeurèrent en arrière.

— Tu as une idée de ce que ça peut être ? s'enquit la jeune fille.

— Non, avoua le garçon. Ça ne ressemble pas aux moyens de défense classiques du vaisseau. Les robots les auraient fusillés... pas écorchés vifs.

— C'est bien ça qui m'embête, grogna Sigrid. Ouvrons l'œil. Mélanie et ses copains n'ont pas l'air de se rendre compte du danger.

— C'est normal. On les a bricolés pour qu'ils n'aient pas peur de prendre des risques.

— J'espère qu'ils n'auront pas à le regretter, soupira la jeune fille.

Elle essayait de dissimuler son angoisse sous sa mauvaise humeur. En effet, elle avait de plus en plus de mal à imaginer comment Gus avait pu survivre dans un tel environnement.

Les mâchoires serrées, elle observa l'armée des KRAPO s'enfonçant en ordre de bataille dans les entrailles du vaisseau. Que de tintamarre, alors qu'il aurait fallu au contraire progresser en finesse, à la façon des ninjas !

« Inutile d'essayer de le faire comprendre à Mélanie, se dit Sigrid. À présent qu'elle a été sacrée reine, elle n'écoutera personne. »

Comme Zoïd s'apprêtait à emboîter le pas aux monstres, elle le retint.

— Laisse, souffla-t-elle. Cette guerre n'est pas la nôtre. Nous sommes ici pour retrouver Gus. Une fois que nous l'aurons délivré, nous verrons ce que nous serons en mesure de faire pour Mélanie et ses sujets.

— D'accord, fit le garçon. Je vais ouvrir la route. Je connais cette partie du vaisseau.

Les deux jeunes gens s'engouffrèrent dans une autre galerie, tout aussi délabrée que celle empruntée par la bruyante armée des monstres.

On n'y voyait pas grand-chose ; de temps à autre, des bruits bizarres faisaient sursauter Sigrid.

— C'est le métal qui travaille, chuchota Zoïd. Certaines parties de la nef sont assez abîmées et les poutrelles de la coque commencent à fatiguer.

Pendant une heure, ils avancèrent au milieu d'un paysage dévasté. Les explosions et les incendies avaient fait fondre une bonne partie des cloisons. Sigrid sortit de sa ceinture de survie le détecteur de balise permettant aux soldats de se repérer entre eux lorsqu'ils évoluaient dans une « zone de non-visibilité ».

« Je ne pouvais pas localiser Gus depuis le sol, songea-t-elle, mais il en ira peut-être différemment ici puisque j'évolue *à l'intérieur* du bouclier protecteur enveloppant le vaisseau. »

Elle alluma l'appareil en tremblant. Si le clignotant restait noir, cela signifierait que Gus était mort, car les puces implantées sous la peau des militaires cessaient d'émettre dès que le cœur du sujet s'arrêtait.

Elle retint son souffle. Durant trois secondes le détecteur resta inerte, puis le clignotant rouge commença à pulser sur un rythme hésitant.

— Il est vivant... haleta Sigrid. Quand je dirige l'appareil

La Fiancée du crapaud

dans cette direction la réception est meilleure, le rythme s'accélère.

— Je vois, fit Zoïd. Sara a été assez futée pour le déposer dans une zone très délabrée du vaisseau, là où les robots se hasardent rarement. C'est pour ça qu'il n'est pas encore tombé entre leurs pinces. Comme il est immobile, les détecteurs ne repèrent pas ses allées et venues. Les droïdes ne s'intéresseraient à lui que s'il se mettait à bouger. Il est ici depuis combien de temps ?

— Une dizaine de jours. Probablement prisonnier d'une sorte de sarcophage qui le nourrit et l'hydrate par perfusions. Des drogues le maintiennent endormi ; de cette manière il ne cherche pas à s'échapper.

Sigrid posa sur le sol les sacoches contenant les pierres précieuses volées dans l'estomac de la gargouille.

— C'est trop lourd, dit-elle, ça me ralentit. Je vais les cacher ici.

Elle fit glisser les sacs de cuir derrière le tableau de bord d'une console carbonisée et photographia mentalement l'endroit pour être en mesure de le retrouver.

— OK, souffla-t-elle, à présent allons-y.

Ils reprirent leur exploration hésitante, appréhendant de se trouver nez à nez avec un robot.

— Si un droïde montre son nez, murmura le garçon, colle-toi contre mon dos, le plus étroitement possible, comme si nous ne faisions plus qu'un. De cette manière on a une chance qu'il ne repère pas ta présence. Si ma fiche d'identité est toujours dans la banque de données de l'ordinateur central, le robot nous laissera passer, sinon...

Très tendus, les deux jeunes gens avançaient côte à côte dans la pénombre des corridors de fer. Ce qu'ils redoutaient finit par se produire : un robot apparut soudain au bout de la coursive. Quoiqu'il fût couvert de rouille, le canon laser fixé au sommet de sa tête n'en semblait pas moins en parfait état de marche.

Zoïd se jeta sur Sigrid, l'enveloppa dans ses bras et la plaqua contre la cloison. La jeune fille avait beau être très inquiète, elle ne put s'empêcher de trouver le subterfuge plutôt plaisant, d'autant plus que Zoïd, pour brouiller davantage la procédure d'identification, s'appliqua à l'embrasser avec une ardeur digne d'éloge. Le robot s'arrêta à leur hauteur, en cliquetant d'hésitation. Un rayon laser jaillit de ses yeux pour balayer la nuque de Zoïd, cherchant à lire le marquage invisible à l'œil nu tatoué sur la peau du jeune homme.

« Pourvu que la banque de données n'ait pas été effacée... » songea Sigrid. Les lèvres du garçon pesaient sur les siennes, brûlantes. Au moins, si elle mourait, ses dernières minutes d'existence auraient été fort agréables !

Le corps du jeune homme la recouvrait presque tout entière, la dissimulant aux investigations du droïde. La tête lui tournait...

Le robot se décida enfin à s'éloigner. Quand il eut disparu à l'angle de la coursive, Zoïd s'éloigna.

— Excuse-moi, souffla-t-il en rougissant. Le baiser, c'était pour te protéger...

— Bien sûr, haleta Sigrid. Je comprends. On ne pouvait pas faire autrement, n'est-ce pas ?

— Je ne crois pas, toussota Zoïd gêné. En tout cas on sait maintenant que je figure toujours sur la liste de l'équipage.

— Et on connaît la manière de berner les robots... conclut la jeune fille en bénissant l'obscurité qui dissimulait ses joues écarlates.

La Fiancée du crapaud

*

Ils atteignaient une sorte de rotonde encombrée de machines cassées quand un grand tumulte se produisit. On eût dit qu'une bataille se déroulait quelque part à l'intérieur du vaisseau. Aux meuglements qui faisaient vibrer les parois, Sigrid comprit que l'armée des monstres avait rencontré l'ennemi. Une bataille se déroulait en ce moment même, opposant les KRAPO aux défenseurs de l'épave.

— Il faut aller voir ce qui se passe ! décida-t-elle. Conduis-moi là-bas.

— Ça se tient dans l'aile ouest, observa Zoïd. Viens, c'est par ici.

*

Le champ de bataille qui s'offrait aux yeux de Sigrid était proprement insoutenable. Le tiers de l'armée de Mélanie avait péri dans l'affrontement. Au milieu des machines fracassées, des fils électriques épars, gisaient les squelettes parfaitement nettoyés d'une bonne centaine de KRAPO. Les crânes difformes, les ossements surdimensionnés formaient un amas des plus macabres. La jeune fille s'avança pour constater l'ampleur de la catastrophe. S'agenouillant, elle effleura un tibia géant. Il était sec. Comme les squelettes des pillards. Le massacre venait d'avoir lieu, et pourtant on aurait vainement cherché la trace d'une goutte de sang sur le sol.

Sigrid se redressa. Mélanie et ses créatures s'étaient retranchées derrière un fouillis de poutrelles. Les monstres ne paraissaient nullement inquiets.

Serge Brussolo

— Que s'est-il passé ? demanda la jeune fille en s'approchant du rhinocéros.

— Nous avons rencontré les robots... et la bataille a eu lieu, expliqua paisiblement la fiancée du crapaud. C'est tout.

— Et vous avez été vaincus, compléta Sigrid. Donne-moi davantage de détails. Pourquoi ces ossements ?

— Oh, ça ? fit la gamine sans s'émouvoir. C'est à cause d'une arme utilisée par les robots. Elle aspire la chair et les organes. Hop ! d'un coup... elle ne laisse que les os. C'est très propre, comme tu peux t'en rendre compte.

— Elle a raison, renchérit Oumk. Une sorte d'aspirateur géant, oui, on pourrait dire ça comme ça.

Il n'avait pas l'air, lui non plus, de regretter ce qui venait d'arriver, ni de pleurer ses compagnons.

— Tu ne trouves pas qu'ils sont bizarres ? chuchota Sigrid à l'adresse de Zoïd.

— Non, observa le jeune homme, c'est normal. Dès qu'ils ne sont plus sous l'influence du *Phobos* ils n'éprouvent plus rien : ni joie ni peine.

Sigrid essayait désespérément de comprendre la technique de combat des robots.

— La chair de tes camarades a été désintégrée ? demanda-t-elle à Oumk.

— Non, fit celui-ci d'une voix indifférente. Les droïdes l'ont stockée dans des réservoirs et l'ont emportée. Je ne sais pas pourquoi. Les robots ne mangent pas.

— Que comptes-tu faire ? lança-t-elle à Mélanie. J'espère que tu as compris qu'il faudra désormais éviter toute attaque frontale.

— Pourquoi ? s'étonna la fillette.

— Parce que ce serait plus prudent.

— Pourquoi faudrait-il se montrer prudents ?

La Fiancée du crapaud

— Parce que sinon vous allez tous être tués ! Voilà !
— Ah bon.

La fiancée du crapaud avait lâché ces derniers mots sans émotion apparente.

Zoïd tira Sigrid à l'écart.

— C'est inutile, murmura-t-il. Ils ne comprennent pas ce que tu leur dis. Ils n'ont peur de rien, ils se moquent de mourir, et tu leur demandes d'être prudents. *Ça n'a aucun sens pour eux.*

— Je sais bien ! s'impatienta Sigrid, mais ça me rend folle de les voir comme ça. Ils ont l'air de se ficher de tout. Si les robots reviennent dans une heure, ils se feront tous massacrer. Je suis certaine qu'ils n'ont aucune stratégie de combat. Ils se contenteront d'avancer à découvert... et paf !

— Encore une fois c'est normal. Pour faire attention il faut avoir conscience qu'on est vulnérable, mortel. Si l'on n'a pas le sentiment d'être vivant on ne pense même pas à se protéger.

Sigrid se tourna vers Mélanie.

— Il faut que vous preniez du *Phobos*, lui lança-t-elle. Toi, Oumk, tout le monde. Vous avez surestimé votre capacité à éprouver des sentiments. En fait, vous êtes encore très en dessous du seuil de survie pratiqué par les humains. Si vous continuez comme ça, vous accumulerez les défaites et les robots n'auront aucun mal à vous anéantir. Vous devez vous protéger, prendre des précautions, ruser... Tu comprends ce que je dis ?

Assise au sommet du rhinocéros comme une reine sur un trône barbare, la fillette fronça les sourcils.

— Je ne sais pas, avoua-t-elle. Quand j'étais prisonnière du crapaud j'étais tout le temps en colère, et ça me rendait humaine. Depuis que je suis sortie de son estomac, ma

Serge Brussolo

colère a disparu et... *et je m'engourdis.* J'ai essayé de t'imiter, de reproduire tes expressions, mais ce n'étaient que des grimaces, il n'y avait rien en dessous. J'étais vide. La liberté m'a transformée en légume.

— Pareil pour moi, grogna Oumk. Quand je ne suis plus sous l'influence du *Phobos*, je redeviens calme... calme comme une pierre, un arbre. Je n'ai pas d'angoisse ni de désir. Rien.

— C'est cela le piège ! tempêta Sigrid. Vous avez été conçus pour ignorer la peur, pour vous moquer de ce qui peut vous arriver. Vous êtes incapables d'affronter un adversaire plus rusé. Vous ne savez ni mentir ni feindre.

— C'est vrai, fit distraitement Oumk. Il n'y a que le *Phobos* qui me réveille. Alors, seulement, je commence à penser des choses... à élaborer des conduites.

— Avez-vous emporté des réserves de pilules ? s'inquiéta Sigrid.

— Oui, répondit le monstre, mais elle sera épuisée d'ici trois ou quatre jours, à moins que nous trouvions ici les ingrédients nécessaires à la fabrication du *Phobos*.

— Il y a un grand laboratoire dans la zone alpha, confirma Zoïd, mais il est probablement aux mains des robots.

« Bon sang ! songeait Sigrid en crispant les poings, tu parles d'une armée ! Ils ne pensent même pas à se mettre à couvert quand on leur tire dessus. Seule une cure de drogue horrifiante leur permettra de rester en vie... mais qu'arrivera-t-il quand la dernière pilule de peur aura été avalée ? Ils redeviendront tous complètement inconscients. »

Pendant l'heure qui suivit, elle rencontra les plus grandes difficultés pour persuader Mélanie de camper sur place le temps d'élaborer une stratégie. Ni la fiancée du crapaud

La Fiancée du crapaud

ni son lieutenant Oumk ne comprenaient la nécessité de concevoir un plan d'action. Leur conception de l'art de la guerre se résumait en un seul précepte : « On avance... et on voit ce qui arrive. »

— Ça ne marchera jamais, soupira Zoïd gagné par le découragement. Ce ne sont pas des guerriers. Ils sont forts, pratiquement indestructibles, mais incapables de finasser... ni même de prendre la moindre précaution.

Sigrid parvint malgré tout à obtenir que les monstres avalent une double dose de *Phobos* en prévision des affrontements du lendemain. Elle alla de l'un à l'autre pour vérifier qu'ils avalaient bien leurs comprimés, telle une mère soignant ses enfants.

« Il faut qu'ils aient peur, se répétait-elle. Si l'angoisse les tenaille, ils se montreront prudents. »

— Cette nuit nous explorerons le vaisseau, déclara-t-elle au jeune Alien. Je veux savoir ce que signifie cette collecte de chair. Les robots ne sont pas cannibales, alors pourquoi ont-ils mis au point cette curieuse technique de combat ? Ils pourraient se contenter de fusiller les KRAPO au canon-laser.

— Je ne sais pas, avoua Zoïd. On dirait...

— Oui ?

— On dirait qu'ils essayent de récupérer le protoplasme qui compose les monstres. Ça n'a pas de sens.

*

Les deux jeunes gens attendirent la nuit en écoutant craquer les tôles du vaisseau. Parfois, un blindage se détachait de la voûte et tombait à grand fracas, les faisant sursauter. Les KRAPO, eux, demeuraient impassibles. Quand l'obscu-

267

Serge Brussolo

rité fut totale, Sigrid s'élança, Zoïd sur ses talons. N'ayant pas reçu de formation militaire, le garçon se montrait assez maladroit dans sa manière de se déplacer, mais il connaissait l'agencement de l'épave. Sans lui, Sigrid aurait dû s'en remettre au hasard.

Progresser dans les ténèbres se révéla fort inquiétant. À plusieurs reprises, ils croisèrent des robots. Heureusement, il s'agissait de droïdes-ouvriers qui ne prêtèrent aucune attention aux intrus.

Après bien des détours et des tâtonnements, Sigrid et son compagnon arrivèrent au seuil d'une salle baignant dans une lueur verdâtre. Une étrange piscine en occupait le centre. Elle était remplie d'une matière molle, translucide, évoquant la gélatine. Une substance qui palpitait comme si elle avait quelque chose de vivant.

— Du protoplasme ! haleta Zoïd. C'est ce qu'on utilisait pour modeler les KRAPO. Mais jamais nous ne l'utilisions en telle quantité ! Ce bac a la taille d'une piscine olympique.

— Regarde ! siffla Sigrid. Les robots sont en train de vider dans la piscine les « aspirateurs » qu'ils ont utilisés pour dépouiller les monstres de leur chair.

Elle disait vrai. Les droïdes guerriers purgeaient les curieux canons-pompes dont ils étaient équipés. La gélatine transparente qui, quelques heures plus tôt, constituait encore le corps des KRAPO, s'écoulait à présent dans le bac de récupération telle une confiture rosâtre.

— Ils singent les gestes des gens qui travaillaient ici, jadis, observa pensivement Zoïd. Mais jamais nous n'avons utilisé un tel volume de protoplasme. Il y a là de quoi...

— Oui ?

— *De quoi modeler une créature gigantesque...*

268

La Fiancée du crapaud

Sigrid sentit ses cheveux se hérisser sur sa nuque.

— Reste-là, ordonna-t-elle à son compagnon, je vais essayer de me glisser entre les machines pour en apprendre davantage.

— C'est hyper dangereux ! hoqueta Zoïd, tu vas...

Mais la jeune fille s'était déjà mise à courir. Courbée, utilisant le camouflage de l'obscurité, elle progressait à l'abri des pupitres de commandes et des équipements encombrant la salle. Elle espérait découvrir un schéma, une image sur un écran de contrôle, qui lui révélerait le sens de ces mystérieux préparatifs.

« Si on les laisse faire, songea-t-elle, ils détruiront tous les monstres encore en vie, sans oublier Mélanie. Ils agissent comme des récupérateurs de matières premières. *Ils recyclent les KRAPO.* Mais dans quel but ? »

Elle s'immobilisa. À quelques mètres, la piscine de protoplasme bouillonnait sous l'effet des bulles d'oxygène agitant la gelée semi-liquide qui la remplissait. La « piscine » était assez vaste pour qu'un troupeau d'éléphants s'y baigne sans se sentir à l'étroit.

Sigrid jeta un coup d'œil aux diverses consoles. Les robots ouvriers la frôlaient sans s'occuper d'elle. Leurs articulations rouillées grinçaient.

L'un des écrans lui renvoya l'image d'une silhouette bizarre qu'elle ne parvint pas à déchiffrer. Cela ressemblait à un vaisseau spatial et, en même temps, à autre chose... *Comme si les droïdes étaient en train de remodeler les contours de l'épave.*

Elle allait se rapprocher du pupitre quand une sirène d'alarme résonna. Deux robots gardiens venaient d'entrer dans la salle. Il leur avait fallu moins de trois secondes pour

Serge Brussolo

repérer l'intruse. Déjà, leurs canons-lasers se braquaient sur elle...

Sigrid échappa de justesse à la première salve désintégrante mais l'éclair de chaleur cloqua sa combinaison de latex.

Elle mesura du regard la distance qui la séparait du couloir.

« Fichue, pensa-t-elle. C'est trop loin. Je n'aurai jamais le temps de... »

Elle entendait les canons cliqueter pour corriger leur angle de tir ; à la prochaine salve elle serait carbonisée sur pied. Tout à coup, une idée invraisemblable lui traversa l'esprit. Sans plus réfléchir, elle se tourna vers la piscine de protoplasme et y plongea, la tête la première.

« Ils ne tireront pas dans le bac, se dit-elle, ils auront trop peur d'abîmer la gelée vivante. »

Elle se laissa couler tout au fond. C'était comme de nager dans une eau épaissie. Un sirop tiède. Les bulles d'air éclataient à ses oreilles avec de petits « plops » joyeux.

Elle leva les yeux. À travers l'épaisseur déformante de la substance vitreuse, elle distinguait les robots allant et venant sur le périmètre du bac. Ils s'agitaient, s'énervaient, ne sachant que faire. À la fin, ils s'immobilisèrent, scrutant le fond, leurs canons braqués.

Une voix métallique résonna entre les parois de la piscine.

— Nous savons que vous êtes humaine, grésillait-elle. Votre anatomie ne vous permet pas de rester longtemps immergée dans un élément liquide sans respirer. Vous serez forcée de remonter d'ici une minute ou deux, selon votre capacité pulmonaire. Nous serons alors contraints de vous supprimer.

La Fiancée du crapaud

Sigrid n'en écouta pas davantage. Elle commençait déjà à suffoquer. Si elle remontait maintenant, les guerriers cybernétiques ne manqueraient pas de la rôtir dès qu'elle émergerait. Il n'en était pas question.

« Voyons si ce à quoi je pense va se produire... » songea-t-elle en approchant ses mains de son visage.

Lorsqu'elle avait sauté dans la piscine elle avait tout misé sur les facultés insolites héritées de son long séjour sur Almoha, la planète où l'on se changeait en poisson au contact de l'eau[1].

Au fur et à mesure que la sensation d'asphyxie augmentait, des écailles bleues apparurent sur le dos de ses mains.

« Ça y est ! triompha-t-elle. *Je me transforme !* »

Elle avait vécu sous l'aspect d'un poisson pendant un siècle, et, en présence de l'élément liquide, son corps retrouvait ses anciens réflexes. *Il s'adaptait pour ne pas mourir !*

Dès que Sigrid se mit réellement à asphyxier, la mutation s'accéléra. Ses jambes se soudèrent, ses bras se transformèrent en nageoires. Bientôt elle glissa hors de ses vêtements. D'un coup de queue puissant, elle se propulsa au fond de la piscine. Le liquide épais ne la gênait pas car ses muscles étaient terriblement puissants. Au-dessus d'elle, les robots attendaient toujours qu'elle remonte à la surface.

« Ils peuvent se brosser ! » songea Sigrid en faisant le tour du bassin. Frôlant l'une des parois, elle remarqua une ouverture. Elle s'y engouffra, espérant ainsi échapper à la surveillance des robots.

« Une sorte de canalisation, constata-t-elle. Assez longue. Il y a de la lumière au bout. »

Elle se mit à nager, retrouvant le plaisir qu'elle avait éprouvé jadis dans l'océan d'Almoha. La tête lui tourna et

---

1. Voir *L'Œil de la pieuvre*.

Serge Brussolo

elle devint la proie d'un vertige bienheureux. Elle avait oublié combien il était grisant de filer comme une torpille au sein d'une masse liquide.

À force de nager, elle déboucha dans un second bassin, lui aussi rempli de protoplasme.

« Les droïdes ont donc constitué des réserves à travers tout le vaisseau, se dit-elle. Bon sang ! qu'espèrent-ils en faire ? »

Il ne lui fallut pas longtemps pour localiser un second tuyau d'alimentation au fond du réservoir. Il y avait donc encore une autre « piscine » de protoplasme ?

Elle s'engouffra dans la canalisation. Alors qu'elle prenait de plus en plus de plaisir à nager, elle eut soudain conscience qu'elle ne savait plus très bien ce qu'elle faisait là... *ni qui elle était.*

Cette perte de mémoire fugitive fit passer un frisson d'angoisse le long de sa nageoire dorsale. L'une des lois fondamentales d'Almoha lui revint à l'esprit.

« Mais oui... C'est vrai ! se dit-elle. *Si l'on s'attarde trop longtemps sous une forme animale on finit par oublier qu'on était humain, et l'on reste à jamais prisonnier du corps de la bête.* »

C'est ce qui était en train de se produire ! Si elle ne faisait pas surface très vite, elle risquait de ne plus se rappeler qui elle était. Elle se croirait poisson, et passerait le reste de son existence à nager d'un bassin à l'autre sans se soucier de rien. Il fallait qu'elle se mette au sec, et rapidement !

La mutation lui avait permis d'échapper aux robots mais elle ouvrait sur un autre piège, plus sournois.

« Zoïd ne me retrouvera jamais, pensa-t-elle tandis que la panique la gagnait. Il ne sait pas que j'ai la faculté de me métamorphoser. S'il regarde dans les bassins, il verra

La Fiancée du crapaud

un gros poisson bleu sans songer une seconde que ce poisson, c'est moi ! »

D'un coup de queue, elle se propulsa vers la surface.

« Je suis Sigrid Olafssen, se répétait-elle. Je suis humaine. Je ne suis pas un poisson. »

Hélas, elle éprouvait de plus en plus de mal à articuler ces mots... *et même à les comprendre.* Le langage des hommes était en train de lui devenir incompréhensible.

Jadis, sur Almoha, cette amnésie était progressive et s'étalait sur plusieurs années. En modifiant l'ADN de Sigrid, elle semblait s'être accélérée et se manifester désormais au bout d'une dizaine de minutes. Voilà qui était pour le moins contrariant.

Sigrid tenta, à la manière des dauphins, d'effectuer une cabriole hors du protoplasme. L'élément sirupeux dans lequel elle évoluait freina son élan ; elle retomba lourdement au sein de la piscine.

« Il faut pourtant que je saute sur le bord ! se dit-elle. Une fois au sec, la métamorphose s'effectuera dans l'autre sens. »

Le premier saut l'avait fatiguée. Elle dut prendre le temps de rassembler ses forces. Il n'y avait pas de robots autour du bassin. Il s'agissait probablement d'un réservoir secondaire non surveillé.

Si elle parvenait à s'éjecter de la piscine, elle aurait tout le temps de redevenir humaine. Une sorte de paresse engourdissante s'emparait de son cerveau, lui criant de ne pas s'en faire, de rester *cool*... Elle n'avait qu'à attendre, à flotter. C'était super de flotter !

Elle ferma les yeux. Une somnolence la prenait. Les vaguelettes de protoplasme la berçaient. Elle avait envie de dormir... d'oublier.

C'était trop bien de devenir un poisson ! On n'avait plus

Serge Brussolo

de soucis, on n'avait pas à se demander si l'on était assez jolie pour plaire aux garçons... car les poissons avaient tous le même museau, eux.

« Prends des vacances, lui soufflait une voix sournoise. Tu te dépenses sans compter depuis si longtemps. »

Elle fut à deux doigts de se laisser couler au fond du bac.

« Non, non, se dit-elle mollement, il ne faut pas. Je m'appelle Sig... Sigurd ? Soizik... Suzanne ? Je suis une... *une quoi déjà ?* »

Elle ne pouvait plus attendre. Sachant qu'elle ne disposerait pas d'une seconde chance, elle rassembla ses forces et bondit au-dessus de la surface. Cette fois, elle s'aplatit sur le sol et se fit mal, cela n'avait aucune importance : elle avait réussi !

La métamorphose allait s'effectuer dans l'autre sens. Dans quelques minutes, elle serait de nouveau une femme.

Elle toussa pour débarrasser ses bronches du liquide poisseux qui les encombrait. Elle eut l'impression qu'on l'écartelait sur un chevalet. Ses os, ses muscles se distendaient pour reprendre leur apparence naturelle. Lentement, les écailles bleues se rétractèrent à l'intérieur de son épiderme. Ces transformations multiples la laissèrent épuisée, haletante, sur le sol métallique taché de rouille.

« Il faudrait que Zoïd vienne m'aider, songea-t-elle. Je ne pourrai jamais me relever. Je suis trop faible. »

Elle réalisa soudain qu'elle était nue. En devenant poisson, elle avait abandonné ses vêtements dans le premier bassin.

« Tant pis, soupira-t-elle. Je suis trop fatiguée pour avoir honte. »

— Alors, dit une voix féminine au-dessus d'elle. On fait moins la fière à présent ?

La Fiancée du crapaud

Sigrid roula sur le dos. Elle avait du protoplasme dans les yeux et distinguait mal les choses. Au bout d'un moment, elle identifia celle qui venait de s'agenouiller à ses côtés.

C'était Sara Firman.

— Tu m'avais oubliée, n'est-ce pas ? ricana la jeune femme brune. Je vous ai suivis, toi et tes amis quand vous êtes sortis de mon immeuble. Je rentrais juste chez moi. Nous avons failli tomber nez à nez. Il s'en est fallu d'un cheveu. J'ai tout de suite compris ce que vous alliez faire. Je vous ai précédés, avec l'hélicoptère de ma compagnie d'assurances. J'ai atterri sur la partie la plus délabrée du vaisseau. C'est dangereux, bien sûr, mais les robots n'y patrouillent jamais.

— Que voulez-vous ? balbutia Sigrid en essayant vainement de se redresser sur un coude.

— Le trésor, évidemment ! riposta Sara. Je sais que tu l'as amené ici. Quand tu as quitté l'immeuble tu portais des sacoches en bandoulière. Des sacoches très lourdes.

Comme Sigrid restait muette, Sara Firman la saisit par les cheveux.

— Écoute, dit-elle. Je n'ai pas l'intention de moisir ici. Si tu ne me dis pas où sont cachés les diamants, je te jette dans le bassin et je t'empêche de remonter. Je connais tes petits pouvoirs, j'ai piraté ton dossier médical sur l'ordinateur de ton médecin. Si je t'interdis l'accès à la terre ferme, tu resteras poisson pour le restant de tes jours. C'est à toi de décider. Vas-tu parler ou dois-je te remettre dans ton bocal ?

26

Les voleurs de chair

— Libérez d'abord Gus, balbutia Sigrid. Et je vous dirai où le trésor est caché.

Sara Firman hésita. Elle n'avait visiblement pas très envie de s'attarder sur le vaisseau. Sigrid ne pouvait lui faire confiance. Si elle lui remettait les diamants, elle courait le risque de la voir s'évaporer dans la nature.

— D'accord, capitula Sara. Peux-tu tenir debout ?

Sigrid se releva. Elle avait froid et claquait des dents. Le protoplasme la recouvrait d'une pellicule gluante, plutôt désagréable. Elle n'aurait pu s'en débarrasser qu'au moyen d'une bonne douche.

« En outre c'est dangereux, songea-t-elle. Si nous croisons les robots, ils risquent de me prendre pour un KRAPO et de m'arracher la chair au moyen de leur aspirateur diabolique. »

— Allez, debout ! ordonna Sara qui s'impatientait. Assez de pleurnicheries !

Elle brandissait une arme de gros calibre. Sigrid se contraignit à avancer.

277

Serge Brussolo

Les deux femmes s'engagèrent dans une coursive aux contours bizarres.

« Ça ne ressemble à rien, se dit Sigrid. Les soudures sont neuves. On voit bien que les robots ont aménagé cela récemment. Et pourtant c'est n'importe quoi ! Aucun vaisseau spatial n'a cette allure-là. »

En proie à la perplexité, elle s'efforça de conserver son équilibre au milieu de l'étrange paysage. Le sol et le plafond décrivaient des courbes insolites. On se serait cru dans un terrier habité par un lapin fou qui aurait creusé dans tous les sens.

« Pourtant, songea la jeune fille. Ça me rappelle quelque chose... *Mais quoi ?* »

— Les robots sont devenus dingues, siffla Sara dans son dos. Depuis quelque temps ils ont entrepris de découper le vaisseau comme s'ils voulaient lui faire changer de forme. Ils prélèvent des plaques de blindage ici et s'en vont les souder ailleurs. Je crois qu'ils ont pété les plombs.

— Non, répondit Sigrid, je suis persuadée que ces manœuvres ont un sens.

— Je m'en tape, ricana Sara Firman. Dès que j'aurai récupéré le trésor je ficherai le camp. Tu te débrouilleras avec les droïdes. Comme ça, tu auras tout le loisir de réfléchir à cette énigme. Tourne à droite, c'est là...

Sigrid pénétra dans un réduit encombré de canalisations rouillées. Un sarcophage reposait sur le sol. Gus y reposait, endormi, garrotté par des liens de cuir. Des perfusions plantées au creux de ses bras l'alimentaient.

— Tu peux le détacher, fit Sara. Il est tellement imbibé de somnifère qu'il ne se réveillera pas avant longtemps.

— Et le virus amazonien ? s'inquiéta Sigrid en se pen-

La Fiancée du crapaud

chant sur la caisse contenant son ami. Ce produit qui transforme les gens en tarentule géante ?

— Il n'y a jamais eu de virus amazonien, pouffa Sara Firman, j'ai inventé ça pour te motiver.

Sigrid fit sauter les boucles des ceintures, arracha les aiguilles. Gus dormait d'un sommeil de statue. Elle devrait le porter si elle voulait le sortir de là.

— Voilà, j'ai tenu parole, lança la jeune femme brune. Maintenant conduis-moi au trésor.

Avisant de vieilles combinaisons de travail accrochées dans un coin, Sigrid ramassa l'une d'entre elles et la revêtit après avoir sommairement essuyé le protoplasme dont sa peau était enduite.

— Vite ! répéta Sara, nous perdons du temps, je veux sortir de cet asile de fous.

Sigrid s'orienta. Elle n'avait qu'une vague idée de la géographie du vaisseau. Elle craignait de s'égarer.

— Je crois que c'est par là, dit-elle.

Pendant qu'elle rasait les murs déformés, elle eut une illumination.

« C'est comme un masque ! pensa-t-elle. Un masque ou un moule qu'on regarderait de l'intérieur... Pour comprendre ce que je vois, je dois imaginer que les creux sont des bosses et les bosses des creux. Tout ce qui m'entoure est le *négatif* de l'image réelle. Il faut que j'arrive à inverser mentalement le paysage au milieu duquel nous évoluons. »

Elle fit part de sa découverte à Sara Firman mais celle-ci haussa les épaules.

— Je m'en fous ! s'esclaffa-t-elle. C'est ton problème à présent. Demande aux robots de t'engager comme soudeuse !

Serge Brussolo

— Voilà, annonça enfin Sigrid. Les sacoches sont derrière cette console.

Sans lâcher son arme, Sara s'agenouilla pour vérifier. Quand les diamants étincelèrent au creux de sa paume son visage s'illumina.

— Je... je ne pensais pas qu'ils étaient si gros ! haleta-t-elle. Il y a là de quoi acheter la moitié d'une galaxie !

— Si c'est ça qui vous branche... souffla Sigrid avec mépris. Est-ce que je peux partir maintenant ?

— Oui, oui, fit Sara distraitement. Chacune pour soi. Moi je file récupérer mon hélicoptère. Bonne chance tout de même. Tu as bien travaillé. J'ai eu raison de te choisir, tu ne m'as pas déçue.

— Allez au diable ! cracha Sigrid. Des dizaines de gens sont morts à cause de vous.

— Non, corrigea Sara. Pas à cause de moi. À cause de la gargouille. Il n'était pas prévu qu'elle sorte de son trou et ravage la ville. C'est la fiancée du crapaud qui est la cause de tout, tu le sais bien. Ni toi ni moi ne sommes responsables de ce qui s'est produit. À l'origine il s'agissait d'un hold-up bien propre.

— Disparaissez, je ne veux plus vous voir, soupira Sigrid gagnée par la lassitude.

Sara Firman jeta la sacoche sur son épaule et s'éloigna d'un pas rapide.

Sigrid écouta décroître l'écho de sa fuite, et se mit en marche à son tour. Elle devait récupérer Gus, puis courir persuader Zoïd et les KRAPO d'abandonner le vaisseau avant d'être écorchés vifs par les robots voleurs de chair.

Alors qu'elle se préparait à rejoindre Gus, elle tomba sur une escouade de robots soudeurs occupés à remodeler la coque de l'épave. Retenant son souffle, elle se glissa entre

La Fiancée du crapaud

eux sur la pointe des pieds. Comme on ne les avait pas programmés pour donner la chasse aux intrus, ils ne remarquèrent pas son existence.

— Qu'est-ce que vous fabriquez ? eut envie de leur crier Sigrid. À quoi riment ces bouleversements ?

La réponse à ces questions lui fut fournie lorsqu'elle traversa le centre de commandement. Elle réalisa soudain que les écrans de contrôle parsemant la rotonde retransmettaient des images d'Homakaïdo... et plus particulièrement des badauds arpentant les rues. *Des badauds revêtus de scaphandres.*

Ces images numériques étaient analysées puis modélisées par un logiciel qui les utilisait pour établir les plans d'un chantier.

Sigrid faillit pousser un cri de surprise en découvrant l'objet de ces transformations. C'était le vaisseau...

« Par tous les dieux de la galaxie, hoqueta-t-elle. Je comprends enfin. *Ils sont en train de remodeler l'épave pour en faire un gigantesque scaphandre !* »

Voilà pourquoi les robots scrutaient la ville avec une telle attention : ils copiaient les armures dont les habitants d'Homakaïdo étaient enveloppés. Tout à coup, les creux, les bosses bizarres qui avaient éveillé la curiosité de Sigrid prenaient un sens.

« J'étais en train de visiter un scaphandre *de l'intérieur*, se dit-elle. Pas étonnant que ça me rappelait quelque chose ! »

Cependant, elle ne saisissait toujours pas la raison pour laquelle les robots s'étaient lancés dans un tel remodelage. Au vrai, elle s'en moquait. À présent qu'elle avait localisé Gus, elle ne songeait qu'à partir.

Elle retrouva Zoïd là où elle l'avait laissé. Le garçon

poussa un soupir de soulagement en l'apercevant et la serra dans ses bras.

— Je te croyais noyée ! bredouilla-t-il. Tu ne ressortais pas du bassin.

— Je t'expliquerai, éluda Sigrid. Viens m'aider à ramener Gus. Il est inconscient. Je ne peux pas le porter toute seule.

Chemin faisant, elle révéla au jeune Alien le mystère des transformations auxquelles s'adonnaient les robots. Zoïd devint blême.

— Oh ! souffla-t-il. Je n'aime pas ça... Ça expliquerait pourquoi ils constituent de telles réserves de protoplasme.

Sigrid s'immobilisa, en alerte.

— Que veux-tu dire ? s'enquit-elle.

— Je pense avoir compris ce qu'ils projettent, balbutia Zoïd. À force de surveiller ce qui se passait au sol, les robots ont fini par conclure qu'on ne pouvait pas vivre sans scaphandre. Désœuvrés, ils se sont adaptés aux circonstances. L'ordinateur central leur a confié la mission de transformer le vaisseau en armure... *et de remplir cette armure avec une créature gigantesque.*

— Quoi ?

— Tu as bien entendu. Au lieu de continuer à modeler des centaines de *petits* KRAPO, ils ont pris la décision de n'en plus faire *qu'un seul*. Un KRAPO colossal, assez grand pour revêtir un scaphandre haut de 50 km... Quand cette créature sera prête, ils la feront descendre sur la Terre.

— Mais comment leur est venue cette idée invraisemblable ? s'étonna Sigrid.

— Pendant des dizaines d'années ce vaisseau a été une fabrique de KRAPO, répondit Zoïd en essuyant d'un revers

La Fiancée du crapaud

de la main la sueur perlant à son front. Quand l'équipage a été tué par l'explosion, les robots en ont déduit que les conditions extérieures étaient devenues hostiles. Ils ont été confirmés dans ce diagnostic par la manie qu'ont les habitants d'Homakaïdo de se calfeutrer à l'intérieur d'armures de plus en plus solides. Les droïdes ne savent rien faire d'autre que fabriquer des créatures de synthèse, ils ont donc continué... mais en s'adaptant.

— Ils vont fabriquer un géant dont la tête touchera les nuages, haleta Sigrid, et qui écrasera une ville entière à chaque pas. Ce n'est pas possible...

— Voilà pourquoi ils récupèrent tout le protoplasme disponible, fit Zoïd. Ils en ont besoin pour développer la créature qui habitera la cuirasse.

— Il y a plusieurs « piscines » reliées entre elles par des canalisations, confirma Sigrid. Je les ai visitées.

— Oui, bien sûr ! grogna le jeune Alien. Le moment venu ils lanceront une décharge d'énergie dans les bassins, et la créature prendra forme. C'est la procédure habituelle.

— Disposeront-ils d'assez de protoplasme pour lui donner corps ?

— Hélas non, mais une fois descendue sur terre, l'armée des droïdes s'emploiera à récupérer sur les humains la matière qui leur fait défaut. Ils voleront la chair des gens à grands coups d'aspirateur.

— C'est affreux ! gémit Sigrid. On ne peut pas partir avant d'avoir arrêté ça. Il faut saboter l'ordinateur central.

— Pas facile, soupira le garçon. Les robots soldats sont nombreux. Et ils peuvent nous déshabiller jusqu'à l'os d'un simple coup d'aspirateur.

L'écho d'une cavalcade les figea. Sara Firman déboucha

d'une coursive, haletante, le visage en sueur, une lueur de panique dans les yeux.

— Les droïdes, haleta-t-elle. Ils sont derrière moi... Ils ont détruit mon hélicoptère. Je vais prendre l'une des navettes pour redescendre.

Elle titubait sous le poids des sacoches bourrées de diamants.

— Ne restons pas là, décida Sigrid. Allons chercher Gus.

— Je me moque de Gus ! lança Sara en prenant la direction du quai d'embarquement. C'est votre affaire, pas la mienne.

Sigrid et Zoïd se faufilèrent jusqu'au réduit où le pauvre Gus dormait toujours au fond de son sarcophage. La jeune fille tenta de le réveiller en lui administrant une bonne paire de claques, mais le remède resta sans effet. Elle dut se résoudre à le saisir par les aisselles pendant que Zoïd se chargeait des pieds. En cet équipage, ils reprirent leur déambulation hasardeuse à travers les tunnels de fer. De temps à autre, un martèlement de pas les forçait à se cacher. Les robots, armés d'aspirateurs à viande, cherchaient Sara avec une obstination inquiétante.

— Ils ont tellement besoin de matière vivante qu'ils s'en prennent même aux Terriens, diagnostiqua le garçon. Tu es en danger ; Gus également.

— Ne peut-on pas les combattre ?

— Non, ils sont trop nombreux. Plus de cinq cents, je pense. Et nous n'avons pas d'armes.

Sigrid fit la grimace. Les choses prenaient mauvaise tournure. Un cri de femme retentit, quelque part devant eux, les faisant frissonner.

La Fiancée du crapaud

— Sara, murmura Zoïd. Je crois qu'ils ont fini par la coincer.

Sigrid se mordit la lèvre inférieure. À force de zigzaguer à l'intérieur du vaisseau, elle se sentait perdue.

Brusquement, au détour d'une coursive, les deux amis se trouvèrent nez à nez avec Mélanie.

Elle était seule et semblait désorientée.

— Où sont les autres ? lui demanda Sigrid. Oumk et l'armée des KRAPO.

— C'est fini, dit doucement la fillette. La dernière bataille vient d'avoir lieu. Les robots les ont tous « déshabillés » jusqu'au squelette. Il ne reste plus que moi.

— Vous avez été vaincus ? hoqueta Zoïd.

— Oui, dit Mélanie d'un ton tranquille. Vous voulez voir leurs ossements ?

Sigrid serra les mâchoires. Désormais ils n'étaient plus que trois pour combattre les droïdes fous. Gus dormait, il ne fallait rien attendre de lui.

— Je ne sais pas si vous avez une idée de ce qui se prépare ici, commença Mélanie, mais vous feriez bien de vous en aller.

— Non, coupa Sigrid. On ne peut pas laisser les robots mener leur projet à terme, ce serait une catastrophe.

— Ils construisent un KRAPO de 50 kilomètres de haut, insista la petite fille.

— Nous le savons, fit Sigrid. Il est hors de question qu'un tel monstre se promène un jour sur la Terre.

— J'ai un peu regardé ici et là, annonça la « fiancée » de sa curieuse voix détachée. Mais les travaux sont assez avancés.

— Comment ? s'étonna Zoïd éberlué.

— Ils ont déjà installé un énorme cerveau dans l'ancien

Serge Brussolo

poste de pilotage transformé en casque de chevalier, expliqua Mélanie. Et des mains géantes à l'intérieur de gantelets fabriqués à partir des ailes. En fait, l'armure est pratiquement achevée. Une coquille de tôles rouillées l'enveloppe ; c'est un camouflage destiné à leurrer les habitants d'Homakaïdo. C'est pour cette raison que personne ne s'est jamais aperçu de l'avancement des travaux. Extérieurement le vaisseau a toujours l'air d'une épave, pourtant il ne faut pas s'y fier.

Sigrid fronça les sourcils. Tout allait beaucoup trop vite. Elle avait espéré que les monstres leur prêteraient main-forte au cours du combat final, et voilà qu'ils étaient tous morts.

— Un cerveau... bredouilla Zoïd, tu en es certaine ?

— Oui, confirma Mélanie. De la taille d'une baleine. Il communique avec les mains grâce à des ondes cérébrales. Il peut les faire bouger à distance, comme des jouets téléguidés.

— Est-ce qu'on peut dynamiter ce cerveau ? s'enquit Sigrid. Le saboter ?

— Il faudrait disposer d'une grosse quantité d'explosif, observa Mélanie. Et puis il y aurait toujours le risque que les robots en fabriquent un autre.

— Alors il n'y a qu'à capituler ? lâcha la jeune fille. Selon toi nous sommes fichus ?

— Non, dit doucement Mélanie. Il existe une solution. Il faut que vous me fassiez confiance. J'ai vécu toute ma vie à l'intérieur d'un KRAPO, je peux m'installer dans celui-ci. Je pense que je suis en mesure de m'introduire dans le cerveau et d'en prendre le contrôle. J'ai commandé une gargouille, je peux commander ce géant. Il suffit que je me glisse dans le poste de pilotage.

La Fiancée du crapaud

— Et ensuite ? interrogea Sigrid, la gorge serrée.

— Je pense que le cerveau est branché sur les ordinateurs du bord. Il a étendu des ramifications partout. Il s'est greffé sur les systèmes informatiques. Si on le contrôle, on contrôle également le vaisseau spatial. Une fois seule avec lui, il me sera facile de lui ordonner d'allumer les réacteurs et de quitter l'atmosphère terrestre. Ainsi vous serez débarrassés de la menace que représente pour vous le géant.

— Mais... où iras-tu ? bégaya Sigrid.

— Je jetterai le vaisseau dans le soleil, répondit calmement Mélanie. Il fondra et cessera de représenter un danger, pour quiconque.

— *Mais... cela te tuera !* protesta la jeune fille.

— Ça n'a pas d'importance, éluda Mélanie. Je ne suis pas réellement vivante, après tout. Je m'en rends bien compte. Je voudrais me rendre utile... pour te faire plaisir. Après tout, tu auras été ma seule amie.

Sigrid sentit les larmes lui emplir les yeux.

— Je ne peux pas accepter ça... balbutia-t-elle.

— Mais si, fit la fiancée du crapaud avec un sourire approximatif qui essayait tant bien que mal d'imiter une expression humaine. Ce sera assez amusant de songer que ta race devra sa survie à un tas de gélatine déguisé en petite fille, non ? Ma place n'était pas sur la Terre. D'ailleurs je n'avais de place nulle part. On n'aurait jamais dû me fabriquer.

Sigrid essuya d'un revers de main ses joues humides. Zoïd avait baissé la tête et fixait la pointe de ses chaussures.

— La colère m'a quittée, conclut Mélanie, et j'ai avalé ma dernière pilule de *Phobos*. Je suis de toute manière condamnée à redevenir un légume, une guimauve... alors autant servir à quelque chose.

Serge Brussolo

Sigrid avait la gorge trop nouée pour protester. La petite main froide de l'enfant étreignit la sienne.

— Tu vois, dit-elle, dans peu de temps je n'aurai même plus envie de faire ça. Je serai devenue indifférente à tout. Je t'offre mes dernières minutes d'humanité, pour te remercier de m'avoir libérée de la gargouille. Après les ténèbres de son estomac, la lumière du soleil m'a paru si belle. C'était une belle aventure, même si elle n'a duré que quelques jours. Je ne regrette rien.

Sigrid s'agenouilla pour la prendre dans ses bras ; la fillette se dégagea.

— Nous perdons du temps, dit-elle. Vous devez partir. Je vais me glisser dans le poste de pilotage. Accompagnez-moi là-bas. Vous me connaissez, je serai incapable de me montrer prudente et il est possible que je me jette dans les pattes des robots. Si je suis victime de leurs aspirateurs à protoplasme, tout sera perdu.

Le petit groupe se mit en marche. Sigrid avait le cœur chaviré de tristesse.

Mélanie semblait redevenue indifférente à tout, mais peut-être jouait-elle la comédie pour abréger la cérémonie des adieux.

Zoïd, qui portait Gus sur son dos, avait pris la tête du convoi.

Grâce aux trottoirs roulants dont les voies principales étaient équipées, ils pouvaient se déplacer à grande vitesse. À d'autres endroits, ils utilisaient des ascenseurs ultra-rapides.

— Sans toi, nous n'y serions jamais arrivés, fit Sigrid en posant la main sur l'épaule du jeune Alien.

— Nous y sommes, dit le garçon. De cette manière,

288

La Fiancée du crapaud

nous avons contourné l'itinéraire des patrouilles de robots. Le poste de pilotage est là, derrière cette porte.

— Je sais, murmura Mélanie. Merci de m'avoir accompagnée. Maintenant partez. Et restez prudents, il me faudra un certain temps pour parvenir à dompter le cerveau. Durant cet apprentissage, vous serez en danger car il n'est pas impossible que la créature essaye de vous supprimer. N'oubliez pas qu'elle est connectée aux ordinateurs, que chaque circuit de ce vaisseau fait partie de ses terminaisons nerveuses.

Sans plus s'attarder, elle se détourna et se mit à courir en direction du poste de pilotage. Quand elle entrebâilla la porte pour se glisser dans la salle, Sigrid entrevit une masse énorme et palpitante : le cerveau du KRAPO géant gouvernant le vaisseau.

— À partir de maintenant les choses risquent de se gâter, fit Zoïd. Possible que le cerveau se défende et refuse de se laisser dominer par Mélanie.

— Allons-y, dit tristement Sigrid.

Remorquant le poids mort que représentait Gus endormi, les deux jeunes gens rebroussèrent chemin. Il leur fallait rejoindre le quai d'embarquement et utiliser l'une des navettes pour regagner le sol avant que le vaisseau n'allume ses réacteurs.

« Après, songea Sigrid, il sera trop tard. Une fois dans l'espace, plus question de revenir sur la Terre, l'autonomie des "canots de sauvetage" est trop faible. »

Alors qu'ils se laissaient porter par le trottoir roulant, des bruits inquiétants se firent entendre. On eût dit qu'une bête énorme rampait dans les coursives.

— Qu'est-ce que c'est ? demanda Sigrid.

Serge Brussolo

— Aucune idée, répondit le garçon. Mais ça paraît gros.

Le sol tremblait sous les secousses de cette reptation mystérieuse.

« Ça frotte contre la coque, constata Sigrid. C'est lent mais décidé. *Et ça vient vers nous...* »

Elle n'avait qu'une hâte : sauter dans la navette et fuir l'épave.

Tout à coup, alors qu'ils quittaient le trottoir roulant, les deux amis aperçurent les sacoches de cuir du trésor, jetées sur le sol. Des dizaines de gros diamants s'en étaient échappés, formant une flaque scintillante. Les ossements d'un squelette disloqué se mêlaient aux pierres précieuses.

— Bon sang ! hoqueta Zoïd, *c'est...*

— Sara Firman, compléta Sigrid. Les robots ont récupéré sa chair d'un coup d'aspirateur. Quelle horreur !

— C'est tout de même de sa faute si nous en sommes là, bougonna le garçon, moi je trouve qu'elle l'a bien mérité.

Il voulut se pencher pour ramasser l'un des joyaux, mais la jeune fille l'en empêcha.

— Laisse, dit-elle, ils portent malheur. Le soleil se chargera de les réduire en cendres comme de vulgaires morceaux de charbon.

Un bruit menaçant leur fit tourner la tête. Sigrid laissa échapper un cri de frayeur. Une main énorme venait de déboucher d'un tunnel de circulation. De la taille d'une baleine, elle avait l'apparence translucide du protoplasme. Elle avançait en utilisant ses doigts comme une araignée se sert de ses pattes.

— Elle nous cherche, bredouilla Zoïd. C'est l'une des mains du géant fabriqué par les robots ! Les caméras de surveillance ont dû prévenir le cerveau de notre présence.

La Fiancée du crapaud

— Il la commande à distance, fit Sigrid. Et elle lui obéit comme une machine téléguidée.

La terreur les avait figés sur place et ils éprouvaient la plus grande peine à se remettre en marche. La main tendit l'index dans leur direction, comme pour leur signifier qu'elle les avait repérés. Elle semblait dire : « Hé ! Je vous tiens ! Vous n'irez pas loin. »

« Elle est énorme, pensa Sigrid. Elle nous écrasera comme des pucerons. »

— Courons ! cria-t-elle à Zoïd.

Hélas, Gus, inerte, les ralentissait, et il leur était impossible de galoper aussi vite qu'ils l'auraient souhaité. La main se traînait en faisant trembler toute l'architecture métallique du vaisseau. Elle avait beau peser autant qu'une baleine, elle recelait assez de puissance pour se déplacer avec efficacité.

Sigrid avait l'affreuse illusion de faire du surplace. Chaque fois qu'elle regardait par-dessus son épaule, la main colossale lui semblait plus proche.

Elle comprenait pourquoi les robots avaient tant besoin de protoplasme, la construction du géant exigeait d'incroyables quantités de chair.

« Dès qu'il aura posé le pied sur la Terre, le KRAPO se mettra en quête de viande, songea-t-elle. Car il lui faudra bien trouver de la matière première pour compléter le reste de son corps. Alors les droïdes chasseront les humains, à grands coups d'aspirateur ! Chaque jour ils rapporteront au colosse de quoi remplir sa cuirasse, de quoi se fabriquer une jambe, un bras, une épaule... Quand le monstre sera enfin complet, des milliers de squelettes couvriront le pays. »

Une secousse plus violente que les autres lui fit perdre

l'équilibre. Elle roula à terre, lâchant Gus dont le poids fit basculer Zoïd.

« C'est fini, pensa la jeune fille. Cette fois nous sommes perdus. »

La main les dominait. Calée sur sa paume tel un animal sur ses pattes postérieures, elle dressait ses doigts écartés au-dessus des jeunes gens. L'index frôlait la voûte de fer.

Pendant trois secondes, Sigrid crut que les cinq doigts allaient s'abattre pour la piétiner, comme les pattes d'un pachyderme... Puis elle réalisa que la main semblait incapable de se décider. Elle frémissait, se contractait, se relâchait.

Soudain, la jeune fille comprit ce qui se passait.

— *Mélanie !* hurla-t-elle. Mélanie a réussi à prendre le contrôle du cerveau. Elle dirige le monstre à présent.

Zoïd, blanc de peur, hocha la tête sans parvenir à articuler une parole.

Lentement, la main géante rabaissa ses doigts et s'en servit pour changer de direction.

— Elle retourne à l'intérieur de son gantelet, balbutia Sigrid. Vite, il faut grimper dans une navette et décoller. Mélanie va allumer les réacteurs et lancer le vaisseau dans l'espace.

Elle savait qu'il faudrait moins d'une minute à la fusée pour quitter l'atmosphère et s'élancer dans le grand vide cosmique.

Les jambes tremblantes, elle se remit sur pied et aida Zoïd à en faire autant.

Mal remis de leurs émotions, ils s'élancèrent sur le quai de débarquement où les navettes étaient toujours amarrées.

Sans plus réfléchir, ils se ruèrent dans l'un des appareils. Pendant que Sigrid installait Gus du mieux possible, Zoïd

La Fiancée du crapaud

se précipita dans le poste de pilotage et déclencha la manœuvre de lancement. Tout paraissait atrocement lent. Sigrid, malgré elle, égrenait les secondes.

Si les réacteurs du vaisseau s'allumaient avant que la navette ne soit éjectée de la coque, le petit module de transport ne pourrait jamais s'arracher à l'aspiration de l'énorme fusée.

Les amarres furent larguées avec un claquement sourd. Enfin, la navette s'éloigna du quai et fila vers la sortie. Deux minutes plus tard, elle glissait dans le ciel, s'éloignant du vaisseau alien de toute la vitesse dont elle était capable.

— On descend, annonça Zoïd. Prépare-toi à l'atterrissage, le choc risque d'être rude, je n'ai plus l'habitude de conduire ces engins.

Sigrid s'approcha du hublot pour contempler l'épave.

Brusquement, un immense jet de feu jaillit à l'arrière de la masse rouillée planant au-dessus de la ville. Le choc produit par l'allumage des tuyères fit voler en éclats le camouflage de tôles oxydées qui dissimulait l'armure géante. Cette coquille une fois éparpillée, Sigrid découvrit la masse menaçante du colosse d'acier flottant au milieu des nuages. C'était un immense scaphandre biscornu dont la seule vue donnait la chair de poule. Elle retint son souffle, horrifiée à l'idée de ce qui se serait passé si ce monstre de métal avait posé le pied sur le sol terrien.

Heureusement, les réacteurs se mirent à l'œuvre, éloignant le colosse métallique qui, très vite, se perdit dans le ciel jusqu'à n'être plus qu'un point scintillant de la taille d'un oiseau.

— Adieu, Mélanie, murmura Sigrid. Et merci...

27

Ce n'est qu'un au revoir

Quelques jours plus tard, les astronomes enregistrèrent une brève explosion à la surface du soleil. La température était telle aux abords de l'astre que le vaisseau piloté par la fiancée du crapaud se volatilisa en une fraction de seconde comme un flocon de neige rencontrant la flamme d'une allumette.

Gus sortit lentement du sommeil artificiel où l'avaient plongé les drogues inoculées par Sara Firman. Il ne se souvenait de rien. Malgré tous ses efforts, il ne parvenait pas à se convaincre qu'il avait dormi près de deux semaines !

Quand ses amis lui racontèrent ce qui s'était passé, il eut beaucoup de mal à les croire. Seule la vision de la ville réduite en miettes réussit à le convaincre de la véracité de leurs propos.

— Wao ! souffla-t-il, et moi qui allais vous dire que je commençais à m'ennuyer à Homakaïdo !

La gargouille échappée des caves de la B.D.S. s'était enfoncée dans la mer. On n'avait plus aucune nouvelle

Serge Brussolo

d'elle. On supposait qu'elle avait choisi de s'installer dans une fosse marine.

« Elle se promène peut-être au fond de l'océan, songea Sigrid. Elle va d'une épave de galion à l'autre, avalant les trésors pirates enfouis dans la vase. Oui, ce doit être ça. Elle continue son travail de coffre-fort vivant. Quand elle aura le ventre rempli de lingots et pierreries, elle s'assoupira dans les abîmes. Malheur au plongeur qui commettra alors l'erreur de la déranger ! »

Le vaisseau ayant disparu, il redevint possible d'apercevoir le ciel. Certains s'en félicitèrent et se débarrassèrent aussitôt de leurs scaphandres, d'autres grommelèrent, déçus, car, désormais, aucun objet amusant ne tomberait plus des nuages.

Six jours après son retour sur la Terre, Sigrid s'examina dans le miroir de sa salle de bains. Si ses cheveux étaient toujours bleus, sa peau, elle, ne présentait plus aucune trace d'écailles. Depuis quarante-huit heures elle avait vraiment l'air d'une fille de 20 ans. Elle espérait que la chose allait durer un moment car, le soir même, *elle sortait pour la première fois avec Zoïd* !

À suivre...

Tu veux écrire à Sigrid ?
Une seule adresse :
mondes.perdus@free.fr

De livre en livre, de vision en vision, Serge Brussolo est en train de renouveler complètement le roman d'aventures poétique...
Le Magazine Littéraire

**Pour tous ceux qui ont réclamé une biographie,
afin d'établir une fiche de lecture...**

Serge Brussolo, l'enchanteur insomniaque...

Serge Brussolo est né en 1951 à Paris. Il passe les dix premières années de sa vie dans le quartier le plus chic de la capitale, le XVIe arrondissement. Paradoxalement, ses parents sont très pauvres et habitent une chambre minuscule sans eau ni électricité, cette situation est courante dans les années qui suivent l'immédiat après-guerre.

Son père est ouvrier métallurgiste. Sa grand-mère ne sait ni lire ni écrire. En se rendant à l'école, il arrive fréquemment que Serge Brussolo croise au hasard des rues les vedettes du cinéma de l'époque. Ce contraste va nourrir ses écrits. À la naissance de sa sœur, il quitte Paris pour aller vivre dans une HLM de la banlieue. C'est à l'école publique de cette cité ouvrière qu'il va commencer à écrire de petits romans qu'il fait lire à ses camarades. Son aisance à inventer des histoires le place d'emblée dans la catégorie des surdoués de l'imaginaire et lui vaudra bien des déboires, certains professeurs refusant obstinément de croire qu'il est l'auteur de ces textes !

Atteint d'une forme d'asthme très sévère, Serge Brussolo passera une grande partie de son adolescence à lutter contre ce handicap qui lui fait mener une existence en marge du monde des adolescents de son âge et le contraint fréquemment à manquer les cours. Il lit énormément, parfois plus de dix romans par semaine, et se plonge dans l'étude des grandes mythologies : grecque, chinoise, égyptienne. Rendu insomniaque par les médicaments qu'il utilise pour soigner ses crises de suffocation, il vivra longtemps dans les livres, dévorant des ouvrages d'histoire médiévale et de sorcellerie jusqu'au lever du jour. C'est pour tromper l'ennui de ces longues heures nocturnes qu'il commence à jeter sur le papier de petites histoires mystérieuses, il utilise pour cela un vieux carnet où il consignait jusque-là des formules arithmétiques.

Il entre en faculté, et suit des études qui s'achèveront sur une maîtrise d'enseignement de Lettres Modernes et une Licence de Sciences

Serge Brussolo

de l'Éducation, après un long passage par l'étude des civilisations grecque et romaine.

Dès sa sortie de l'Université, il ambitionne de devenir auteur professionnel. Pour se donner le temps d'écrire, il exerce alors mille petits boulots saugrenus à l'occasion desquels il glanera les détails dont il nourrira par la suite ses romans. Il rédige alors un grand nombre de romans fantastiques et de science-fiction à destination des jeunes adultes (notamment pour les éditions Denoël et la prestigieuse collection Présence du Futur), une œuvre délirante, unique en son genre, qui navigue entre surréalisme et hallucination, lui vaudra une dizaine de prix littéraires et conduira la critique à voir en lui le « Stephen King français ».

On retiendra de cette période flamboyante des titres comme *Sommeil de sang, Le Château d'encre, Le Carnaval de fer* ou encore *Le Syndrome du scaphandrier (Folio)* que l'auteur n'hésite pas à désigner comme son livre préféré.

Il va rapidement devenir un auteur « culte » dont on traque les livres épuisés chez les bouquinistes, l'une des têtes d'affiche de la collection Anticipation au Fleuve Noir, pour laquelle il n'écrira pas moins d'une trentaine de romans. Ses thèmes de prédilection sont l'art, le corps souffrant ou menacé, l'anatomie, les mutations. Il va totalement renouveler un genre qui, jusque-là, se réduisait trop souvent à une rêverie sur l'espace, les fusées et les robots.

À la fin des années 80, il décide de s'attaquer à la littérature générale et au roman historique, avec des œuvres comme *Hurlemort* ou *La maison de l'aigle*, qui connaîtront un gros succès critique. Mais l'explosion véritable se produira au Masque, où l'auteur entreprend une série de thrillers, explorant le suspense sous ses multiples formes. Là, il joue de toutes les tonalités, n'hésitant pas à réconcilier le roman noir et l'énigme la plus classique, le thriller international et le crime alambiqué aux machinations savantes. Doué d'une imagination stupéfiante, Serge Brussolo est considéré par de nombreux critiques comme un conteur virtuose, à l'égal des meilleurs auteurs anglo-saxons de la littérature criminelle. Il a reçu Le Prix du Roman d'Aventures 1994 pour *Le Chien de minuit*, paru dans le Masque, et son roman *Conan Lord, carnets secrets d'un cambrioleur* a été élu Masque de l'Année 1995. La même année, *La Moisson d'hiver* (Denoël) obtiendra le

La Fiancée du crapaud

Grand Prix RTL-Lire. Son roman *Les Ombres du jardin* figurera dans la première sélection du Prix Goncourt. Au Livre de Poche, plusieurs de ses titres (notamment *Le Sourire noir, Les Enfants du crépuscule, L'Armure de vengeance*) figureront dans la liste des meilleures ventes. Des cinéastes comme Jean-Jacques Beneix (*Diva, La Lune dans le caniveau...*) envisagent d'adapter certaines de ses œuvres au grand écran.

Pour certains, Serge Brussolo est un forcené de l'écriture et un raconteur hors pair (*Le Figaro Littéraire*). D'autres voient en lui un Stephen King français, qui lorgnerait volontiers du côté du Docteur Mabuse (*La Croix*).

Il en est même qui le comparent à une bombe à fragmentation (*Le Magazine Littéraire*)...

Quoi qu'il en soit, Brussolo est sans conteste le grand maître du thriller halluciné. Des toits de Los Angeles où survivent des tribus de voyous coupées du monde, au labyrinthe végétal anglais hanté par un croquemitaine qui terrifie les enfants, il déploie devant nous l'éventail d'une imagination qui renouvelle les genres les plus codifiés.

Chez lui, les fantômes côtoient les dérives sociologiques des sociétés modernes, l'énigme emprunte les chemins des pires cauchemars scientifiques. On peut devenir fou après avoir suivi un régime amaigrissant ou être engagé comme cobaye par une firme fabriquant des insecticides !

Brussolo, c'est le souffle ravageur d'une imagination débridée qui ne respecte rien... pour notre plus grand plaisir !

Récemment, il est revenu à ses premières amours, la science-fiction délirante, en lançant deux séries de romans fantastiques pour les jeunes lecteurs : *Peggy Sue et les fantômes* et *Sigrid et les mondes perdus*, qui ont rencontré un grand succès auprès des adolescents.

Février 2003 verra la sortie sur les écrans d'un dessin animé adapté de l'un de ses romans fantastiques : *Les Enfants de la pluie*.

LE LIVRE DE POCHE

LE CHIEN DE MINUIT (PRIX DU ROMAN D'AVENTURES)
CONAN LORD
LE SOURIRE NOIR
LA MAIN FROIDE
LA ROUTE OBSCURE
LA FILLE DE LA NUIT
LE NUISIBLE
LE MURMURE DES LOUPS
LE CHÂTEAU DES POISONS
LES ENFANTS DU CRÉPUSCULE
L'ARMURE DE VENGEANCE
LES LABYRINTHES DE PHARAON
LES PRISONNIÈRES DE PHARAON
AVIS DE TEMPÊTE
LES EMMURÉS
ICEBERG LTD
LE MANOIR DES SORTILÈGES
LA CHAMBRE INDIENNE
BAIGNADE ACCOMPAGNÉE

FLAMMARION

LE LIVRE DU GRAND SECRET
DERNIÈRES LUEURS AVANT LA NUIT

J'AI LU

LE LIVRE DU GRAND SECRET

DU MÊME AUTEUR

Œuvres à destination des adultes

FOLIO

LA MOISSON D'HIVER (PRIX RTL-LIRE)
LA MAISON DE L'AIGLE
HURLEMORT
LES OMBRES DU JARDIN
LE SYNDROME DU SCAPHANDRIER
BOULEVARD DES BANQUISES

Photocomposition par Nord Compo

Impression réalisée sur CAMERON par
BRODARD ET TAUPIN

La Flèche
en octobre 2002

Imprimé en France
Dépôt légal : octobre 2002
N° d'édition : 27867 - N° d'impression : 15398
ISBN : 2-7024-8083-7
Édition 01